BENJAMIN ALIRE SÁENZ

Aristóteles e Dante Descobrem os Segredos do Universo

Tradução
CLEMENTE PEREIRA

O selo jovem da Companhia das Letras

Copyright da edição original © 2012 by Benjamin Alire Sáenz

Publicado mediante acordo com Simon & Schuster Books For Young Readers, um selo da Simon & Schuster Children's Publishing Division.

Todos os direitos reservados. Nenhuma parte deste livro pode ser reproduzida ou transmitida em nenhuma forma e por nenhum meio, eletrônico ou mecânico, incluindo fotocópia, gravação ou qualquer sistema de armazenamento de informação, sem permissão por escrito da editora.

O selo Seguinte pertence à Editora Schwarcz S.A.

Grafia atualizada segundo o Acordo Ortográfico da Língua Portuguesa de 1990, que entrou em vigor no Brasil em 2009.

TÍTULO ORIGINAL Aristotle and Dante Discover the Secrets of the Universe
CAPA Chloë Foglia
ILUSTRAÇÃO DE CAPA © 2012 by Mark Brabant
LETTERING DE CAPA E DESENHOS AO REDOR © 2012 by Sarah J Coleman
PREPARAÇÃO Thais Rimkus
REVISÃO Renato Potenza Rodrigues e Mariana Cruz

Dados Internacionais de Catalogação na Publicação (CIP)
(Câmara Brasileira do Livro, SP, Brasil)

Sáenz, Benjamin Alire
 Aristóteles e Dante descobrem os segredos do universo /
Benjamin Alire Sáenz ; tradução Clemente Pereira. — 1ª ed. — São
Paulo : Seguinte, 2014.

 Título original: Aristotle and Dante Discover the Secrets
of the Universe.
 ISBN 978-85-65765-35-0

 1. Ficção juvenil I. Título.

14-02805   CDD-028.5

Índice para catálogo sistemático:
1. Ficção : Literatura juvenil 028.5

19ª reimpressão

[2021]
Todos os direitos desta edição reservados à
EDITORA SCHWARCZ S.A.
Rua Bandeira Paulista, 702, cj. 32
04532-002 — São Paulo — SP
Telefone: (11) 3707-3500
www.seguinte.com.br
contato@seguinte.com.br

📘 /editoraseguinte
🐦 @editoraseguinte
▶ Editora Seguinte
📷 editoraseguinteoficial

A todos os garotos que tiveram de aprender a jogar com regras diferentes.

Agradecimentos

Eu pensei duas vezes antes de escrever este livro. Na verdade, depois que terminei o primeiro capítulo, mais ou menos, quase decidi abandonar o projeto. Mas sou sortudo e abençoado o suficiente para estar cercado de pessoas comprometidas, corajosas, talentosas e inteligentes, que me inspiraram a terminar o que comecei. Este livro não teria sido escrito sem elas. Então aqui está minha pequena, e certamente incompleta, lista de pessoas às quais eu gostaria de agradecer: Patty Moosebrugger, ótima agente e amiga. Daniel e Sasha Chacon, pelo grande carinho e por acreditarem que eu precisava escrever este livro. Hector, Annie, Ginny e Barbara, que sempre estiveram ao meu lado. Meu editor, David Gale, que acreditou neste livro, e todo o time da Simon & Schuster, especialmente Navah Wolfe. Meus colegas do departamento de escrita criativa, cujo trabalho e generosidade continuaram a me desafiar a ser um escritor e uma pessoa melhor. E, finalmente, gostaria de agradecer aos meus alunos, antigos e atuais, que me lembram de que a língua e a escrita sempre vão importar. Minha gratidão a todos vocês.

POR QUE SORRIMOS? POR QUE DAMOS RISADA? Por que nos sentimos sós? Por que somos tristes e confusos? Por que lemos poesia? Por que choramos ao ver uma pintura? Por que nosso coração se descontrola quando estamos apaixonados? Por que sentimos vergonha? O que é essa coisa no fundo das entranhas chamada desejo?

As diferentes regras do verão

O problema da minha vida era que ela tinha sido ideia de outra pessoa.

Um

CERTA NOITE DE VERÃO, CAÍ NO SONO DESEJANDO que o mundo fosse diferente quando eu acordasse. Quando abri os olhos de manhã, estava tudo igual. Afastei os lençóis e permaneci deitado, enquanto o calor entrava pela janela aberta.

Estendi o braço para sintonizar o rádio. Tocava "Alone". Droga. "Alone", de uma banda chamada Heart. Não era minha música favorita. Não era minha banda favorita. Não era meu assunto favorito. "Você não sabe quanto tempo..."

Eu tinha quinze anos.

Estava entediado.

Estava infeliz.

Por mim, o sol poderia ter derretido todo o azul do céu. Aí o céu seria tão infeliz quanto eu.

O locutor dizia coisas irritantes e óbvias, como "É verão! Faz calor lá fora!", para depois chamar a vinheta antiga do Cavaleiro Solitário; ele gostava de tocar aquilo todas as manhãs, achava que era um bom jeito de acordar o mundo. "Aiô, Silver!" Quem contratou esse cara? Ele era péssimo. Acho que pensava que, ao escutarmos a abertura da ópera *Guilherme Tell*, imaginaríamos o Cavaleiro

Solitário e o Tonto cavalgando pelo deserto. Talvez alguém devesse dizer àquele cara que já não tínhamos mais dez anos. "Aiô, Silver!" Droga. A voz dele preencheu de novo o ar: "Hora de acordar, El Paso! Segunda-feira, 15 de junho de 1987! 1987! Dá pra acreditar? Um grande 'feliz aniversário' a Waylon Jennings, que completa cinquenta anos hoje!". Waylon Jennings? Aquilo era uma estação de rock, caramba! Mas o que o locutor disse em seguida deu a impressão de que talvez tivesse cérebro. Ele contou como Waylon Jennings tinha sobrevivido ao acidente de avião que matara Buddy Holly e Richie Valens, em 1959. Para finalizar o comentário, tocou a versão de "La bamba" de Los Lobos.

"La bamba." Era tolerável.

Comecei a batucar o chão de madeira com os pés descalços. Enquanto balançava a cabeça no ritmo da música, imaginava o que Richie Valens teria pensado antes de o avião se espatifar no chão. *Ei, Buddy! Acabou a música.*

A música acabou tão cedo. A música acabou quando mal tinha começado. Era muito triste.

Dois

ENTREI NA COZINHA. MINHA MÃE PREPARAVA UM almoço para as amigas da igreja. Peguei um copo de suco de laranja. Minha mãe sorriu.

— Não vai me dar bom-dia?
— Estou pensando no assunto — eu disse.
— Bom, pelo menos você conseguiu sair da cama.
— Foi preciso muito esforço.
— Por que meninos precisam dormir tanto?
— Somos bons nisso. — Ela riu da resposta. — Mas eu não estava dormindo. Estava ouvindo "La bamba".
— Richie Valens — ela disse baixinho. — Tão triste.
— Igual Patsy Cline.

Ela concordou com a cabeça. Às vezes, quando a flagrava cantarolando aquela música, "Crazy", eu abria um sorriso. Era como se compartilhássemos um segredo. Minha mãe tinha uma bela voz.

— Acidentes de avião — ela murmurou. Acho que estava falando mais para si mesma do que para mim.

— Talvez Richie Valens tenha morrido jovem... mas pelo menos ele fez alguma coisa. Quer dizer, *ele realmente fez alguma coisa*. E eu? O que eu fiz?

— Você tem tempo — ela disse. — Ainda tem muito tempo. Eterna otimista.

— Bom, primeiro é preciso virar gente — eu disse.

Ela fez uma cara engraçada.

— Tenho quinze anos — completei.

— Sei quantos anos você tem.

— Com quinze anos você ainda não é considerado gente.

Minha mãe riu. Ela era professora de colegial. Eu sabia que em parte ela concordava comigo.

— E então? Por que essa grande reunião?

— Vamos reorganizar o banco de alimentos.

— Banco de alimentos?

— Para distribuir alimentos pra quem não tem.

Minha mãe se sensibilizava com a pobreza. Já fora pobre. Tinha passado por situações que eu jamais passaria.

— Entendi — comentei.

— Talvez você possa ajudar...

— Claro — concordei.

Eu odiava ser escalado para essas funções. O problema da minha vida era que ela tinha sido ideia de outra pessoa.

— O que você vai fazer hoje? — a pergunta soou como um desafio.

— Vou entrar em uma gangue.

— Não tem graça.

— Sou mexicano. Não é isso que a gente faz?

— Já disse que não tem graça.
— Não tem graça mesmo — eu disse, por fim. É, não tinha graça. Precisava sair de casa. Não que tivesse algum lugar para onde ir. Me sentia sufocado quando minha mãe convidava as amigas da igreja para ir em casa. Não era porque elas tinham mais de cinquenta anos… Não, não era. Nem por causa dos comentários sobre como eu estava virando homem tão rápido. Quer dizer, eu sabia que era besteira. E, dentre todas as besteiras possíveis, aquela era até simpática, inofensiva e carinhosa. Dava para suportar quando elas me pegavam pelos ombros e diziam: "Deixe-me olhar para você. *Déjame ver. Ay, que muchacho tan guapo. Te pareces a tu papa*". Não que houvesse alguma coisa para ver. Era só eu. Tudo bem, eu era mesmo parecido com meu pai. Mas não achava aquilo grande coisa.

O que realmente me incomodava era o fato de minha mãe ter mais amigos do que eu. Tem coisa mais triste?

Resolvi ir nadar na piscina do Memorial Park. Uma ideia boba, mas pelo menos era minha.

Enquanto seguia em direção à porta, minha mãe pegou a toalha velha apoiada em meu ombro e trocou por uma melhor. O mundo da minha mãe tinha algumas regras que eu simplesmente não entendia. E as regras não paravam nas toalhas.

Ela encarou minha camiseta.

Eu sabia reconhecer um olhar de censura. Antes que ela me fizesse trocar de roupa, retribuí o olhar.

— É minha camiseta predileta — falei.
— Você não usou ontem?
— Sim — confirmei. — É do Carlos Santana.

— Eu sei que é — ela disse.

— Meu pai me deu de aniversário.

— Se bem me lembro, você não demonstrou tanta empolgação quando abriu o presente.

— Eu esperava outra coisa.

— Outra coisa?

— Sei lá, outra coisa. Uma camiseta de aniversário? — Olhei para ela e completei: — Acho que eu não entendo ele.

— Ele não é tão complicado, Ari.

— Mas ele não fala.

— Às vezes as pessoas falam, mas não dizem a verdade.

— Talvez — eu disse. — Só que agora eu gosto da camiseta.

— Dá pra notar — ela comentou, com um sorriso no rosto.

Eu também estava sorrindo.

— O papai me disse que comprou no primeiro show que ele foi.

— Eu estava junto. Lembro bem. Já está velha e gasta.

— Tem um significado sentimental.

— Ah, claro.

— Mãe, é verão.

— Sim — ela disse. — É verão.

— Regras diferentes — eu disse.

— É, regras diferentes.

Eu adorava as regras do verão. Minha mãe as tolerava.

Ela estendeu a mão e passou os dedos no meu cabelo.

— Só prometa que não vai usar de novo amanhã.

— Tudo bem. Prometo. Mas só se você prometer que não vai colocar na secadora.

— Talvez você mesmo devia lavar — ela disse, achando graça.
— Só não vá se afogar.
Retribuí o sorriso.
— Se acontecer, não se desfaça do meu cachorro.
O negócio do cachorro era piada. Não tínhamos animais de estimação.
Minha mãe entendia meu senso de humor; e eu, o dela. Dava certo. Não que ela não tivesse seus mistérios. Mas uma coisa eu *de fato* entendia: por que meu pai tinha se apaixonado por ela. Já o porquê de ela ter se apaixonado por meu pai era algo que não me entrava na cabeça. Uma vez, quando eu tinha cinco ou seis anos, fiquei com muita raiva. Queria que ele brincasse comigo, e ele era tão distante. Parecia que eu nem estava lá. Com toda minha raiva infantil, perguntei à minha mãe:
— Como você pôde casar com esse cara?
Ela sorriu e passou os dedos no meu cabelo. Sempre fazia isso. Então me olhou bem nos olhos e respondeu tranquilamente:
— Seu pai era lindo.
Minha mãe nem sequer hesitou.
Fiquei com vontade de perguntar para onde tinha ido toda aquela beleza.

DEBAIXO DAQUELE CALOR, ATÉ OS LAGARTOS SABIAM que não era dia de ficar rastejando por aí. Até os passarinhos estavam quietos. Os remendos de asfalto nas ruas derretiam. O céu tinha um azul pálido, e me veio a ideia de que talvez as pessoas tivessem fugido da cidade e do calor. Ou talvez tivessem morrido — como nos filmes de ficção científica —, e eu estava sozinho. Mas bem no momento em que essas coisas me passavam pela cabeça, um bando de moleques do bairro me ultrapassou de bicicleta, o que me fez desejar *realmente* estar sozinho. Riam e faziam bagunça, aparentemente se divertindo. Um dos caras gritou para mim:

— Ei, Mendoza! Passeando com seus amigos?

Acenei, fingindo levar na esportiva, *ha, ha, ha*. E depois mostrei o dedo do meio.

Um dos caras parou, deu meia-volta e começou a me cercar com a bicicleta.

— Faz de novo — ele desafiou.

Mostrei o dedo outra vez.

Ele parou a bicicleta bem na minha frente e tentou me intimidar com o olhar.

Não funcionou. Eu sabia quem ele era. O irmão dele, Javier, já tinha mexido comigo uma vez. E eu tinha socado a cara dele. Viramos inimigos. Não me arrependia. Bom, eu tinha personalidade difícil. Admito.

Ele fez uma voz de mau. Como se me assustasse.

— Não me provoca, Mendoza.

Mostrei o dedo mais uma vez, apontando para a cara dele como se fosse uma arma. Ele logo desceu da bicicleta. Eu tinha medo de muita coisa... mas não de caras como ele.

A maioria não mexia comigo. Nem mesmo os que andavam em bando. Eles passaram de novo por mim com suas bicicletas, gritando besteiras. Tinham entre treze e catorze anos. Mexer com garotos como eu era a diversão deles. Assim que as vozes ficaram distantes, comecei a sentir pena de mim mesmo.

Sentir pena de mim mesmo era uma arte. Acho que parte de mim gostava disso. Talvez tivesse a ver com o momento em que nasci. Não sei, acho que influía. Não me agradava o fato de ser *pseudo* filho único. Era assim que eu me via. Era filho único sem ser de verdade. Um saco.

Minhas irmãs eram gêmeas e tinham doze anos a mais do que eu. Doze anos era uma vida, sério. Sempre faziam que eu me sentisse um bebê, um brinquedo, um trabalho de escola ou um animal de estimação. Eu gosto de cachorros, mas às vezes tinha a sensação de que eu mesmo não passava de uma mascote da família. Em espanhol, é o termo para o cachorro de estimação: *mascoto*. Mascote. Ótimo. Ari, a mascote da família.

Meu irmão era onze anos mais velho. Ele era ainda mais

inacessível que minhas irmãs. Eu não podia nem mencionar o nome dele. Afinal, quem gosta de falar de irmãos mais velhos que estão na cadeia? Meu pai e minha mãe não, com certeza. Menos ainda minhas irmãs. Talvez todo aquele silêncio sobre meu irmão mexesse comigo. Acho que sim. Não falar pode deixar alguém muito solitário.

Meus pais eram jovens e batalhadores quando minhas irmãs e meu irmão nasceram. "Batalhador" é a palavra favorita de meus pais. Em algum momento entre os três filhos e a tentativa de terminar a faculdade, meu pai se tornou fuzileiro naval. E então partiu para a guerra.

A guerra o transformou.

Nasci quando ele voltou para casa.

Às vezes, penso em todas as cicatrizes de meu pai. No coração. Na cabeça. Em toda parte. Não é fácil ser filho de um homem que já esteve na guerra. Aos oito anos, ouvi uma conversa da minha mãe com a tia Ophelia ao telefone.

— Acho que a guerra nunca vai acabar para ele.

Mais tarde, perguntei à tia Ophelia se aquilo era verdade.

— É — ela confirmou. — É verdade.

— Mas por que a guerra não deixa ele em paz?

— Porque seu pai tem consciência — ela respondeu.

— O que aconteceu com ele na guerra?

— Ninguém sabe.

— E por que ele não conta?

— Porque não consegue.

Era isso. Quando eu tinha oito anos, não sabia nada sobre guerras.

Não sabia sequer o que era consciência. Tudo que sabia era que às vezes meu pai ficava triste. Eu odiava quando ele ficava triste. Aquilo me deixava triste também. E eu não gostava de tristeza. Então eu era filho de um homem que tinha o Vietnã dentro de si. Sim, eram muitos motivos trágicos para sentir pena de mim mesmo. Ter quinze anos não ajudava. Às vezes achava que ter quinze anos era a pior tragédia de todas.

Quatro

EU PRECISAVA TOMAR UMA DUCHA ANTES DE ENTRAR na piscina. Era uma das regras. Pois é, regras. Odiava tomar banho com um bando de estranhos. Não sei por quê, simplesmente não gostava. É aquilo, alguns caras falam sem parar, como se fosse normal entrar no chuveiro com um monte de gente e contar da professora que você odeia, do último filme que você viu ou da garota de quem você está a fim. Eu não gostava; não tinha nada para falar. Caras no chuveiro. Não era minha praia.

Caminhei até a piscina, sentei na beirada da parte rasa e botei os pés na água.

O que você faz numa piscina quando não sabe nadar? Aprende. Acho que essa era a resposta. Eu tinha ensinado meu corpo a boiar na água. Sem perceber, aplicara um dos princípios da física. E o melhor é que tinha feito a descoberta por mim mesmo.

Por mim mesmo. Estava apaixonado por essa expressão. Eu não era muito bom em pedir ajuda, um mau hábito herdado do meu pai. E, além disso, os instrutores de natação que se consideravam salva-vidas eram uma droga. Não tinham o menor interesse em ensinar um pivete raquítico de quinze anos a nadar. Estavam mais interessados nas garotas que começavam a ter peitos. Eram obcecados por peitos. Essa era a verdade. Ouvi um dos salva-vidas conversar com outro enquanto deveria estar de olho num grupo de crianças pequenas.

— Uma garota é como uma árvore. Dá vontade de escalar e arrancar todas as folhas.

O outro salva-vidas riu.

— Você é um babaca — disse.

— Não, sou um poeta — reagiu o primeiro. — Um poeta do corpo.

E os dois caíram na gargalhada.

Sim, claro, aqueles dois eram os novos Walt Whitman. Pois é, meu problema com garotos é que eu não fazia a menor questão de ficar perto deles. Quer dizer, me causavam desconforto. Não sei por quê, exatamente. É que... Sei lá, eu não fazia parte daquele mundo. Acho que o fato de eu ser um deles me deixava absurdamente envergonhado. E a possibilidade de crescer e virar um daqueles babacas me deprimia. *Uma garota é como uma árvore?* Sim, e um cara é tão inteligente quanto um toco de madeira infestado de cupins. Minha mãe diria que era apenas uma fase. Logo teriam seus cérebros de volta. Ah, claro.

Talvez a vida fosse mesmo só uma série de fases — uma depois da outra. Talvez em alguns anos eu passaria pela mesma fase em que os salva-vidas de dezoito anos estavam. Não que eu acreditasse na teoria da minha mãe sobre fases. Aquilo não parecia ser uma explicação — estava mais para uma desculpa qualquer. Acho que minha mãe não entendia a fundo os garotos. Nem eu. E eu era um.

Tinha a sensação de que havia algo de errado comigo. Acho que eu era um mistério até para mim mesmo. Que saco. Eu tinha sérios problemas.

Uma coisa era certa: pedir para um daqueles idiotas me ensinar a nadar estava fora de questão. Melhor sofrer sozinho. Melhor morrer afogado.

Então fiquei boiando no canto. Não que fosse muito divertido. Foi então que ouvi uma voz meio esganiçada.

— Posso ensinar você a nadar.

Fui até a lateral da piscina e fiquei de pé, os olhos quase fechados por causa do sol. Ele estava sentado na beirada. Encarei-o com desconfiança. Um cara que se oferece para ensinar alguém a nadar com certeza não tem nada melhor para fazer da vida. Dois caras sem nada para fazer da vida? Quão divertido poderia ser?

Eu tinha uma regra: melhor se entediar sozinho do que acompanhado. E quase sempre seguia essa ideia. Talvez por isso não tivesse amigos.

Ele me encarava. Esperando. Então, repetiu:

— Posso ensinar você a nadar, se quiser.

Por algum motivo, gostei da voz dele. Soava como se estivesse gripado, meio rouco.

— Você fala de um jeito esquisito — comentei.

— É alergia — ele disse.

— Alergia a quê?

— Ao ar — respondeu.

A resposta me fez rir.

— Meu nome é Dante — ele disse.

Seu nome me fez rir ainda mais.

— Desculpe — eu disse.

— Tudo bem. As pessoas costumam rir do meu nome.

— Não, não — acrescentei. — É que o meu é Aristóteles.

Seus olhos brilharam. Tipo, o cara estava disposto a escutar cada palavra que eu dissesse.

— Aristóteles — repeti.

Então ambos perdemos o controle. De tanto rir.

— Meu pai é professor de inglês em uma faculdade — ele disse.

— Pelo menos o seu nome tem uma explicação. Meu pai é carteiro. Aristóteles é o nome do meu avô.

E então pronunciei o nome do meu vô, caprichando no sotaque mexicano:

— *Aristotiles*. E, na verdade, meu primeiro nome é Angel. — Emendei em espanhol: — *Angel*.

— Seu nome é Angel Aristóteles?

— Sim. Esse é o meu nome de verdade.

Rimos de novo. Não conseguíamos parar. Perguntava a mim mesmo do que estávamos rindo. Era só dos nomes? Ou ríamos por estarmos aliviados? Felizes? O riso era outro mistério da vida.

— Eu costumava dizer às pessoas que meu nome era Dan. Sabe, só tirando duas letras. Mas parei de fazer isso. Não era verdade. E, no fim das contas, fui descoberto. Me senti um mentiroso idiota. Tive vergonha de mim mesmo por ter tido vergonha de mim mesmo. Não gostei de me sentir assim — explicou, dando de ombros.

— Todo mundo me chama de Ari.

— Prazer, Ari.

Gostei do jeito como disse "Prazer, Ari". As palavras soaram sinceras.

— Tudo bem — eu disse —, me ensine a nadar.

Acho que pronunciei as palavras como se estivesse fazendo um favor a ele. Mas ele não percebeu ou não se importou.

Dante era um professor detalhista. Sabia nadar muito bem, entendia tudo sobre o movimento dos braços e das pernas e a respiração. Entendia como o corpo funcionava na água. Ele amava e respeitava a água. Compreendia suas belezas e perigos. Falava de nadar como um estilo de vida. Ele tinha quinze anos. Quem era aquele cara? Parecia meio frágil, mas não era. Era disciplinado, rígido e inteligente; e não fingia ser burro e comum. Não era nem um nem outro.

Era engraçado, focado e impetuoso. Quer dizer, podia ser impetuoso. E não tinha nenhuma maldade. Eu não entendia como alguém podia viver em um mundo mau e não absorver um pouco dessa maldade. Como um cara era capaz de viver sem um pouco de maldade?

Dante se tornou mais um mistério em um mundo cheio de mistérios.

Durante todo aquele verão, nadamos, lemos quadrinhos e livros e conversamos sobre eles. Dante tinha revistas do Super-Homem que eram de seu pai. Ele adorava. Também gostava de *Archie & Veronica*. Eu odiava aquela merda.

— Não é merda nenhuma — ele reclamava.

Já eu gostava de Batman, Homem-Aranha e Hulk.

— Sombrio demais — Dante disse.

— Falou o cara que gosta de *Coração das trevas*, do Conrad.

— É diferente — ele rebateu. — Conrad escreveu literatura.

Eu sempre defendia que histórias em quadrinhos também eram literatura. Só que literatura era coisa séria para alguém como Dante. Não me lembro de ter ganhado uma discussão com ele. Ele argumentava melhor. E lia melhor. Li o livro do Conrad por causa dele. Quando terminei, disse que tinha odiado.

— Apesar de que é verdade. — comentei. — O mundo é um lugar sombrio. Nisso Conrad tem razão.

— Talvez o seu mundo, Ari. O meu não.

— Pois é — eu disse.

— Pois é — ele disse.

A verdade é que eu tinha mentido para Dante. Amei o livro. Achei a coisa mais linda que já tinha lido. Quando meu pai viu o que eu estava lendo, me contou que era um de seus livros prediletos. Tive vontade de perguntar se ele tinha lido *antes* ou *depois* do Vietnã. Mas não adiantava fazer perguntas ao meu pai. Ele nunca respondia.

Assumi que Dante lia porque gostava. Já eu lia porque não tinha nada melhor para fazer. Ele analisava as coisas. Eu apenas lia. Acho que precisava procurar mais palavras no dicionário do que ele.

Eu era mais escuro do que ele. E não falo apenas da cor da pele. Ele disse uma vez que eu tinha uma visão trágica da vida.

— É por isso que você gosta do Homem-Aranha.

— É que eu sou muito mexicano. O povo mexicano é trágico.

— Pode ser — ele falou.

— Você é o americano otimista.

— Isso é uma ofensa?

— Talvez — respondi.

Rimos. Sempre ríamos.

Dante e eu não éramos parecidos. Mas tínhamos algumas coisas em comum. Para começar, nenhum de nós tinha autorização para assistir TV durante o dia. Nossos pais não gostavam do que a TV fazia com a cabeça dos garotos. Ambos crescemos com discursos mais ou menos assim: "Você é um menino! Saia daí e vá fazer alguma coisa! Tem um mundo inteiro lá fora à sua espera...".

Dante e eu fomos os últimos garotos dos Estados Unidos a crescer sem TV. Um dia, ele me perguntou:

— Você acha que nossos pais estão certos? Que tem um mundo inteiro lá fora à nossa espera?

— Duvido — foi minha resposta.

Ele riu.

Então, tive uma ideia.

— Vamos pegar um ônibus e ver o que tem lá fora.

Dante sorriu. Nós dois adorávamos andar de ônibus. Às vezes, passávamos a tarde inteira fazendo isso.

— Gente rica não anda de ônibus — falei para Dante.

— É por isso que a gente gosta.

— Talvez — eu disse. — A gente é pobre?

— Não — ele respondeu, abrindo um sorriso. — Mas, se fugíssemos de casa, nós dois seríamos pobres.

Achei a ideia muito instigante.

— Você teria coragem? — questionei. — Teria coragem de fugir de casa?

— Não.

— Por que não?

— Quer ouvir um segredo?

— Claro.

— Sou louco pela minha mãe e pelo meu pai.

Abri um sorriso sincero. Nunca tinha ouvido alguém falar assim dos pais. Quer dizer, ninguém era louco pelos pais. Exceto Dante.

Então ele cochichou no meu ouvido:

— Acho que aquela mulher dois bancos à frente está tendo um caso.

— Como você sabe? — cochichei de volta.

— Ela tirou a aliança assim que entrou no ônibus.

Concordei com a cabeça e sorri.

Nós inventávamos histórias sobre os outros passageiros.

Quem sabe *eles* não imaginavam histórias para *nós*.

Nunca fui muito próximo de ninguém. Eu era um solitário. Tinha jogado basquete, beisebol e passado pelos lobinhos e tentado ser escoteiro. Sempre mantendo distância dos outros garotos. Nunca, jamais me sentira parte daquele universo.

Garotos. Observava-os. Estudava-os.

No fim das contas, sempre achei a maioria dos caras desinteressante. Na verdade, os desprezava.

Talvez me sentisse um pouco superior. Não sei se "superior" era a palavra. Só não sabia como falar com eles, como ser eu mesmo perto deles. Andar com outros caras não me dava a sensação de ser mais inteligente. Andar com outros caras me dava a sensação de ser burro e deslocado. Era como se todos fizessem parte de um clube do qual eu não era sócio.

Quando cheguei à idade de entrar para os escoteiros, disse a meu pai que não queria. Não aguentava mais.

— Tente por um ano — meu pai falou.

Meu pai sabia que eu era meio briguento. Sempre me passava sermões sobre violência física. Ele queria me manter longe das gangues. Queria evitar que eu fosse como meu irmão e acabasse na cadeia. Assim, por causa do meu irmão, de cuja existência ninguém parecia se lembrar, eu precisava ser um bom escoteiro. Que saco. Por que precisava ser um bom menino só por ter um irmão maloqueiro? Eu odiava essa lógica dos meus pais.

Fiz a vontade do meu pai. Tentei por um ano. Odiei tudo, com exceção das aulas de primeiros-socorros. Quer dizer, eu não gostava nem um pouco da ideia de assoprar dentro da boca de alguém. Me dava desespero. Por algum motivo, porém, aquilo tudo me fascinava. Aprender como fazer o coração de alguém voltar a bater. Eu não entendia muito como era possível. Assim que ganhei uma insígnia por saber reanimar alguém, desisti. Voltei para casa e entreguei a insígnia para o meu pai.

— Acho que você está cometendo um erro — foi tudo o que ele disse.

Não vou acabar atrás das grades. Era isso que eu queria dizer. No entanto, apenas falei:

— Se você me obrigar a voltar lá, juro que começo a fumar maconha.

Meu pai me lançou um olhar estranho.

— A vida é sua — disse.

Como se fosse verdade. Outra característica do meu pai: ele nunca dava sermões. Não sermões de verdade. E isso me deixava louco. Ele não era mau. Também não era estourado. Soltava frases curtas: "A vida é sua"; "Tente"; "Tem certeza de que é isso que você quer?". Por que não podíamos simplesmente conversar? Como eu o conheceria, se ele não deixava? Eu odiava isso.

Sobrevivi bem. Tinha colegas na escola. Mais ou menos. Não era popular. Como poderia ser? Para ser conhecido, era preciso fazer as pessoas acreditarem que você era divertido e interessante. E eu simplesmente não era um bom fingidor.

Havia dois garotos com quem eu costumava andar, os irmãos Gomez. Só que eles se mudaram. E duas garotas, Gina Navarro e Susie Byrd, tinham como passatempo infernizar minha vida. Garotas. Também eram um mistério. Tudo era um mistério.

Mas não sofri tanto. Talvez não fosse amado por todos, mas tampouco era um daqueles garotos que todos odiavam.

Eu era bom de briga. Por isso as pessoas me deixavam em paz.

Eu era praticamente invisível. Acho que gostava de ser assim.

Até que surgiu Dante.

Cinco

DEPOIS DA QUARTA AULA DE NATAÇÃO, DANTE ME chamou para ir à casa dele. Ele morava a menos de uma quadra da piscina, em uma casa grande e velha do outro lado do parque.

Ele me apresentou ao pai, que era professor universitário. Nunca tinha conhecido um americano de família mexicana que fosse professor do departamento de inglês em uma faculdade. Nem sabia que existiam. Para falar a verdade, ele nem parecia acadêmico. Era bonito e tranquilo; parecia que parte dele ainda era jovem. Tinha cara de ser um homem apaixonado pela vida. Muito diferente do meu pai, que sempre se manteve afastado do mundo. Meu pai tinha um ar sombrio que eu era incapaz de compreender. O pai de Dante não. Mesmo seus olhos negros pareciam cheios de luz.

Naquela tarde, encontrei o pai de Dante de jeans e camiseta, sentado em uma poltrona de couro no escritório, com um livro nas mãos. Nunca conhecera alguém que tinha um escritório em casa.

Dante caminhou até o pai e lhe deu um beijo na bochecha. Eu jamais faria isso. Jamais.

— Você não fez a barba hoje de manhã, pai.

— É verão — ele disse.

— Isso quer dizer que você não precisa trabalhar.

— Isso quer dizer que preciso terminar de escrever meu livro.

— Escrever não é trabalho.

O pai de Dante caiu na gargalhada ao ouvir aquilo.

— Você ainda tem muito o que aprender sobre trabalho.

— É verão, pai. Não quero nem ouvir falar de trabalho.

— Você nunca quer ouvir falar de trabalho.

Dante não gostou do rumo da conversa e tentou mudar de assunto.

— Você vai deixar a barba crescer?

— Não — ele riu. — Está calor demais. Além disso, sua mãe não vai querer me beijar se eu ficar mais um dia sem fazer a barba.

— Nossa, como ela é rígida.

— Aham.

— E o que você faria sem os beijos dela?

Ele deu um sorriso malicioso e se virou para mim.

— Como você aguenta esse cara? Você deve ser o Ari.

— Sim, senhor.

Fiquei nervoso. Não estava acostumado a conhecer os pais dos outros. E a maioria dos pais não tinha o menor interesse em falar comigo.

Ele levantou da poltrona e pôs o livro de lado. Então caminhou até mim e apertou minha mão.

— Meu nome é Sam — ele disse. — Sam Quintana.

— Prazer em conhecê-lo, sr. Quintana.

Prazer em conhecê-lo. Já tinha ouvido essa frase mil vezes. Ela tinha parecido real nos lábios de Dante. Mas quando eu dizia, me sentia idiota e sem criatividade. Tive vontade de me esconder.

— Você pode me chamar de Sam — ele falou.

— Não posso — redargui.

Meu Deus, como eu queria me esconder.

O pai de Dante acenou com a cabeça.

— Que bonito — disse. — E respeitoso.

A palavra "bonito" nunca atravessara os lábios de meu pai.

Ele lançou um olhar para Dante.

— O jovem aqui é respeitador. Talvez você pudesse aprender um pouco com ele, Dante.

— Quer que eu chame você de sr. Quintana?

Os dois se seguraram para não rir. O pai voltou novamente a atenção para mim.

— Como foi a natação?

— Dante é um bom professor — respondi.

— Dante é bom em várias coisas. Só não é muito bom em arrumar o quarto. Arrumar o quarto tem muito a ver com a palavra "trabalho".

Dante o encarou.

— É uma indireta?

— Você é ligeiro, Dante. Puxou à mãe.

— Não banque o espertinho, pai.

— Do que você me chamou?

— Ficou ofendido?

— Não pela palavra. Pela atitude, talvez.

Dante torceu o nariz e foi sentar na poltrona do pai. Antes, tirou o tênis.

— Não fique à vontade demais — frisou o pai. — O seu chiqueiro fica lá em cima.

Achei graça da situação. O jeito como eles se tratavam, a maneira fácil e carinhosa de conversar, como se o amor entre pai e filho fosse simples e descomplicado. Às vezes, o relacionamento entre mim e minha mãe era fácil e descomplicado. Às vezes. Mas meu pai e eu não tínhamos isso. Comecei a imaginar como seria entrar em casa e dar um beijo no meu pai.

Subimos as escadas, e Dante me mostrou o quarto dele. Era grande, com pé-direito alto, piso de madeira e várias janelas velhas que deixavam a luz entrar. Havia coisas por toda a parte. Roupas espalhadas no chão, uma pilha de álbuns velhos, livros jogados, blocos de papel com alguns rabiscos, fotos polaroide, um par de câmeras, um violão sem cordas, partituras e um mural lotado de fotos e papéis.

Ele colocou uma música para tocar. Dante tinha uma vitrola. *Uma verdadeira vitrola dos anos 1960.*

— Era da minha mãe — explicou. — Ela ia jogar fora, acredita?

Botou *Abbey Road*, seu álbum favorito.

— Vinil — ele disse. — Vinil de verdade. Nada de fitas cassetes vagabundas.

— Qual é o problema com as cassetes?

— Não confio nelas.

Achei estranho ele dizer aquilo. Engraçado, mas estranho.

— Discos riscam fácil.

— Não se você tomar cuidado.

Corri os olhos pelo quarto bagunçado.

— Dá para ver que você toma cuidado mesmo.

Dante não ficou com raiva. Ele riu e me deu um livro.

— Toma. Você pode ler isso enquanto arrumo o quarto.

— Então, talvez fosse melhor eu ir embora... — parei antes de concluir a frase, para examinar novamente aquele quarto bagunçado. — É meio assustador aqui.

Dante achou graça.

— Não, não vá — ele disse. — Odeio arrumar o quarto.

— Talvez se você não tivesse tanta coisa...

— São só as minhas coisas.

Não falei nada. Eu não tinha minhas coisas.

— Se você ficar, não vai ser tão ruim.

Por algum motivo, me senti um intruso, mas...

— O.k. — eu disse. — Quer ajuda?

— Não. É minha função — ele disse, com ar resignado. — Como diria minha mãe, "é responsabilidade sua, Dante". Responsabilidade é a palavra preferida dela. Ela acha que meu pai não me cobra o bastante. Claro que não. O que ela esperava? Meu pai não é de botar pressão. Ela casou com o cara. Será que não sabe como ele é?

— Você sempre analisa seus pais?

— Eles analisam a gente, certo?

— É a função deles, Dante.

— Vai me dizer que você não analisa seus pais?

— Acho que sim. Mas não serve de nada. Continuo não entendendo os dois.

— Bom, eu já conheço bem meu pai, mas minha mãe não. Ela é o maior mistério do mundo. Quer dizer, ela é previsível enquanto mãe. Só que de resto é inescrutável.

— Inescrutável.

Eu sabia que ao voltar para casa teria que procurar a palavra no dicionário.

Dante me encarou como se fosse minha vez de dizer algo.

— Eu conheço bem minha mãe — eu disse. — Mas meu pai também é inescrutável.

Me senti uma enorme fraude ao usar aquela palavra. Talvez fosse essa a questão: eu não era um garoto de verdade; eu era uma fraude.

Ele me passou um livro de poesias.

— Leia este — sugeriu.

Eu nunca tinha lido um livro de poesias antes; sequer sabia *como* ler um livro daqueles. Olhei para ele meio perplexo.

— Poesia — ele disse. — Não vai matar você.

— Mas e se matar? "Garoto morre de tédio ao ler poesia".

Ele tentou não rir, mas não era bom em controlar o riso que vivia dentro de si. Ele balançou a cabeça e passou a juntar as roupas espalhadas no chão.

— Pode jogar aquelas coisas no chão e sentar — ele disse, apontando para a poltrona.

Peguei uma pilha de livros de arte e um caderno de desenhos e botei no chão.

— O que é isso?

— Um caderno de desenhos.

— Posso ver?

Ele fez que não com a cabeça.

— Não gosto de mostrar.

Interessante... Ele tinha seus segredos.

Ele apontou para o livro de poesia.

— Leia. Sério, você não vai se arrepender.

Dante passou a tarde toda limpando o quarto. E eu, lendo o livro de um poeta chamado William Carlos Williams. Nunca tinha ouvido falar dele, mas até aí nunca tinha ouvido falar de ninguém. E até que entendi alguma coisa. Não tudo, mas alguma coisa. E não odiei. Fiquei surpreso. O livro era interessante; não era idiota, bobo, pedante nem intelectual demais... nada do que eu pensava que poesia era. Alguns poemas eram mais fáceis que outros. Alguns eram inescrutáveis. Comecei a achar que talvez *soubesse* o significado dessa palavra.

Fiquei pensando que poemas são como pessoas. Algumas pessoas você entende de primeira. Outras você simplesmente não entende... e nunca entenderá.

Fiquei impressionado ao ver como Dante era sistemático na organização do quarto. Quando entramos, estava um caos absoluto. Quando ele terminou, cada coisa estava em seu lugar.

O mundo de Dante tinha ordem.

Ele tinha organizado todos os livros em uma prateleira ou sobre a escrivaninha.

— Deixo na escrivaninha os próximos que vou ler — explicou.

Uma escrivaninha. Uma escrivaninha de verdade. Quando eu precisava escrever, usava a mesa da cozinha.

Ele pegou o livro de poesia que estava comigo e começou a procurar um poema. O nome era "Morte". Dante parecia tão em harmonia com seu quarto recém-organizado — o sol poente entrando pelas janelas e iluminando seu rosto, o livro em suas mãos como se ali fosse seu lugar: as mãos de Dante e somente as mãos de Dante. Gostei de sua voz ao ler o poema; parecia que ele mesmo tinha escrito aqueles versos.

Ele morreu
o cão não mais terá
que dormir sobre as batatas
para que não congelem

ele morreu
velho cuzão...

Dante sorriu ao ler a palavra "cuzão". Eu sabia que ele a adorava porque era uma das palavras proibidas de usar, uma palavra banida. Mas ali, em seu quarto, podia ler e se apropriar dela.

Fiquei sentado na poltrona confortável do quarto de Dante a tarde inteira, enquanto ele, estirado em sua cama recém-arrumada, lia poemas.

Não me preocupei em entender. Não ligava para o que queriam dizer. Não ligava porque o importante era que a voz de Dante dava a sensação de ser real. *E eu tinha a sensação de ser real.* Antes de Dante, estar com alguém era a coisa mais difícil do mundo para mim. Mas, com ele, conversar e viver e sentir pareciam coisas perfeitamente naturais. No meu mundo não eram.

Voltei para casa e procurei a palavra "inescrutável". Significava "o que não pode ser entendido facilmente". Anotei todos os sinônimos em meu diário. "Obscuro"; "insondável"; "enigmático"; "misterioso".

Naquela tarde, aprendi duas palavras novas. "Inescrutável"... e "amigo".

As palavras ficam diferentes quando passam a morar dentro de você.

Seis

EM OUTRA TARDE, DANTE FOI À MINHA CASA E SE apresentou aos meus pais. Quem fazia esse tipo de coisa?

— Sou o Dante Quintana — ele disse.

— Ele me ensinou a nadar — completei.

Não sei por quê, mas precisei contar isso a eles. Em seguida, olhei para minha mãe e continuei:

— Você disse para eu não me afogar. Então encontrei alguém para me ajudar a cumprir a promessa.

Meu pai e minha mãe se entreolharam. Acho que sorriam. É, deviam estar pensando, *ele finalmente arrumou um amigo*. Odiei aquilo.

Dante apertou a mão do meu pai... e lhe entregou um livro.

— Trouxe um presente para o senhor — anunciou.

Fiquei ali, observando. Já tinha visto aquele livro na mesinha da sala dele. Era um livro de arte com obras de pintores mexicanos. Dante tinha um jeito tão adulto, nada a ver com um garoto de quinze anos. De certa forma, até o cabelo comprido despenteado contribuía para parecer mais velho.

Meu pai sorria enquanto examinava o livro, até que disse:

— Dante, isso é muito generoso da sua parte... mas não sei se posso aceitar.

Meu pai segurava o livro com cuidado, temendo estragá-lo. Ele e minha mãe trocaram olhares. Minha mãe e meu pai faziam muito isso. Gostavam de conversar sem palavras. Eu criava histórias sobre o que um dizia ao outro através desses olhares.

— É sobre arte mexicana — Dante insistiu. — O senhor *tem* que aceitar.

Quase dava para ver seu raciocínio elaborando um argumento convincente. Convincente e verdadeiro.

— Meus pais não queriam que eu viesse de mãos abanando. — Em seguida, olhando meu pai seriamente, completou: — Então o senhor tem que aceitar.

Minha mãe pegou o livro das mãos do meu pai e observou a capa.

— É lindo. Obrigada, Dante.

— Agradeça ao meu pai. Foi ideia dele.

Meu pai sorriu. Era a segunda vez em menos de um minuto que ele sorria. Não era algo comum. Meu pai não era muito fã de sorrisos.

— Agradeça a seu pai por mim, por favor, Dante.

Meu pai pegou o livro e sentou. Como se fosse um tesouro. Eu realmente não entendia meu pai. Nunca conseguia adivinhar como ele reagiria às situações. Nunca.

Sete

— NÃO TEM NADA NO SEU QUARTO.
— Tem uma cama, um rádio relógio, uma cadeira de balanço, uma estante, alguns livros. Isso não é "nada".
— Não tem nada nas paredes.
— Tirei os pôsteres.
— Por quê?
— Não gostava deles.
— Você parece um monge.
— Isso. Aristóteles, o monge.
— Você não tem um hobby?
— Tenho. Olhar para paredes vazias.
— Talvez você vire padre.
— É preciso acreditar em Deus para ser padre.
— Você não acredita em Deus? Nem um pouco?
— Talvez um pouco. Não muito.
— Então você é agnóstico?
— Sim. Católico agnóstico.
Minha resposta fez Dante rir.
— Não era pra ser engraçado.

— Eu sei. Só que é.

— Você acha que é ruim ter dúvidas?

— Não, acho que é inteligente.

— Não me acho muito inteligente. Não tanto quanto você, Dante.

— Você é inteligente, Ari. Muito inteligente. Aliás, ser inteligente não é tudo. Os outros só zoam você. Meu pai diz que tudo bem ser zoado pelos outros. Sabe o que ele me disse? "Dante, você é um intelectual. É o que você é. Não sinta vergonha disso."

Notei seu sorriso um pouco triste. Talvez todo mundo fosse um pouco triste. Talvez.

— Ari, eu tento não sentir vergonha.

Eu sabia como era sentir vergonha. Mas Dante sabia o motivo. Eu não.

Dante. Eu gostava dele. Gostava muito dele mesmo.

Oito

FIQUEI OBSERVANDO MEU PAI FOLHEAR AS PÁGINAS. Era óbvio que tinha adorado o livro. E por causa daquele livro, aprendi algo novo sobre meu pai. Ele tinha estudado arte antes de se alistar como fuzileiro. Aquilo não se encaixava na imagem que eu fazia dele. Gostei da novidade.

Uma noite, ele me chamou enquanto dava uma olhada no livro.

— Veja isso — ele disse. — É um mural de Orozco.

Observei o mural reproduzido no livro, mas estava mais interessado no dedo dele, que batucava satisfeito na página. Aquele dedo havia puxado um gatilho na guerra. Aquele dedo havia tocado minha mãe de maneiras carinhosas que eu não compreendia. Eu queria conversar, dizer alguma coisa, fazer perguntas. Mas não consegui. As palavras entalaram na garganta. Então apenas concordava com a cabeça.

Nunca tinha pensado em meu pai como um homem das artes. Acho que só o via como um ex-fuzileiro naval que virou carteiro ao voltar do Vietnã. Um carteiro ex-combatente que não gostava de falar muito.

Um carteiro ex-combatente que voltou para casa depois da

guerra e teve mais um filho. Não que eu achasse que esse tinha sido ideia dele. Sempre achei que foi minha mãe que me quis. Não que eu realmente soubesse de quem minha vida tinha sido ideia. Eu inventava muitas histórias na minha cabeça.

Podia ter feito um monte de perguntas ao meu pai. Podia. Mas algo em seu rosto, olhos e em seu sorriso torto me impediu. Talvez eu não acreditasse que ele quisesse que eu o conhecesse de verdade. Por isso, só coletei pistas. Observar meu pai com aquele livro foi uma pista. Algum dia todas as pistas se encaixariam. E eu resolveria o mistério que era o meu pai.

UM DIA, DEPOIS DE NADAR, DANTE E EU SAÍMOS andando por aí. Paramos em um 7-Eleven. Ele comprou coca e amendoim.

Eu comprei uma barrinha de cereal.

Ele me ofereceu um gole.

— Não gosto de coca — eu disse.

— Que estranho.

— Por quê?

— Todo mundo gosta de coca.

— Eu não.

— Do que você gosta?

— De café e chá.

— Que estranho.

— O.k., eu sou estranho. Agora cale a boca.

Ele riu. Continuamos andando. Acho que não queríamos voltar para casa. Conversamos sobre várias coisas. Coisas idiotas. Foi quando ele me perguntou:

— Por que mexicanos gostam de apelidos?

— Não sei. A gente gosta?

— Gosta. Você sabe como minhas tias chamam minha mãe? Chole.

— O nome dela é Soledad?

— Tá vendo, Ari? Você sabe. Sabe o apelido de Soledad. Está implícito. Por que isso? Por que não podem chamá-la simplesmente de Soledad? Que história é essa de Chole? De onde tiraram Chole?

— Por que isso o incomoda tanto?

— Não sei. É estranho.

— "Estranho" é a palavra do dia?

Dante riu e comeu alguns amendoins.

— Sua mãe tem apelido?

— Lilly. O nome dela é Liliana.

— Belo nome.

— Soledad também.

— Não muito. Você gostaria de se chamar "Solidão"?

— Também pode significar "solitário" — acrescentei.

— Viu? Que nome triste.

— Não acho triste. Acho um nome lindo. Acho que combina com a sua mãe — eu disse.

— Talvez. E Sam... Sam é perfeito para o meu pai.

— É.

— Qual é o nome do seu pai?

— Jaime.

— Gosto desse nome.

— O nome verdadeiro dele é Santiago.

Dante achou graça.

— Viu só o que eu disse sobre apelidos?

— Você se incomoda de ser mexicano, né?

— Não.

Olhei para ele.

— Sim, me incomodo.

Ofereci a barrinha. Ele deu uma mordida.

— Sei lá — ele disse.

— Incomoda — afirmei novamente. — Incomoda você, sim.

— Sabe o que eu acho, Ari? Acho que os mexicanos não gostam de mim.

— Estranho você dizer isso — comentei.

— Estranho — ele disse.

— Estranho — repeti.

Dez

EM UMA NOITE SEM LUA, OS PAIS DE DANTE NOS levaram ao deserto para usarmos o telescópio novo dele. No caminho, Dante e o pai foram cantando Beatles. Não eram muito afinados. Não que se importassem com isso.

Eles eram muito carinhosos entre si. Uma família pegajosa e beijoqueira. Sempre que Dante entrava em casa, beijava a mãe e o pai na bochecha ou era beijado por eles, como se esse carinho todo fosse perfeitamente normal.

Eu me perguntava o que meu pai faria se algum dia eu fosse até ele e beijasse sua bochecha. Não achava que gritaria comigo, mas sei lá...

Passamos bastante tempo no carro, percorrendo o deserto. Aparentemente, o sr. Quintana conhecia um bom lugar para observar estrelas.

Um lugar distante das luzes da cidade.

Poluição luminosa. Era o que Dante dizia. Dante parecia saber muito sobre poluição luminosa.

O sr. Quintana e Dante montaram o telescópio.

Fiquei observando os dois enquanto ouvia o rádio.

A mãe de Dante me ofereceu coca. Aceitei, apesar de não gostar.

— Dante diz que você é muito inteligente.

Elogios me deixavam nervoso.

— Não tanto quanto ele.

Então ouvimos a voz de Dante interrompendo a conversa:

— Pensei que já tínhamos falado sobre isso, Ari.

— O quê? — a mãe dele perguntou.

— Nada. Só que a maioria das pessoas inteligentes é uma merda total.

— Dante! — exclamou a sra. Quintana.

— Sim, mãe, eu sei. Nada de palavrões...

— Por que você gosta tanto de xingar, Dante?

— É divertido — ele respondeu.

O sr. Quintana riu.

— É divertido mesmo — ele concordou, para depois emendar: — só que esse tipo de diversão precisa acontecer quando sua mãe não está por perto.

A sra. Quintana não gostou do conselho.

— Que tipo de lição você quer ensinar ao menino, Sam?

— Soledad, eu acho...

Dante encerrou a discussão ao olhar pelo telescópio.

— Uau, pai! Olha isso! Olha!

Todos queríamos ver o que Dante estava vendo.

Em silêncio, ficamos ao redor do telescópio, no meio do deserto, esperando nossa vez de ver os corpos celestes. Quando olhei pelo telescópio, Dante começou a explicar o que era aquilo que eu via. Não escutei nenhuma palavra sequer. Alguma coisa aconteceu dentro de mim quando comecei a contemplar o vasto Universo. Através daquele telescópio, o mundo ficava mais próximo e maior do que eu jamais imaginara. Era tudo tão belo e estonteante e... sei lá, percebi que algo importante existia dentro de mim.

Ao me ver vasculhar o céu através das lentes de um telescópio, Dante cochichou:

— Um dia vou desvendar todos os segredos do Universo.

Achei graça.

— E o que você vai fazer com esses segredos, Dante?

— Saberei quando chegar a hora — respondeu. — Talvez mudar o mundo.

Acreditava nele.

Dante Quintana era o único ser humano que eu havia conhecido capaz de dizer algo assim. Eu sabia que ele nunca diria idiotices do tipo "uma garota é como uma árvore".

Naquela noite, dormimos no quintal dos fundos da casa de Dante.

Como a janela estava aberta, dava para ouvir os pais dele conversando na cozinha. A mãe falava em espanhol, e o pai, em inglês.

— Eles fazem isso — ele disse.

— Os meus também — comentei.

Não conversamos muito. Só ficamos deitados olhando para as estrelas.

— Poluição luminosa demais — comentou.

— Poluição luminosa demais — repeti.

Onze

UM FATO IMPORTANTE SOBRE DANTE: ELE NÃO GOSTAVA de usar sapato.

Quando íamos andar de skate no parque, ele tirava o tênis e esfregava os pés na grama como se quisesse arrancar alguma coisa que tinha grudado ali. Quando íamos ao cinema, ele também tirava o tênis. Uma vez o esqueceu lá, e tivemos que voltar para buscar.

Perdemos o ônibus. Dante também tirou o sapato no ônibus.

Um vez, sentei ao seu lado na missa. Ele desamarrou o cadarço e tirou o sapato bem no banco da igreja. Eu o olhei indignado. Ele torceu o nariz, apontou para o crucifixo e sussurrou:

— Jesus não usa sapato.

Rimos.

Quando Dante ia à minha casa, deixava os sapatos na varanda da frente antes de entrar.

— Os japoneses fazem isso — dizia. — Não levam a sujeira da rua pra casa dos outros.

— É — eu replicava —, mas não somos japoneses. Somos mexicanos.

— Não somos mexicanos de verdade. Por acaso vivemos no México?

— Nossos avós vieram de lá.

— Tá, mas a gente sabe alguma coisa sobre o México?

— Falamos espanhol.

— Não muito bem.

— Fale por você, Dante. Seu *pocho*.

— O que é *pocho*?

— Um mexicano de meia-tigela.

— Tudo bem. Talvez eu seja um *pocho*. Mas o que quero dizer é que podemos adotar outras culturas.

Não sei bem por quê, mas começamos a rir. A verdade é que eu passara a gostar da guerra de Dante contra os sapatos. Um dia não aguentei e perguntei:

— Então, por que você tem esse problema com os sapatos?

— Não gosto deles. É isso. Simples assim. Sem grandes segredos. Nasci não gostando deles. Não há nada de complexo nisso. Bom, pelo menos não teria se não fosse minha mãe. Ela me força a usar. Diz que existem convenções. E depois fala das doenças que posso pegar. E depois afirma que os outros vão pensar que sou mais um mexicano pobre. Ela insiste que há meninos nas cidadezinhas mexicanas que morreriam por um par de sapatos. "Você pode comprar sapatos, Dante." É o que ela diz. E você sabe o que eu sempre respondo? "Não, não posso. Eu lá tenho emprego? Não posso comprar nada." E geralmente nessa parte da conversa ela começa a coçar a cabeça. E então diz: "Ser mexicano não significa ser pobre". E eu tenho vontade de responder: "Mãe, não é questão de ser pobre. Nem questão de ser mexicano. Eu só não gosto de sapato". Mas sei que toda essa história de sapato tem a ver com o jeito como ela foi criada. Então sempre acabo cedendo quando ela repete: "Dante, a gente pode comprar sapatos". Sei que isso não tem nada a ver com "poder comprar". Mas, sabe como é, ela sempre lança um olhar atravessado para mim. E eu devolvo o mesmo olhar. É assim que funciona. Eu, minha mãe e os sapatos não podemos discutir.

Como de costume, Dante passou a contemplar o céu quente da tarde. Era sinal de que estava pensando.

— Sabe, usar sapatos não é natural. Essa é minha premissa básica — disse, por fim.

— Sua premissa básica?

Às vezes, ele falava como um cientista ou um filósofo.

— Você sabe... O princípio fundamental.

— Princípio fundamental?

— Do jeito que você me olha parece até que eu sou doido.

— Você *é* doido, Dante.

— Não sou — ele disse. E repetiu: — *Não sou.*

Parecia zangado.

— O.k. — eu disse. — Você não é. Não é doido nem japonês.

Ele chegou perto e desamarrou meu cadarço, dizendo:

— Tire o sapato, Ari. Viva um pouco.

Fomos para a rua e começamos um jogo que Dante inventou na hora. Era uma disputa para ver quem atirava o tênis mais longe. Dante foi muito sistemático com as regras criadas na hora. Eram três rodadas, seis arremessos. Pegamos um pedaço de giz para marcar onde o sapato caía. Ele pegou a fita métrica do pai, que alcançava até dez metros. Não que fosse suficiente.

— Por que precisamos medir? — perguntei. — Não basta arremessar o sapato e marcar com o giz onde caiu? A marcação mais distante ganha. Simples.

— Precisamos saber a distância exata — ele disse.

— Por quê?

— Porque quando você decide fazer uma coisa, precisa saber exatamente o que está fazendo.

— Ninguém sabe exatamente o que está fazendo — rebati.

— Isso porque as pessoas são preguiçosas e indisciplinadas.

— Alguém já te falou que às vezes você parece um lunático com um inglês perfeito?

— Culpa do meu pai — ele disse.

— A parte do lunático ou do inglês? — Balancei a cabeça. — É só um jogo, Dante.

— E daí? Quando você joga, você precisa saber o que está fazendo, Ari.

— Eu *sei* o que estamos fazendo, Dante. Inventando um jogo. Jogamos os tênis na rua pra ver quem arremessa mais longe. É isso o que estamos fazendo.

— É uma versão do lançamento de dardo, certo?

— É, acho que sim.

— Eles medem a distância quando arremessam o dardo, não é?

— É, mas é um esporte de verdade, Dante. Isso aqui não.

— Isso aqui *também* é um esporte de verdade. Eu sou de verdade. Você é de verdade. Os tênis são de verdade. A rua é de verdade. As regras que a gente criou também são de verdade. O que mais você quer?

— Mas dá muito trabalho. Depois de cada lançamento, a gente tem que medir. Qual é a graça? A graça está em arremessar.

— Não — Dante discordou —, a graça está no jogo. No jogo todo.

— Não entendo. Arremessar o sapato é legal. O.k. Mas pegar a fita do seu pai e esticar no meio da rua dá muito trabalho. Não tem graça. Além disso, e se vier um carro?

— Saímos da frente. Aliás, a gente podia jogar no parque.

— A rua é mais legal — eu disse.

Dante me encarou.

Encarei-o de volta. Eu sabia que não tinha chance; sabia que acabaríamos jogando pelas regras *dele*. Mas a verdade é que aquilo era importante para Dante, não para mim. Assim, jogamos com nossos equipamentos: tênis, dois pedaços de giz e a fita métrica do pai dele. Criávamos as regras conforme jogávamos, e as mudávamos o tempo todo. No final, havia três *sets* — como num jogo de tênis. Cada *set* consistia em seis arremessos. Dezoito arremessos completavam uma partida. Dante venceu dois *sets* de três. Mas fui eu que fiz o melhor lançamento: catorze metros e quarenta e dois centímetros.

O pai de Dante apareceu na frente da casa e balançou a cabeça.

— O que vocês estão fazendo?

— Jogando.

— O que eu disse sobre brincar na rua, Dante? Tem um parque *bem ali* — ele disse, apontando para o parque. — E o que... — ele fez uma pausa para examinar a cena. — Vocês estão jogando o tênis pela rua?

Dante não tinha medo do pai. Não que Sam fosse temível. Ainda assim, pai é pai, e o dele estava ali diante de nós, nos desafiando. Dante nem se abalou, na certeza de que poderia se justificar.

— Não estamos simplesmente arremessando o tênis pela rua, pai. É um jogo. É a versão pobre de lançamento de dardo. Queremos ver quem joga mais longe.

O pai dele riu. *Riu para valer.*

— Você é o único garoto capaz de inventar um jogo para acabar com seu tênis.

E, ainda rindo, completou:

— Sua mãe vai adorar.

— Não precisamos contar pra ela.

— Sim, precisamos.

— Por quê?

— Nada de segredos. É a regra.

— Estamos jogando no meio da rua. Como pode ser segredo?

— É segredo se não contarmos a ela.

Ele abriu um sorriso irônico para Dante, não por raiva, mas por precisar agir como pai.

— Vá jogar no parque, Dante.

Encontramos um bom lugar no parque para continuar o jogo. Eu analisava o rosto de Dante, que se preparava para arremessar o tênis com toda a força. Seu pai estava certo: Dante tinha mesmo arranjado um jogo como desculpa para acabar com o tênis.

Doze

UMA TARDE, DEPOIS DE SAIR DA PISCINA, FICAMOS DE bobeira na varanda da casa de Dante.

Ele mantinha o olhar fixo nos próprios pés. Achei engraçado. Me perguntou por que eu sorria.

— Só estava sorrindo — expliquei. — Não se pode sorrir?

— Você não está falando a verdade — ele disse.

Ele tinha essa implicância sobre dizer a verdade. Era tão chato com isso quanto meu pai. A diferença é que meu pai guardava a verdade para si. Já Dante acreditava que a gente precisava comunicar a verdade em palavras. Em voz alta e para alguém.

Eu não era como Dante. Parecia mais com meu pai.

— Tudo bem — admiti. — Achei graça de você olhando para os próprios pés.

— É uma coisa curiosa de achar graça.

— É estranho — comentei. — Quem faz isso…? Quem olha para os próprios pés, além de você?

— Não é errado conhecer o próprio corpo — ele disse.

— Dizer isso também é estranho — emendei.

Não falávamos sobre nosso corpo em casa. Não era assim que as coisas funcionavam lá.

— Que seja — ele disse.

— Que seja — repeti.

— Você gosta de cachorro, Ari?

— Adoro cachorro.

— Eu também. Eles não precisam usar sapatos.

Caí na gargalhada. Comecei a pensar que uma de minhas missões na terra era rir das piadas de Dante. Só que ele não tinha a intenção de ser engraçado. Estava apenas sendo ele mesmo.

— Vou pedir um cachorro para o meu pai.

Ele disse essas palavras com algo no olhar, uma espécie de fogo. O que seria aquele fogo?

— Que tipo de cachorro você quer?

— Não sei, Ari. Quero adotar. Um cachorro que tenha sido abandonado.

— Sei. Mas como você vai escolher? Tem um monte de cachorros no abrigo. E todos querem ser resgatados.

— Culpa das pessoas, que são tão más. Deixam os cachorros na rua como se fossem lixo. Odeio isso.

Continuamos a conversar até ouvir um barulho. Uns moleques gritando na rua. Eram três. Talvez um pouco mais novos do que nós. Dois deles seguravam pistolas de ar e apontavam para um passarinho que tinham acabado de acertar.

— Pegamos! Pegamos! — gritava um deles, com a pistola na direção da árvore.

— Ei! — Dante gritou. — Parem com isso!

Antes de eu perceber o que estava acontecendo, ele já estava no meio da rua. Corri atrás.

— Parem! O que vocês têm na cabeça? — Dante estendeu a mão e fez sinal para os meninos pararem. — Dá aqui a pistola — ordenou.

— Nem morto que eu vou dar minha pistola de ar pra você.

— É ilegal — Dante disse, parecendo furioso. Furioso mesmo.

— E a segunda emenda? — disse o cara.

— É, a segunda emenda — disse o outro, segurando a arminha firme.

— A segunda emenda não se aplica a pistolas de ar, babaca. Aliás, armas não são permitidas em espaços públicos da cidade.

— E como você vai me impedir, seu merda?

— Vou fazer vocês pararem — Dante respondeu.

— Como?

— Chutando a bunda magrela de vocês até a fronteira do México — eu disse.

Acho que tinha medo de que aqueles caras machucassem Dante. Só disse o que senti que era necessário. Eles não eram grandes nem espertos. Eram moleques maus e idiotas, e eu sabia do que eram capazes. Talvez Dante não fosse mau o bastante para brigar. Mas eu era. Nunca me sentira mal por ter socado um cara que merecia.

Ficamos ali uns instantes, nos encarando. Pude ver que Dante não fazia ideia do próximo passo.

Um dos moleques parecia a ponto de mirar a pistola em mim.

— Eu não faria isso se fosse você, seu merdinha.

Mal terminei de falar e tomei a arma da mão dele num único movimento. Rápido e inesperado. Foi uma das coisas que aprendi sobre como agir em brigas: ser rápido, pegar os caras de surpresa. E lá estava eu, com a pistola de ar nas mãos.

— Você tem sorte de eu não enfiar isso no seu rabo — alertei em seguida.

Joguei a pistola no chão. Nem precisei mandar darem o fora. Eles simplesmente foram embora, murmurando palavrões pelo caminho.

Dante e eu olhamos um para a cara do outro.

— Não sabia que você gostava de brigar — falou.

— Não gosto. Não mesmo — repliquei.

— Ah — ele insistiu. — Você gosta, sim, de brigar.

— Talvez eu goste — eu disse. — E eu não sabia que você era pacifista.

— Talvez eu não seja pacifista. Talvez só ache que é preciso um bom motivo para sair por aí matando pássaros. — Dante examinou meu rosto. Não sei o que buscava. — Você também manda bem nos palavrões — completou.

— Pois é. Bom, Dante, não vamos contar pra sua mãe.

— Nem pra sua.

Olhei para ele.

— Tenho uma teoria sobre por que as mães são tão rígidas.

Dante esboçou um sorriso.

— Porque amam a gente, Ari.

— Isso é parte da resposta. A outra é porque querem que sejamos meninos para sempre.

— É, acho que isso faria minha mãe feliz... Ser menino para sempre.

Dante baixou o olhar para o passarinho morto. Há poucos minutos, estava com uma raiva enorme. Agora parecia prestes a chorar.

— Nunca tinha visto você com tanta raiva — falei.

— Também nunca tinha visto você com tanta raiva.

Ambos sabíamos que nossa raiva tinha motivos diferentes.

Passamos uns instantes ali parados, olhando para o pássaro morto.

— É só um pardalzinho — ele disse. E começou a chorar.

Eu não sabia o que fazer. Só fiquei ali, olhando.

Atravessamos a rua e sentamos na varanda. Ele arremessou o tênis para o outro lado da rua com toda a força e fúria. Depois, secou as lágrimas.

— Você ficou com medo? — perguntou.

— Não.

— Eu fiquei.

— E daí?

Mais uma vez se fez um silêncio. Eu odiava o silêncio. Então acabei fazendo uma pergunta imbecil:

— Por que os pássaros existem, afinal?

Ele olhou para mim.

— Você não sabe?

— Acho que não.

— Os pássaros existem para nos ensinar coisas sobre o céu.

— Você acredita nisso?

— Acredito.

Queria falar para ele não chorar mais, que aquilo que os moleques fizeram com o pássaro não importava. Mas sabia que, *sim*, importava. Importava para Dante. E, em todo caso, não adiantava falar para ele não chorar, porque ele precisava chorar. Era o jeito dele.

Ele finalmente parou. Respirou fundo e olhou para mim.

— Você me ajuda a enterrar o pássaro?

— Claro.

Pegamos uma pá na garagem da casa dele e andamos até o parque, onde o pássaro estava, caído na grama. Levantei-o com a pá e o levei para o outro lado da rua, para o quintal dos fundos da casa de Dante. Cavei um buraco sob um grande oleandro.

Acomodamos o pássaro no buraco e enterramos.

Nenhum de nós abriu a boca.

Dante voltou a chorar. Fiquei mal por não ter vontade de chorar. Não estava nem um pouco triste por causa do pássaro. Talvez ele não merecesse levar um tiro de um moleque idiota que só sabia se divertir atirando nas coisas. Mas, ainda assim, era só um pássaro.

Eu era mais frio que Dante. Acho que tentava esconder esse meu jeito porque queria que ele gostasse de mim. Mas agora ele tinha visto. Que eu era frio. Mas talvez tudo estivesse bem. Talvez ele pudesse gostar do meu jeito mais frio, assim como eu gostava de que ele *não* fosse desse jeito.

Contemplamos a cova do passarinho.

— Obrigado — ele disse.

— Não foi nada — respondi.

Eu sabia que ele queria ficar sozinho.

— Ei — falei baixinho. — Vejo você amanhã.

— Vamos nadar — ele disse.

— Vamos.

Uma lágrima escorria pela bochecha dele. A luz do sol poente fazia com que parecesse um pequeno rio.

Imaginei como era ser o tipo de cara que chora pela morte de um passarinho.

Me despedi com um aceno. Ele fez o mesmo.

No caminho para casa, pensei sobre pássaros e o sentido de sua existência. Dante tinha uma resposta. Eu não. Não fazia ideia de por que os pássaros existiam. Nunca sequer questionara isso.

A resposta de Dante fez sentido para mim. Se estudássemos os pássaros, poderíamos aprender a ser livres. Acho que era isso que ele queria dizer. Eu tinha nome de filósofo. Qual era *minha* resposta? Por que não tinha uma resposta?

E por que alguns caras eram capazes de chorar e outros não choravam de jeito nenhum? Garotos diferentes tinham lógicas diferentes.

Ao chegar em casa, sentei na varanda.

Assisti ao pôr do sol.

Estava me sentindo sozinho, mas não de um jeito ruim. Gostava de ficar sozinho. Talvez até demais. Talvez meu pai fosse assim também.

Pensei muito em Dante.

E me pareceu que seu rosto era o mapa do mundo. Um mundo sem qualquer escuridão.

Uau, um mundo sem escuridão. Não seria lindo?

Pardais que caem do céu

Quando eu era criança, costumava acordar achando que o mundo ia acabar.

Um

NA MANHÃ SEGUINTE AO ENTERRO DO PASSARINHO, acordei queimando de febre.

Dores no corpo, na garganta, cabeça latejando como um coração pulsante. Eu ficava olhando minhas mãos; estava quase convencido de que pertenciam a outra pessoa. Ao tentar levantar, percebi que não tinha equilíbrio nem força. O quarto parecia girar. Tentei dar um passo, mas minhas pernas não suportavam meu peso. Caí de costas na cama e o rádio relógio se espatifou no chão.

Minha mãe apareceu no quarto e, por algum motivo, ela não parecia real.

— Mãe? Mãe? É você? — Eu tinha a sensação de que gritava.

Os olhos dela demonstravam dúvida.

— Sim — respondeu. Parecia tão séria.

— Caí — eu disse.

Ela falou alguma coisa, mas não consegui entender. Tudo estava tão estranho. Pensei que talvez fosse um sonho, mas o toque de sua mão em meu braço era real.

— Você está queimando de febre — ela disse.

Senti suas mãos em meu rosto.

Eu só queria saber onde estávamos, então perguntei.

— Onde estamos?

Ela me abraçou por uns instantes.

— Shhh.

O mundo estava tão quieto. Havia uma barreira entre mim e as coisas, e pensei por um momento que o mundo nunca tinha me querido e que agora aproveitava a oportunidade para se livrar de mim.

Olhei para cima e vi minha mãe parada. Em uma mão, duas aspirinas; na outra, um copo d'água.

Sentei, peguei os comprimidos e coloquei na boca. Ao segurar o copo, pude notar como minhas mãos tremiam.

Ela pôs um termômetro embaixo da minha língua.

Esperou o tempo necessário e pegou de volta.

— Quarenta graus — disse. — Precisamos baixar essa febre. — Balançando a cabeça, completou: — É culpa daquela piscina cheia de germes.

O mundo pareceu mais real por um instante.

— É só um resfriado — balbuciei, mas parecia que a voz era de outra pessoa.

— Acho que você está com gripe.

Mas é verão. As palavras estavam na ponta da língua, mas não consegui dizê-las. Não conseguia parar de tremer. Ela pôs outro cobertor em cima de mim.

Tudo girava, mas quando eu fechava os olhos, o quarto ficava imóvel e escuro.

E então vinham os sonhos.

Pássaros caindo do céu. Pardais. Milhões e milhões de pardais. Caíam como chuva, em cima de mim, e eu ficava todo coberto de sangue e não conseguia encontrar um lugar onde me proteger. Os bicos me rasgavam a pele como flechas. E o avião de Buddy Holly também estava caindo do céu, e eu ouvia Waylon Jennings cantar "La bamba". Ouvia Dante chorar... e quando virei para ver onde ele estava, o vi carregar o corpo inerte de Richie Valens nos braços. E então o avião começou a cair em nossa direção. Tudo que vi foi a sombra e a terra em chamas.

E então o céu desapareceu.

Eu devia ter gritado, porque minha mãe e meu pai estavam no quarto. Tremia, e tudo estava empapado de suor. Então me dei conta de que estava chorando e não conseguia parar.

Meu pai me pegou e começou a me balançar na cadeira. Me senti pequeno e fraco. Quis abraçá-lo também, mas não tinha força nos braços. Quis perguntar se ele me abraçara assim quando eu era criança, porque não lembrava. Por que não lembrava? Comecei a pensar que talvez ainda estivesse sonhando, mas vi minha mãe trocar os lençóis da cama. Aquilo tudo era real. Menos eu.

Acho que eu murmurava alguma coisa. Meu pai me abraçou mais forte, mas nem seus braços nem seus sussurros foram capazes de evitar meus tremores. Minha mãe secou meu corpo suado com uma toalha e, junto com meu pai, trocou minha camiseta e minha cueca. E então eu disse a coisa mais estranha:

— Não jogue a camiseta fora. Meu pai que meu deu.

Eu sabia que estava chorando, mas não sabia o motivo; e eu não era de chorar. Pensei que talvez fosse o choro de outra pessoa.

Pude ouvir meu pai falar baixinho:

— Shhh, está tudo bem.

Ele me colocou na cama, de barriga para cima. Minha mãe sentou ao meu lado e me deu mais água e mais aspirina.

Vi a expressão no rosto do meu pai e percebi como ele estava preocupado. E fiquei triste por ser a causa da preocupação. Eu imaginava se ele tinha me abraçado mesmo e queria dizer que não o odiava, que apenas não o entendia, não entendia quem ele era, apesar de querer tanto. Minha mãe disse algo em espanhol para meu pai, e ele fez que sim com a cabeça. Eu estava cansado demais para prestar atenção ao que era dito em qualquer língua.

O mundo estava tão quieto.

Adormeci, e os sonhos voltaram. Chovia lá fora; eu estava cercado de relâmpagos e trovões. Conseguia ver a mim mesmo correndo na chuva. Gritava à procura de Dante, que estava perdido.

— Dante! Volte! Volte!

Em seguida, já não estava mais à procura de Dante. Estava à procura do meu pai e gritava por ele.

— Pai! Pai! Aonde você foi? Aonde você foi?

Quando acordei, estava de novo encharcado de suor.

Meu pai estava na cadeira de balanço, me olhando fixamente.

Minha mãe entrou no quarto. Olhou para o meu pai e depois para mim.

— Não queria assustar vocês.

Eu era incapaz de falar mais alto que um suspiro.

Minha mãe sorriu. Ela devia ter sido muito bonita quando jovem. Ela me ajudou a sentar.

— Amor, você está encharcado. Por que não toma uma ducha?

— Tive pesadelos.

Descansei a cabeça em seu ombro. Queria que nós três ficássemos assim para sempre.

Meu pai me ajudou a ir até o chuveiro. Eu estava fraco e abatido. Quando a água morna atingiu meu corpo, pensei nos sonhos... Dante, meu pai. Imaginei como meu pai era quando tinha a minha idade. Minha mãe contou que ele era bonito. Será que era tão bonito quanto Dante? Depois me perguntei por que pensei isso.

Voltei para a cama. Minha mãe tinha trocado os lençóis mais uma vez.

— A febre passou — ela disse, para depois me dar outro copo d'água.

Não queria, mas bebi tudo. Não tinha ideia da sede que sentia. Pedi mais água.

Meu pai ainda estava lá, sentado na cadeira de balanço.

Nos entreolhamos longamente enquanto eu deitava na cama.

— Você estava me procurando.

Olhei para ele.

— No sonho. Você estava me procurando.

— Estou sempre procurando você — suspirei.

Dois

QUANDO ACORDEI NA MANHÃ SEGUINTE, PENSEI QUE tivesse morrido. Sabia que não era verdade... mas aquilo me passou pela cabeça. Talvez parte de nós morra quando ficamos doentes. Não sei.

A solução da minha mãe para meu estado de saúde era me dar litros d'água para beber — um copo sofrido atrás do outro.

Depois de um tempo, fiz greve e me recusei a beber mais.

— Minha bexiga já está prestes a explodir.

— Isso é bom — ela disse. — Você está limpando o corpo.

— Chega de limpeza — retruquei.

A água não era a única coisa com que eu precisava lidar. Precisava lidar também com a canja de galinha. Aquela sopa virou minha inimiga.

O primeiro prato foi maravilhoso. Nunca tinha sentido tanta fome. Nunca. E a sopa estava bem rala.

A canja reapareceu no almoço do dia seguinte. Tudo bem, porque pude comer a galinha e os vegetais acompanhados de tortilhas de milho e arroz. Mas a canja retornou à tarde para o lanche. E de novo no jantar.

Estava cansado de água e canja de galinha. Estava cansado de ficar doente. Depois de quatro dias de cama, decidi que era hora de seguir em frente.

Fiz o anúncio à minha mãe.

— Estou bem.

— Não, não está — foi sua reação.

— Estou sendo mantido como refém.

Essa foi a primeira coisa que disse a meu pai quando ele chegou do trabalho.

Ele abriu um sorriso.

— Estou bem melhor, pai. De verdade.

— Você ainda está meio pálido.

— Preciso de sol.

— Espere mais um dia — ele disse. — Então você pode sair e arrumar todas as confusões que quiser.

— Tudo bem — cedi. — Mas chega de canja de galinha.

— Isso é entre sua mãe e você.

Ele foi em direção à porta, mas hesitou um instante.

— Teve mais algum pesadelo?

— Sempre tenho pesadelos — respondi.

— Mesmo quando não está doente?

— Sim.

Ele permaneceu parado sob o batente.

— Você está sempre perdido?

— Sim, na maioria dos sonhos.

— E sempre me procurando?

— Quase sempre estou à procura de mim mesmo, pai.

Era estranho falar com ele sobre algo assim. Estranho e assustador. Queria falar mais, só que não sabia exatamente como expressar o que havia dentro de mim. Baixei o olhar. Então olhei para ele e dei de ombros, como se dissesse *nada de mais*.

— Sinto muito — ele disse. — Sinto muito estar tão longe.

— Tudo bem.

— Não. Não está tudo bem.

Acho que ele ia continuar, mas mudou de ideia. Virou de costas e saiu do quarto.

Permaneci com os olhos cravados no chão. E então ouvi a voz dele de novo.

— Eu também tenho pesadelos, Ari.

Tive vontade de perguntar se os sonhos ruins eram sobre a guerra ou sobre meu irmão. Quis perguntar se ele acordava tão assustado quanto eu.

Tudo o que fiz foi sorrir. Ele tinha me dito algo sobre si.

Fiquei feliz.

FINALMENTE ME DEIXARAM VER TV, MAS DESCOBRI algo sobre mim mesmo: eu não gostava de TV. Nem um pouco. Desliguei o aparelho e me vi diante da minha mãe, sentada à mesa da cozinha repassando alguns planos de aula antigos.

— Mãe?

Ela levantou o olhar para mim. Tentei imaginá-la de pé em frente à turma. Imaginei o que pensavam dela, como a viam. Será que gostavam dela? Ou odiavam? Será que a respeitavam? Será que sabiam que era mãe? E será que isso lhes importava?

— Em que você está pensando?

— Você gosta de dar aula?

— Sim — ela respondeu.

— Mesmo quando seus alunos não dão a mínima?

— Vou contar um segredo. Eu não tenho como controlar o que o estudo significa para eles. Esse valor tem que partir deles mesmos, não de mim.

— Então de que adiantam seus esforços?

— Não importa o que aconteça, Ari, minha função é me importar.

— Mesmo que eles não liguem?

— Mesmo que não liguem.

— Aconteça o que acontecer?

— Aconteça o que acontecer.

— Mesmo quando você dá aulas para garotos como eu, que acham a vida um tédio?

— É assim quando se tem quinze anos.

— É só uma fase? — perguntei.

— É só uma fase — ela riu.

— Você gosta de jovens de quinze anos?

— Você quer saber se gosto de você ou dos alunos?

— Dos dois, acho.

— Eu adoro você, Ari, você sabe.

— Sei, mas você adora seus alunos também.

— Está com ciúmes?

— Posso sair?

Eu sabia desviar das perguntas tão bem quanto ela.

— Você pode sair amanhã.

— Acho que você está sendo fascista.

— Essa palavra é séria, Ari.

— Graças a você, sei tudo sobre as diferentes formas de governo. Mussolini era fascista. Franco era fascista. E meu pai diz que Reagan era fascista.

— Não leve as piadas do seu pai tão a sério, Ari. Ele só queria dizer que o presidente Reagan tinha a mão pesada demais.

— Sei o que ele queria dizer, mãe. Assim como *você* sabe o que *eu* quero dizer.

— Bom, legal você achar que sua mãe é como uma forma de governo.

— Você é, um pouco.

— Entendi, Ari. Ainda assim, você não vai sair.

Havia dias em que desejava ter força para me rebelar contra as regras da minha mãe.

— Só quero sair. Estou entediado pra caramba.

Ela levantou. Segurou meu rosto entre as mãos.

— *Hijo de mi vida* — disse —, sinto muito por você achar que sou rígida demais com você. Mas tenho meus motivos. Quando você for mais velho...

— Você sempre diz isso. Já tenho quinze anos. Quantos anos preciso ter? Quanto tempo até você decidir que consigo entender, mãe? Não sou mais criança.

Ela tomou minha mão e a beijou.

— Pra mim, você é — falou em voz baixa.

As lágrimas rolavam em seu rosto. Alguma coisa não fazia sentido. Primeiro Dante. Depois eu. Agora minha mãe. Lágrimas para tudo quanto é lado. Talvez o choro fosse contagioso, como a gripe.

— Está tudo bem, mãe — sussurrei.

Abri um sorriso. Devia ter uma explicação para as lágrimas, mas não ia ser fácil arrancá-la.

— Você está bem? — perguntei.

— Sim — respondeu. — Estou.

— Não parece.

— Estou fazendo o máximo para não me preocupar com você.

— Por que se preocupar? A gripe já passou.

— Não é isso que eu quero dizer.

— O que é, então?

— O que você faz na rua?

— Coisas.

— Você não tem amigos.

Ao dizer essas palavras, ela ameaçou levar a mão à boca, mas se conteve.

Quis odiá-la por causa da acusação.

— Não quero amigos.

Ela me encarou, quase como se eu fosse um estranho.

— E como posso ter amigos se você não me deixa sair?

Recebi um daqueles olhares atravessados.

— Eu *tenho* amigos, mãe. Amigos da escola. E Dante. Ele é meu amigo.

— É — ela disse. — Dante.

— É — repeti. — Dante.

— Fico feliz com o Dante.

Concordei com a cabeça.

— Eu estou bem, mãe. Só não sou o tipo de cara que... — não sabia o que estava tentando dizer. — Só sou diferente.

Nem eu compreendi minhas palavras.

— Sabe o que eu acho?

Eu não queria saber o que ela achava. Não mesmo. Mas ia ouvir de qualquer jeito.

— Claro que sei — disse.

Ela ignorou.

— Acho que você não sabe o quanto é amado.

— Sei, sim.

Ela começou a dizer algo, mas mudou de ideia.

— Ari, só quero que você seja feliz.

Pensei em falar que a felicidade era difícil para mim. Mas acho que ela já sabia disso.

— Bom — eu disse —, estou naquela fase em que as pessoas esperam que eu seja infeliz.

Minhas palavras a fizeram rir.

Estávamos bem.

— Tudo bem se o Dante vier aqui?

Quatro

DANTE ATENDEU O TELEFONE NO SEGUNDO TOQUE.

— Você sumiu da piscina — sua voz soou com raiva.

— Estava de cama. Peguei gripe. Passei a maior parte do tempo dormindo, tendo pesadelos e tomando canja de galinha.

— Febre?

— Sim.

— Dor nos ossos?

— Sim.

— Suores noturnos?

— Sim.

— Que ruim — comentou. — Com o que você sonhou?

— Não quero falar sobre isso.

Ele não se incomodou.

Uns quinze minutos depois, apareceu na porta de casa. Ouvi a campainha. Pude ouvi-lo conversar com a minha mãe. Dante nunca teve problemas para puxar conversa. Provavelmente estava contando a história da sua vida à minha mãe.

Ouvi-o caminhar com os pés descalços pelo corredor. E logo lá estava ele, parado à porta do quarto, usando uma camiseta tão gasta que já estava quase transparente e um jeans surrado e rasgado.

— Oi — cumprimentou. Trazia um livro de poesia, um caderno de desenhos e alguns lápis.

— Você esqueceu o sapato — eu disse.

— Dei para os pobres.

— Acho que a calça jeans é a próxima.

— É.

Rimos.

Ele me olhou por um tempo.

— Você está um pouco pálido.

— Ainda assim, pareço mais mexicano que você.

— Todo mundo parece mais mexicano que eu. Reclame com quem me forneceu os genes — sua voz tinha algo diferente. Essa história toda de mexicano o incomodava.

— Tudo bem, tudo bem — eu disse.

"Tudo bem, tudo bem" sempre queria dizer que era hora de mudar o assunto.

— Então você trouxe seu caderno — desconversei.

— É.

— Vai me mostrar seus desenhos?

— Não. Vou desenhar você.

— E se eu não quiser?

— Como vou me tornar artista se não praticar?

— Os modelos não ganham para posar para os artistas?

— Só os bonitos.

— Então eu não sou bonito?

Dante sorriu.

— Não seja babaca.

Ele pareceu encabulado, mas não tanto quanto eu.

Senti que fiquei vermelho. Mesmo garotos de pele escura como eu ficavam corados.

— Então você vai mesmo ser artista?

— Claro — disse, para depois continuar, com os olhos fixos nos meus: — Não acredita em mim?

— Preciso de provas.

Dante sentou na cadeira de balanço, me olhando demoradamente.

— Você ainda parece doente.

— Obrigado.

— Talvez seja culpa dos sonhos.

— Talvez.

Eu não queria falar dos sonhos.

— Quando eu era criança, costumava acordar achando que o mundo ia acabar. Levantava da cama, olhava no espelho e via que meus olhos estavam tristes.

— Como os meus, você quer dizer?

— É.

— Meus olhos estão sempre tristes.

— O mundo não está acabando, Ari.

— Não seja idiota. Claro que não.

— Então não fique triste.

— Triste, triste, triste — eu disse.

— Triste, triste, triste — ele repetiu.

Abrimos um sorriso, tentando conter a risada. Só que não dava. Eu estava feliz por ele ter ido me visitar. Eu tinha ficado frágil, como se fosse quebrar. Não gostava de me sentir assim. Rir fazia eu me sentir melhor.

— Quero desenhar você.

— Tem algum jeito de eu impedir?

— Foi você quem disse que precisava de provas.

Ele jogou para mim o livro de poesia que trouxera.

— Leia. Você lê; eu desenho.

Dante ficou quieto. Seus olhos começaram a examinar o quarto inteiro: eu, a cama, os cobertores, os travesseiros, a luz. Fiquei nervoso, constrangido, envergonhado e desconfortável. E os olhos de Dante em mim... Não sabia se aquilo me agradava ou não. Só sabia que me sentia despido. Mas acontecia algo entre Dante e seu caderno de desenhos que me deu a sensação de invisibilidade. E eu relaxei.

— Quero sair bonito — pedi.

— Leia — ele disse. — Apenas leia.

Não demorei muito para esquecer que Dante me desenhava. Só li. Li, li e li. Às vezes, desviava o olhar para ele, que estava absorto no trabalho. Voltei ao livro de poemas. Li um verso e tentei entender: "não se pode tocar aquilo de que são feitas as estrelas". Bonitas palavras, mas eu não captava o significado. Caí no sono, pensando no que aquele verso queria dizer.

Quando acordei, Dante não estava.

Não deixou nenhum desenho de mim. Mas deixou um desenho da cadeira de balanço. Era perfeito. Uma cadeira de balanço apoiada contra as paredes do quarto. Ele havia captado a luz da tarde inundando o quarto, o modo como as sombras recaíam sobre a cadeira, conferiam profundidade e a faziam parecer mais do que um objeto inanimado. Havia um quê de tristeza e solidão no desenho; eu me perguntei se era assim que ele via o mundo ou se era assim que ele via *meu* mundo.

Detive-me sobre o desenho por um bom tempo. Aquilo me assustava. Havia algo de verdadeiro naqueles traços.

Onde será que Dante aprendera a desenhar? Fiquei com inveja dele. Ele sabia nadar, desenhar, conversar. Lia poesia e gostava de si mesmo. Me perguntei como devia ser a sensação de gostar de si mesmo. E por que algumas pessoas gostavam de si mesmas e outras não. Talvez fosse assim mesmo.

Olhei para o desenho e depois para a cadeira. Foi quando vi o bilhete que ele tinha deixado:

Ari,

Espero que goste do desenho da cadeira. Sinto falta de você na piscina. Os salva-vidas são uns imbecis.

Dante

Após o jantar, peguei o telefone e liguei para ele.
— Por que você foi embora?
— Você precisava descansar.
— Desculpa por ter caído no sono.
Então ficamos os dois calados.

— Gostei do desenho — eu disse.
— Por quê?
— Porque é igualzinho à cadeira.
— Esse é o único motivo?
— Tem algo mais — eu disse.
— O quê?
— Emoção.
— Fale mais — Dante pediu.
— É triste. Triste e solitário.
— Como você — ele disse.
Odiei que ele visse quem eu era.
— Não sou triste o tempo todo — falei.
— Eu sei.
— Você vai me mostrar os outros?
— Não.
— Por quê?
— Não posso.
— Por que não?
— Pelo mesmo motivo que o impede de falar dos seus sonhos.

Cinco

PARECIA QUE A GRIPE NÃO QUERIA ME LARGAR.
Naquela noite, os sonhos voltaram. Meu irmão. Ele estava do outro lado do rio, em Juarez; e eu, em El Paso. Podíamos nos ver. Gritei:
— Bernardo, venha pra cá!
Ele balançou a cabeça. Pensei que não tinha entendido, então gritei em espanhol:
— *Vente pa'aca, Bernardo!*
Achava que era só descobrir as palavras certas ou dizê-las na língua certa para que ele cruzasse o rio. E voltasse para casa. Se eu soubesse as palavras certas... Se eu falasse a língua certa... E então meu pai apareceu. Ele e meu irmão se encararam. Não fui capaz de suportar a expressão em seus rostos; parecia que ali estava a dor de todos os filhos e de todos os pais do mundo. Uma dor profunda, que ia além das lágrimas, e por isso o rosto de ambos estava seco. E então o sonho mudou, e meu pai e meu irmão sumiram. Eu estava de pé no mesmo lugar onde antes estivera meu pai, na margem de Juarez, e Dante estava do outro lado. Ele estava sem camisa e sem sapato. Quis nadar até ele, mas

não saía do lugar. Ele então me disse algo em inglês, e eu não consegui entender. E eu lhe disse algo em espanhol, e ele não conseguiu entender.

E eu estava tão só.

E então toda luz foi embora, e Dante desapareceu na escuridão.

Acordei e me senti perdido.

Não sabia onde estava.

A febre tinha voltado. Pensei que nada no mundo voltaria a ser igual. Mas eu sabia que era apenas a febre. Adormeci novamente.

Os pardais caíam do céu. E era eu quem os matava.

Seis

DANTE FOI ME VISITAR. EU SABIA QUE MEU ÂNIMO NÃO estava dos melhores. O que ele logo percebeu. Aparentemente, isso não importava.

— Quer conversar?

— Não — respondi.

— Quer que eu vá embora?

— Não.

Ele leu uns poemas para mim. Pensei nos pardais caindo do céu. Enquanto ouvia a voz de Dante, imaginei como soaria a voz do meu irmão. Me perguntei se algum dia ele teria lido um poema. Minha cabeça estava cheia, lotada; pardais mortos, o fantasma do meu irmão, a voz de Dante.

Dante terminou de ler um poema e começou a procurar outro.

— Você não tem medo de ficar doente também? — perguntei.

— Não.

— Não tem medo?

— Não.

— Você não tem medo de nada.

— Tenho medo de muitas coisas, Ari.

Eu podia ter perguntado *Do quê? Do que você tem medo?* Mas acho que ele não teria me contado.

Sete

A FEBRE PASSOU.

Mas os sonhos continuaram.

Meu pai estava neles. E meu irmão. E Dante. Nos meus sonhos. Às vezes, minha mãe também. Uma imagem não me saía da cabeça: eu, aos quatro anos, caminhando pela rua de mãos dadas com meu irmão. Não sabia ao certo se isso era uma recordação ou um sonho. Ou uma esperança.

Fiquei deitado pensando. Todos os problemas comuns e todos os mistérios da minha vida só importavam para mim. Não que pensar essas coisas fizesse eu me sentir melhor. Eu sabia que meu primeiro ano no Colégio Austin seria uma droga. Dante foi para o Cathedral porque lá havia uma equipe de natação. Minha mãe e meu pai queriam que eu fosse estudar lá, mas me recusei. Não queria ir para uma escola católica só para garotos. Tinha insistido que ali só havia alunos ricos. Minha mãe argumentou que a escola dava bolsas para alunos inteligentes. Eu repliquei dizendo que não era inteligente o bastante para conseguir uma bolsa. Minha mãe rebateu dizendo que nossa família podia pagar a mensalidade.

— Eu odeio aqueles garotos! — foram minhas palavras finais. E implorei ao meu pai que não me mandasse para lá. Nunca contei a Dante sobre meu ódio contra os garotos do Cathedral. Ele não precisava saber.

Pensei na acusação da minha mãe: "Você não tem amigos". Pensei na cadeira de balanço e em como ela realmente era um retrato meu. Eu era uma cadeira. Fiquei mais triste do que nunca. Eu sabia que já não era criança. Mas ainda me sentia uma. Mais ou menos. Comecei a sentir outras coisas. Coisas de homem, acho. A solidão dos homens é maior que a das crianças. E eu não queria mais ser tratado como criança. Não queria mais viver no mundo dos meus pais e não tinha um mundo próprio. Estranhamente, minha amizade com Dante tinha feito com que me sentisse ainda mais solitário.

Talvez porque Dante conseguia se adaptar a qualquer lugar. E eu, eu sempre tinha a sensação de não pertencer a lugar nenhum. Não pertencia sequer ao meu próprio corpo — *especialmente* ao meu próprio corpo. Eu estava me transformando em um desconhecido. A mudança doía, mas eu não sabia por quê. E minhas emoções não faziam sentido.

Quando era mais novo, decidi escrever um diário. Anotei algumas coisas naquele livrinho de couro com páginas em branco. Só que nunca fui disciplinado para isso. Os escritos se transformaram em uma coisa aleatória com pensamentos randômicos e nada mais.

Quando estava na sexta série, meus pais me deram de presente uma luva de beisebol e uma máquina de escrever. Eu estava no time da escola, então a luva fazia sentido. Mas e a máquina de escrever? Fingi gostar dela. Mas eu não era um bom ator. O fato de eu não falar as coisas não fazia de mim um bom ator. O engraçado foi que aprendi a datilografar. Pelo menos uma habilidade. A história do beisebol não deu certo. Eu era bom o bastante para entrar no time, mas odiava aquilo. Fazia por meu pai.

Não sei por que estava pensando nessas coisas, mas sempre pensava. Acho que eu tinha uma TV própria no cérebro. Podia controlar o que queria assistir. Podia mudar de canal sempre que quisesse.

Pensei em ligar para Dante. E depois pensei que talvez não ligaria. Não estava muito a fim de falar com ninguém. Só comigo mesmo.

Desviei o pensamento para minhas irmãs mais velhas, para o fato de serem tão próximas uma da outra e tão distantes de mim. Sabia que era uma questão de idade. A idade parecia importante. Para elas. E para mim. Nasci "um pouco atrasado". Era essa a expressão que elas usavam. Um dia, estavam conversando na mesa da cozinha. Falavam de mim, e foi essa a expressão que usaram. Não era a primeira vez que ouvia essa expressão dirigida a mim. Então decidi enfrentá-las porque não gostava que as pessoas pensassem isso de mim. Não sei, perdi um pouco o controle. Olhei para minha irmã Cecilia e disse:

— Você nasceu um pouco adiantada. — Sorri para ela e balancei a cabeça, para depois continuar: — Não é triste? Não é triste pra cacete?

Minha outra irmã, Sylvia, começou um sermão:

— Odeio essa palavra. Não fale assim. É muita falta de respeito. Como se elas me respeitassem. Sim, claro que me respeitavam... Elas contaram para minha mãe que eu estava falando palavrões. Minha mãe odiava "palavrões". Ela me lançou aquele olhar.

— Xingar é uma demonstração de extrema falta de respeito. E não adianta fazer cara feia.

E a situação só piorou quando me recusei a pedir desculpas.

A parte boa é que minhas irmãs nunca mais usaram a expressão "nasceu um pouco atrasado". Pelo menos não na minha frente.

Acho que eu vivia com raiva porque não podia conversar com meu irmão. E vivia com raiva porque também não podia conversar com minhas irmãs. Não era que elas não se importassem comigo. Era que me tratavam mais como filho do que como irmão. Eu não precisava de três mães. Por isso eu era sozinho. E a solidão fez com que eu não quisesse conversar com gente da minha idade. Alguém que entendesse que falar palavrões não era um indício da minha falta de respeito. Às vezes, xingar me libertava.

Conversar comigo mesmo no diário equivalia a conversar com alguém da minha idade.

Às vezes, eu anotava todos os xingamentos que era capaz de lembrar. Isso me fazia bem. Minha mãe tinha suas regras. Para o meu pai, era não fumar dentro de casa. Para todos: não xingar. Ela jamais soltava um palavrão. Mesmo quando meu pai deixava escapar um par de palavras interessantes, ela o encarava e dizia:

— Vá fazer isso na rua, Jaime. Talvez você encontre um cachorro para apreciar esse linguajar.

Minha mãe era doce, mas também muito brava. Acho que foi

assim que sobreviveu. Eu não ia arrumar problemas com ela por conta dos palavrões. Por isso, na maior parte do tempo, só xingava mentalmente.

E também tinha essa questão com meu nome. Angel Aristóteles Mendoza. Eu odiava o nome Angel e jamais deixaria alguém me chamar assim. Todo cara chamado Angel que conheci era um babaca completo. Eu também não ligava para "Aristóteles". Mesmo sabendo que o nome era uma homenagem a meu avô, também sabia que tinha herdado o nome do filósofo mais famoso do mundo. Eu odiava isso. Todos esperavam algo de mim. Algo que eu simplesmente não podia dar.

Então passei a me chamar Ari.

Se tirasse uma letra, meu nome seria Ar.

Achava que devia ser ótimo ser o ar.

Eu poderia ser alguma coisa e nada ao mesmo tempo. Ser necessário e invisível. Todos precisariam de mim e ninguém conseguiria me ver.

Oito

MINHA MÃE INTERROMPEU MEUS PENSAMENTOS — SE é que podemos chamar assim.

— Dante ao telefone.

Atravessei a cozinha e notei que ela estava limpando todos os armários. Não importava o significado do verão para os outros; para minha mãe, significava trabalho.

Me atirei no sofá da sala e peguei o telefone.

— Oi.

— Oi, o que você tá fazendo?

— Nada. Ainda não estou muito bem. Minha mãe vai me levar ao médico hoje à tarde.

— Achei que a gente fosse nadar.

— Merda — eu disse. — Não posso. É que, você sabe...

— Sim, eu sei. Então você está de bobeira?

— É.

— Você está lendo alguma coisa, Ari?

— Não. Estou pensando.

— No quê?

— Em coisas.

— Coisas?

— É, Dante, coisas.

— Como o quê, Ari?

— Sei lá, em como minhas irmãs e meu irmão são tão mais velhos que eu e como eu me sinto com relação a isso.

— Quantos anos eles têm?

— Minhas irmãs são gêmeas. Não são idênticas, mas se parecem. Têm vinte e sete. A minha mãe engravidou aos dezoito.

— Nossa — ele disse. — Elas têm vinte e sete.

— É. Nossa. Tenho quinze anos, três sobrinhas e quatro sobrinhos.

— Isso deve ser muito legal, Ari.

— Acredite, Dante, não é legal. Eles nem me chamam de tio.

— E seu irmão, quantos anos tem?

— Tem vinte e cinco.

— Sempre quis ter um irmão.

— É, bem... para mim daria na mesma não ter.

— Por quê?

— A gente não fala dele. É como se estivesse morto.

— Por quê?

— Ele está preso, Dante.

Nunca tinha contado a ninguém sobre meu irmão. Nunca tinha dito uma palavra sequer sobre ele a outro ser humano. Fiquei mal por ter falado dele.

Dante não disse nada.

— Podemos não falar dele, Dante? — perguntei.

— Por quê?

— Porque me faz mal.
— Ari, não é culpa sua.
— Não quero falar dele, Dante. Tudo bem?
— Tudo bem. Mas, sabe, você tem uma vida muito interessante.
— Não mesmo — neguei.
— É, sim — ele replicou. — Pelo menos você tem irmãos. Quanto a mim, só tenho minha mãe e meu pai.
— E primos?
— Eles não gostam de mim. Acham que eu sou... bom, me acham diferente. Eles são mexicanos de verdade, sabe? E eu sou meio que... Do que você me chamou outro dia?
— *Pocho*.
— Isso. Sou exatamente isso. Meu espanhol não é bom.
— Você pode aprender.
— Aprender na escola é diferente de aprender em casa ou na rua. E é complicado porque a maioria dos meus primos é da família da minha mãe... e todos são bem pobres. Minha mãe é a caçula e teve que brigar com a família para estudar. O pai dela achava que mulheres não deviam ir para a faculdade. Mas minha mãe disse "dane-se" e foi.
— Não consigo imaginar sua mãe dizendo "dane-se".
— Bem, talvez ela não tenha dito, mas deu um jeito. Ela era muito inteligente e se esforçou na faculdade. Então ganhou uma bolsa de pós-graduação em Berkeley. E foi lá que conheceu meu pai. Eu nasci nessa época. Os dois ainda tinham que terminar os estudos. Minha mãe estava virando psicóloga, e meu pai, professor de inglês. Quer dizer, meus avós paternos nasceram no México. Vivem

numa casinha na parte leste de Los Angeles, não falam inglês e têm um restaurante pequeno. É como se meus pais tivessem criado um mundo completamente novo para si. Eu vivo nesse mundo novo deles. Só que eles entendem o mundo velho, o mundo de onde vieram... e eu não. Não pertenço a lugar nenhum. Esse é o problema.

— Claro que pertence — eu disse. — Você fica à vontade em qualquer lugar. É o seu jeito.

— Você nunca me viu perto dos meus primos. Me sinto uma aberração.

Eu sabia como era se sentir assim.

— Eu sei. Também me sinto uma aberração.

— Bom, pelo menos você é mexicano de verdade.

— E o que eu sei sobre o México, Dante?

O silêncio no telefone era estranho.

— Você acha que vai ser sempre assim?

— O quê?

— Quer dizer, quando vamos ter a sensação de que o mundo nos pertence?

Quis dizer que o mundo nunca nos pertenceria.

— Não sei — respondi. — Amanhã.

Nove

FUI ATÉ A COZINHA E FIQUEI OBSERVANDO MINHA MÃE limpar os armários.

— Sobre o que você e Dante conversaram?

— Coisas.

Queria perguntar a ela sobre meu irmão. Mas jamais perguntaria.

— Ele me contou sobre a mãe e o pai dele, que se conheceram na pós-graduação em Berkeley, e ele nasceu lá. Disse que se lembra dos pais lendo e estudando o tempo todo.

Minha mãe abriu um sorriso.

— Que nem você e eu — disse.

— Não me lembro.

— Eu estava no fim da faculdade quando seu pai foi para a guerra. Os estudos me distraíam um pouco. Ficava preocupada o tempo todo. Minha mãe e minhas tias me ajudaram a cuidar dos seus irmãos enquanto eu estudava. Quando seu pai voltou, tivemos você.

Ela sorriu para mim e acariciou meu cabelo.

— Seu pai voltou para os Correios, e eu continuei a estudar. Eu tinha você e a faculdade. E seu pai estava a salvo.

— Foi difícil?

— Eu estava feliz. E você era um bebê tão bonzinho. Me sentia no céu. Compramos esta casa. Precisava de uma reforma, mas era nossa. E eu estava fazendo o que sempre quis.

— Você sempre quis ser professora?

— Sempre. Quando era criança, a gente não tinha nada, e minha mãe achava que a escola era importante para mim. Ela chorou quando contei que ia casar com seu pai.

— Ela não gostava dele?

— Não, não por isso. Ela só queria que eu continuasse a estudar. Prometi que continuaria. Demorou um pouco, mas cumpri a promessa.

Aquela foi a primeira vez em que vi minha mãe como uma pessoa de verdade. Uma pessoa que era muito mais do que apenas mãe. Era estranho pensar nela dessa forma. Quis perguntar sobre meu pai, mas não sabia como.

— Ele voltou diferente da guerra?

— Sim.

— Como?

— Havia uma ferida dentro dele, Ari.

— Como assim? Uma dor? Por quê?

— Não sei.

— Como você pode não saber, mãe?

— Porque é dele. Só dele, Ari.

Compreendi. Minha mãe simplesmente aceitou a ferida particular de meu pai.

— Algum dia a ferida vai fechar?

— Acho que não.
— Mãe? Posso perguntar uma coisa?
— Pode perguntar qualquer coisa.
— É difícil amar meu pai?
— Não — ela nem sequer hesitou.
— Você o entende?
— Nem sempre. Mas, Ari, não preciso entender sempre as pessoas que amo.
— Bom, talvez eu precise.
— É difícil pra você, não é?
— Eu sinto que não o conheço, mãe.
— Sei que você fica bravo comigo quando falo isso, Ari, mas vou falar mesmo assim. Acho que um dia você *vai* entender.
— É — eu disse. — Um dia.
Um dia eu entenderia meu pai. Um dia ele me diria quem é. Um dia. Odiava essa expressão.

Dez

GOSTAVA QUANDO MINHA MÃE ME DAVA A OPINIÃO dela sobre as coisas. Ela era boa nisso. Não que conversássemos muito, mas quando conversávamos era bom, e eu tinha a sensação de conhecê-la melhor. E eu não conhecia muita gente. Quando conversava comigo, ela era diferente de quando fazia o papel de mãe. Como mãe, ela tinha muitas ideias sobre quem eu deveria ser. E eu odiava isso, discutia com ela por isso, não queria que interferisse.

Não tinha a obrigação de aceitar o que os outros diziam sobre como eu era e quem deveria ser. *Quem sabe, se você não fosse tão calado, Ari... Talvez você pudesse ser mais disciplinado...* Sim, todos tinham sugestões sobre o que havia de errado comigo. Especialmente minhas irmãs.

Porque eu era o mais novo.

Porque eu era a surpresa.

Porque eu tinha nascido atrasado.

Porque meu irmão mais velho estava na prisão, e talvez minha mãe e meu pai se sentissem culpados. Se ao menos tivessem dito alguma coisa, feito alguma coisa. Não queriam cometer o mesmo erro. Então eu estava imerso na culpa da minha família, uma culpa sobre a qual nem minha mãe queria falar. Às vezes ela mencionava meu irmão de passagem. Mas nunca dizia seu nome.

Então eu era o único filho homem. E sentia o peso de ser filho homem em uma família mexicana. Mesmo que não quisesse. As coisas eram assim e pronto.

Fiquei furioso por ter traído minha família ao falar do meu irmão para Dante. Não era bom. Havia tantos fantasmas em nossa casa — o fantasma do meu irmão, os fantasmas da guerra do meu pai, os fantasmas das vozes das minhas irmãs. E eu achava que havia fantasmas ainda desconhecidos dentro de mim. Estavam lá. À espera.

Peguei meu velho diário e folheei as páginas. Encontrei uma anotação feita uma semana depois de ter completado quinze anos.

Não gosto de ter quinze anos.

Não gostava de ter catorze.

Não gostava de ter treze.

Não gostava de ter doze.

Não gostava de ter onze.

Ter dez anos era bom. Eu gostava daquela idade. Não sei por quê, mas tive um ano muito bom quando estava na quinta série.

A quinta série era muito boa. A sra. Pendregon era ótima, e por algum motivo todo mundo parecia gostar de mim. Um ano bom. Um ano excelente. A quinta série. Mas agora, aos quinze, bem, as coisas são meio estranhas. Minha voz sai esquisita e sempre esbarro nas coisas. Minha mãe diz que são meus reflexos tentando lidar com o fato de eu ter crescido tanto.

Não ligo muito para essa história de crescer.

Meu corpo faz coisas que não consigo controlar e simplesmente não gosto disso.

Do nada, aparecem pelos por toda parte. Pelos debaixo dos braços e pelos nas pernas e pelos em volta do... bom, pelos no meio das pernas. Bom, não gosto. Os pelos crescem até nos dedos do pé. Qual é o sentido?

E meus pés não param de crescer. Que negócio é esse de pés enormes? Aos dez anos, eu era meio pequeno e não me preocupava com pelos. A única coisa com que me preocupava era tentar falar inglês perfeitamente. Botei na cabeça naquele ano — aos dez anos — que não ia falar como mexicano. Eu ia ser americano. E soaria como um americano ao falar.

E daí que eu não pareço muito americano?

Qual é a aparência de um americano, afinal?

Um americano tem mãos grandes, pés grandes e pelos ao redor do... bem, pelos no meio das pernas?

Ler minhas próprias palavras me deixava absurdamente envergonhado. Que *pendejo*. Eu devia ser muito fracassado para escrever sobre pelos e coisas do corpo. Não surpreende que eu tenha parado com o diário. Era como registrar minha própria burrice. Por que faria isso? Por que lembrar a mim mesmo o babaca que era?

Não sei por que não atirei o diário para longe. Continuei lendo páginas aleatórias. E então encontrei uma parte sobre meu irmão.

Não há fotos do meu irmão em casa.

Há fotos do casamento das minhas irmãs mais velhas. Há fotos da minha mãe com o vestido de primeira comunhão. Fotos do meu pai no Vietnã. Fotos de mim bebê, de mim no primeiro dia de aula, de mim erguendo o troféu com meus companheiros do time infantil.

Há fotos das minhas três sobrinhas e meus quatro sobrinhos.

Há fotos dos meus avós, todos já mortos.

Há fotos pela casa inteira.

Só não há fotos do meu irmão.

Porque ele está preso.

Ninguém em casa fala dele.

É como se estivesse morto.

É pior do que se estivesse morto. Pelo menos as pessoas falam dos mortos e podemos ouvir histórias sobre eles. As pessoas sorriem ao contar essas histórias. E até dão risada. Até o cachorro que tivemos é mencionado de vez em quando.

Até Charlie, o cachorro morto, tem histórias.

Meu irmão não tem história nenhuma.

Ele foi apagado da história da família. Não acho justo. Meu irmão é mais do que uma palavra escrita em uma lousa. Quer dizer, preciso fazer um trabalho sobre Alexander Hamilton e até descobri como ele era fisicamente.

Preferia fazer um trabalho sobre meu irmão.

Acho que ninguém na escola se interessaria em ler esse trabalho.

Imaginava se algum dia teria coragem de pedir a meus pais que me contassem sobre meu irmão. Uma vez perguntei para minhas irmãs. Cecilia e Sylvia me fuzilaram com os olhos.
— Jamais mencione essa pessoa.
Lembro de ter pensado que, se tivessem uma arma, atirariam em mim.
Me peguei várias vezes repetindo baixinho: "Meu irmão está preso, meu irmão está preso, meu irmão está preso". Queria sentir essas palavras em meus lábios ao pronunciá-las em voz alta. Palavras podiam ser como alimentos — deixavam um gosto na boca. Tinham sabor. "Meu irmão está preso." Essas palavras tinham gosto amargo.
Mas o pior é que essas palavras viviam dentro de mim. E transbordavam de mim. Palavras que não podiam ser controladas. Nem sempre.
Eu não sabia o que estava acontecendo comigo. Tudo estava um caos, e eu tinha medo. Me sentia como o quarto de Dante antes de ele arrumar. Ordem. Era disso que eu precisava. Então peguei o diário e comecei a escrever.

Estas são as coisas que estão acontecendo na minha vida (em ordem aleatória):

— *Fiquei com gripe e me sinto péssimo; também me sinto péssimo por dentro.*

— *Sempre me senti péssimo por dentro. Os motivos para isso são diversos.*

— *Contei a meu pai que sempre tive pesadelos. E é verdade. Nunca tinha contado a ninguém. Só soube que era verdade ao falar.*

— *Odiei minha mãe por um minuto ou dois porque ela disse que eu não tinha amigos.*

— *Queria saber do meu irmão. Se soubesse mais sobre ele, será que o odiaria?*

— *Meu pai me pegou nos braços quando tive febre e eu quis ficar para sempre em seus braços.*

— *O problema não é que eu não ame minha mãe e meu pai. O problema é que não sei como amá-los.*

— *Dante é o primeiro amigo que já tive. Isso me assusta.*

— *Acho que se Dante me conhecesse de verdade, não gostaria de mim.*

Onze

TIVEMOS QUE ESPERAR MAIS DE DUAS HORAS NO consultório médico. Mas minha mãe e eu estávamos preparados. Levei o livro de poesia que Dante me emprestara e o livro de poemas de William Carlos Williams. Minha mãe estava com um romance que já tinha começado: *Abençoe-me, Ultima*.

Estava sentado de frente para ela na sala de espera e percebia que, às vezes, estava sendo encarado. Sentia seus olhos sobre mim.

— Não sabia que você gostava de poesia.

— É do Dante. O pai dele tem livros de poesia pela casa toda.

— Deve ser maravilhoso fazer o que ele faz.

— Você quer dizer dar aula em faculdade?

— Sim. Maravilhoso.

— Deve ser — eu disse.

— Nunca tive um professor descendente de mexicanos na faculdade. Nenhum.

Seu olhar manifestava algo próximo a ira.

Eu sabia tão pouco sobre ela. Sobre o que ela tinha passado, sobre qual seria a sensação de ser ela. Nunca me importara nem um pouco. Começava a me importar, a me perguntar. Começava a me questionar sobre tudo.

— Você gosta de poesia, Ari?

— É, acho que sim.

— Talvez você vire escritor — ela disse. — Um poeta.

O comentário da minha mãe soava lindo. Lindo demais para mim.

Doze

NÃO HAVIA NADA DE ERRADO COMIGO. FOI ISSO QUE o médico disse. Apenas a recuperação normal de uma gripe forte. A tarde tinha sido um desperdício. Exceto o instante em que vi a fúria no rosto da minha mãe. Era algo que me faria pensar.

Mais um mistério. Logo agora que ela ficava menos misteriosa.

Finalmente pude sair de casa.

Encontrei Dante na piscina, mas meu fôlego acabou rápido. Na maior parte do tempo, assisti enquanto ele nadava.

Parecia que ia chover. As chuvas. Sempre chegavam naquela época do ano. Ouvi um trovão distante. Caminhávamos até a casa dele quando começou a garoar. E depois o céu desabou.

Olhei para Dante.

— Se você não correr, eu não corro.

— Não vou correr.

Então andamos debaixo da chuva. Quis andar mais rápido. Em vez disso, desacelerei o passo. Olhei para Dante.

— Você aguenta?

Ele sorriu.

Devagar, fomos caminhando. Debaixo da chuva. Encharcados.

O pai de Dante nos obrigou a pôr roupas secas e passou um sermão.

— Já sei que Dante não tem um pingo de bom senso. Mas, Ari, pensei que você fosse um pouco mais responsável.

Dante não se conteve:

— Até parece, pai.

— Ele acabou de se recuperar de uma gripe, Dante.

— Estou melhor. Gosto de chuva. — E, com os olhos baixos, completei: — Desculpe.

Ele pôs a mão no meu queixo, levantou minha cabeça e disse, me olhando nos olhos:

— Garotos no verão...

Gostei da forma como me olhou. Achei o pai de Dante o homem mais bondoso do mundo. Talvez todo mundo fosse bondoso. Talvez até meu pai. Mas o sr. Quintana era valente. Não lhe importava que o mundo inteiro soubesse de sua bondade. Dante era igual a ele.

Perguntei se Dante já tinha visto o pai bravo alguma vez.

— Ele não é de ficar bravo. São raras as vezes. Mas quando ele fica mesmo, prefiro sair de perto.

— O que o deixa bravo?

— Uma vez eu joguei toda a papelada dele no chão.

— Você fez isso?

— Ele não queria me dar atenção.

— Quantos anos você tinha?

— Doze.

— Então você fez ele ficar bravo de propósito.

— Algo assim.

Do nada, comecei a tossir. Ambos trocamos um olhar de pânico.

— Chá quente — Dante disse.

Concordei com a cabeça. Boa ideia.

Sentamos na varanda, tomando chá e observando a chuva. O céu estava quase preto e começou a chover granizo. Era belo e assustador. Comecei a pensar sobre a ciência por trás das tempestades e sobre como às vezes parecia que uma tempestade queria acabar com o mundo mas o mundo resistia.

Eu contemplava o temporal quando Dante tocou em meu ombro.

— Precisamos conversar.

— Conversar?

— É.

— A gente conversa todo dia.

— É, mas... Queria conversar.

— Sobre o quê?

— Sobre, você sabe, nosso jeito. Nossos pais. Coisas assim.

— Já disseram que você não é normal?

— Por acaso esse deveria ser um dos meus objetivos de vida?

— Você não é. Não é normal — eu disse, balançando a cabeça.

— De onde você veio?

— Meus pais fizeram sexo uma noite.

Quase pude imaginar os pais dele fazendo sexo — o que foi um pouco estranho.

— Como você sabe que era noite?

— Boa pergunta.

Caímos na gargalhada.

— O.k. — ele disse. — É sério.

— Como um jogo?

— Sim.

— Vamos jogar.

— Qual é a sua cor favorita?

— Azul.

— Vermelho. Carro preferido?

— Não gosto de carros.

— Nem eu. Música preferida?

— Não tenho. E você?

— "The Long and Winding Road".

— "The Long and Winding Road"?

— Beatles, Ari.

— Não conheço.

— É ótima.

— Que jogo chato, Dante. É para a gente se entrevistar?

— Algo assim.

— Qual é a vaga a que estou concorrendo?

— Melhor amigo.

— Achava que o cargo já era meu.

— Não tenha tanta certeza, seu arrogante.

Ele estendeu o braço e me deu um soco. Não foi forte, mas também não foi fraco. Eu ri.

— Que belo linguajar.

— Às vezes você tem vontade de levantar e berrar todos os palavrões que sabe?

— Todo dia.

— Todo dia? Então você é pior que eu — comentou, para depois olhar para o granizo. — É como uma neve muito louca.

Achei graça.

Dante balançou a cabeça.

— Somos bonzinhos demais, sabia?

— Como assim?

— Nossos pais nos criaram para ser bonzinhos. Odeio isso.

— Não me acho tão bonzinho.

— Você faz parte de uma gangue?

— Não.

— Usa drogas?

— Não.

— Bebe?

— Tenho vontade.

— Eu também. Mas a pergunta não é essa.

— Não, não bebo.

— Faz sexo?

— Sexo?

— Sexo, Ari.

— Não. Nunca fiz, Dante. Mas gostaria.

— Eu também. Mas viu só? Somos bonzinhos.

— Bonzinhos — falei. — Que merda.

— Que merda — Dante repetiu.

E então explodimos de tanto rir.

Dante passou a tarde inteira me bombardeando com perguntas. Respondi a todas. Quando o granizo e a chuva cessaram, o dia, até então quente, ficou fresco. O mundo todo parecia silencioso e calmo, e eu queria ter essa mesma sensação.

Dante levantou do degrau da varanda e ficou na calçada. Ergueu os braços para o céu.

— Tudo é lindo pra cacete — disse. Depois, olhando para mim, propôs: — Vamos dar uma caminhada.

— E nossos tênis? — perguntei.

— Meu pai pôs na secadora. E daí?

— É, e daí?

Eu já tinha feito aquilo; já tinha caminhado descalço na calçada molhada, já tinha sentido a brisa contra o rosto. Mas não parecia. Tinha a sensação de que era a primeira vez.

Dante dizia algo, mas eu nem dava ouvidos. Apenas olhava para o céu, para as nuvens escuras, à escuta dos trovões distantes.

Olhei para ele. A brisa agitava seus cabelos longos e escuros.

— Vamos ficar fora por um ano — ele disse.

Fiquei triste. Não, não exatamente triste. Foi como se tivesse levado um soco.

— Fora?

— É.

— Por quê? Quer dizer, quando?

— Meu pai vai ser professor substituto por um ano na Universidade de Chicago. Acho que eles têm interesse em contratá-lo.

— Que ótimo! — falei.

— É.

Tinha ficado feliz, mas logo fiquei triste. Não podia suportar tamanha tristeza. Não olhei para ele. Só ergui os olhos para o céu.

— É ótimo mesmo. Quando vocês vão?

— No final de agosto.

Seis semanas. Sorri.

— Que ótimo.

— Você só diz "que ótimo".

— Mas é ótimo.

—Sim, é. Você não está triste por eu ir embora?

— Por que estaria?

Ele abriu um sorriso e, não sei, havia algo em sua expressão. Era difícil definir o que ele pensava ou sentia naquele momento — o que era estranho, porque o rosto de Dante era sempre muito transparente.

— Veja.

Dante apontou para um pássaro que tentava alçar voo no meio da rua. Dava para notar que uma das asas estava quebrada.

— Ele vai morrer — sussurrei.

— Podemos salvá-lo.

Dante caminhou até o meio da rua e tentou pegar o pássaro. Observei-o pegar o pássaro assustado. É a última coisa de que me lembro antes de o carro dobrar a esquina. *Dante! Dante!* Eu sabia que os gritos vinham de dentro de mim. *Dante!*

Cheguei a pensar que tudo aquilo não passava de um sonho. Tudo. Só mais um pesadelo. Continuava pensando que o mundo ia acabar. Pensei nos pardais caindo do céu.

Dante!

O fim do verão

> *Lembra-te*
> *do verão chuvoso...*
> *Deves deixar cair tudo o que quiser cair.*
> Karen Fiser

Um

LEMBRO DO CARRO DOBRANDO A ESQUINA E DE DANTE em pé no meio da rua com um pássaro de asa quebrada nas mãos. Lembro das ruas escorregadias depois da chuva de granizo. Lembro de gritar seu nome. *Dante!*

Acordei em um quarto de hospital.

As duas pernas engessadas.

E o braço esquerdo. Tudo parecia distante, meu corpo inteiro doía, e eu só conseguia pensar uma coisa: *O que aconteceu?* Minha cabeça não parava de doer. *O que aconteceu? O que aconteceu?* Até meus dedos doíam. Juro. Me sentia como uma bola de futebol após uma partida. Merda. Devia ter gemido ou algo assim, porque de repente minha mãe e meu pai surgiram ao lado da cama. Minha mãe chorava.

— Não chore — falei.

Minha garganta estava seca e a voz parecia não ser minha. Parecia de outra pessoa.

Ela mordeu os lábios e estendeu a mão para acariciar meu cabelo.

Apenas a encarei.

— Não chore, o.k.?

— Tive medo de você nunca mais acordar — ela disse, para depois enterrar a cabeça no ombro do meu pai, entre soluços.

Parte de mim começou a processar tudo. Outra parte só queria estar em outro lugar. Talvez nada daquilo estivesse realmente acontecendo. Mas estava. Era real. Ainda que não parecesse. Com exceção da dor enorme que eu sentia. Ela *era* real. A coisa mais real que já tinha conhecido.

— Tá doendo — eu disse.

Nesse momento, minha mãe parou de chorar e retomou sua postura normal. Fiquei feliz. Odiava vê-la fraca e fora de controle. Será que ela tinha ficado assim quando meu irmão foi preso? Ela apertou um botão no tubo ligado à minha veia e o colocou na minha mão.

— Se estiver com muita dor, pode apertar o botão a cada quinze minutos.

— O que é?

— Morfina.

— Enfim sou usuário de drogas.

Ela ignorou a piada.

— Vou chamar a enfermeira.

Minha mãe. Sempre tomando conta da situação. Gostava disso nela.

Corri os olhos pelo quarto e me perguntei por que tinha acordado. Só pensava que, se voltasse a dormir, talvez não sentisse mais dor. Preferia os pesadelos à dor.

Olhei para o meu pai.

— Tudo bem — eu disse. — Está tudo bem. — Nem eu acreditava nas minhas palavras.

Meu pai abriu um sorriso sério.

— Ari, Ari — ele disse. — Você é o garoto mais corajoso do mundo.

— Não sou.

— É.

— Sou o cara que tem medo dos próprios sonhos, pai. Não lembra?

Eu adorava o sorriso dele. Por que ele não sorria o tempo todo?

Eu queria saber o que tinha acontecido. Mas fiquei com medo de perguntar. Não sei... Minha garganta estava seca; mal conseguia falar. Foi então que tudo reapareceu na minha mente, a imagem de Dante com o pássaro ferido nas mãos surgiu de relance. Comecei a resfolegar. Tive medo. Pensei que Dante talvez estivesse morto. De repente, um pânico enorme dentro de mim. Senti meu coração disparar.

— Dante? — ouvi seu nome em minha boca.

A enfermeira estava ao meu lado. Tinha uma bela voz.

— Vou verificar a pressão sanguínea — ela disse.

Deixei-a fazer o que quisesse. Não me importava. Ela sorriu.

— Como está a dor? — perguntou.

— Minha dor vai bem — murmurei.

Ela riu.

— Você deu um belo susto na gente, rapaz.

— Gosto de assustar os outros — sussurrei.

Minha mãe balançou a cabeça.

— Gostei da morfina — disse e fechei os olhos. — E Dante?

— Está bem — respondeu minha mãe.

Abri os olhos. Ouvi a voz do meu pai.

— Está assustado. Muito assustado.

— Mas está bem?

— Sim. Está bem. Estava esperando que você acordasse.

Minha mãe e meu pai trocaram um olhar. Ouvi a voz da minha mãe.

— Ele está aqui.

Ele estava vivo. Dante. Voltei a respirar com mais tranquilidade.

— O que aconteceu com o pássaro que ele tinha pegado?

Meu pai se inclinou e apertou minha mão.

— Moleques malucos — cochichou. — Totalmente malucos.

Meus olhos o acompanharam enquanto ele saía do quarto.

Minha mãe continuava me encarando.

— Aonde ele foi?

— Foi chamar Dante. Não foi embora. Ele está aqui há trinta e seis horas… esperando você…

— Trinta e seis horas?

— Você passou por uma cirurgia.

— Cirurgia?

— Precisaram consertar seus ossos.

— Certo.

— Você vai ficar com algumas cicatrizes.

— Certo.

— Você acordou por um tempo depois da cirurgia.

— Não lembro.

— Você estava com dor. Deram alguma coisa e você apagou de novo.

— Não lembro.

— O médico disse que provavelmente você não lembraria.

— Eu disse alguma coisa?

— Só gemeu. Perguntou de Dante. Ele não arredou o pé daqui. É um rapazinho muito teimoso.

Achei graça.

— É. Bom, ele ganha todas as discussões comigo. Como as que eu tenho com você.

— Amo você — ela sussurrou. — Você sabe o quanto amo você?

Foi bom ouvir aquilo. Fazia tempo que ela não me dizia isso.

— E eu amo você mais ainda — respondi, a mesma resposta de quando eu era criança.

Pensei que ela fosse chorar de novo. Mas não. Bom, havia lágrimas, mas nada de choro. Ela me deu um copo d'água, e tomei uns goles com um canudinho.

— Suas pernas — minha mãe disse. — O carro passou por cima das suas pernas.

— Não foi culpa do motorista — falei.

Ela concordou com a cabeça.

— O cirurgião era muito bom. Todas as fraturas foram abaixo dos joelhos. Meu Deus... — ela interrompeu a frase. — Pensaram que você fosse perder as pernas... — ela parou novamente e secou as lágrimas do rosto. — Nunca mais vou deixar você sair de casa. Nunca.

— Fascista — murmurei.

Ela me deu um beijo.

— Garotinho lindo e fofo.

— Não sou fofo, mãe.

— Não discuta comigo.

— Tudo bem — cedi. — Sou fofo.

Ela voltou a chorar.

— Estou bem, mãe — tentei consolar. — Está tudo bem.

Dante e meu pai entraram no quarto.

Olhamos um para o outro e sorrimos. Dante tinha levado pontos no supercílio esquerdo, e o lado direito de seu rosto estava todo ralado. Os dois olhos estavam roxos, o braço direito, engessado.

— Oi — cumprimentou.

— Oi.

— A gente está meio que combinando — ele comentou.

— Eu ganho de você — falei, em voz baixa.

— Finalmente você venceu uma discussão.

— Sim, finalmente — concordei. — Você está péssimo.

Dante já estava ao meu lado.

— Você também.

Nos entreolhamos por um instante.

— Você parece cansado — ele comentou.

— É.

— Estou feliz que você tenha acordado.

— Pois é, acordei. Mas dói menos quando durmo.

— Você salvou minha vida, Ari.

— O herói de Dante. Justamente o que eu sempre quis ser.

— Não, Ari. Não é brincadeira. Você quase morreu.

— Eu fiz sem pensar.

Ele começou a chorar. Dante e suas lágrimas. Dante e suas lágrimas.

— Você me empurrou. Me empurrou e salvou minha vida.

— Parece que eu empurrei você e soquei sua cara.

— Agora eu tenho personalidade — ele disse.

— Foi aquele passarinho maldito — falei. — Podemos botar toda a culpa no passarinho. Toda.

— Não quero mais saber de pássaros.

— Quer, sim.

Dante voltou a chorar.

— Chega — eu disse. — Minha mãe estava chorando, agora você. Até meu pai está com cara de choro. Vamos estabelecer algumas regras. Nada de choro.

— O.k. — ele disse. — Nada de choro. Homem não chora.

— Homem não chora — repeti. — Lágrimas me cansam.

Dante riu, mas logo ficou bem sério.

— Você mergulhou como se estivesse na piscina.

— Não precisamos falar disso.

Ele prosseguiu mesmo assim.

— Você avançou na minha direção como, sei lá... como um jogador de futebol americano que se atira no cara que está com a bola. E me tirou do caminho. Tudo aconteceu tão rápido, e você sabia exatamente o que fazer. Só que podia ter morrido.

Observei as lágrimas rolarem de seus olhos. Dante retomou:

— E tudo porque eu sou um idiota que ficou parado no meio da rua para salvar um passarinho imbecil.

— Você está quebrando mais uma vez a regra de não chorar — falei. — E pássaros não são imbecis.

— Eu quase matei você.

— Você não fez nada. Só foi você mesmo.

— Chega de pássaros para mim.

— Eu gosto de pássaros — falei.

— Eu desisti deles. Você salvou minha vida.

— Eu já disse que não fiz de propósito.

Minhas palavras fizeram todos rir. Meu Deus, como eu estava cansado. Doía tanto, e me lembro de Dante apertar minha mão e dizer várias vezes:

— Desculpe desculpe Ari Ari Ari perdão perdão perdão.

Acho que os efeitos do pós-operatório e da morfina estavam me deixando um pouco grogue.

Lembro de cantarolar alguma coisa. "La bamba." Eu sabia que Dante e meus pais ainda estavam no quarto, mas não conseguia permanecer acordado.

Lembro de Dante apertando minha mão. E lembro de pensar: *Perdoar? O quê, Dante? O que há para perdoar?*

Não sei por quê, mas chovia em meus sonhos.

Dante e eu estávamos descalços. A chuva não parava.

E eu tinha medo.

Dois

NÃO SEI QUANTO TEMPO PASSEI NO HOSPITAL. UNS DIAS. Quatro. Talvez cinco. Seis. Droga, não sei. Pareceu uma eternidade.
    Fiz muitos exames. É o que a gente faz nos hospitais. Queriam ter certeza de que eu não possuía mais ferimentos internos. Um neurologista veio me ver. Não gostei dele. Tinha cabelos escuros e olhos muito verdes que não encaravam as pessoas. Parecia não se importar. Ou talvez se importasse demais. Mas o fato era que ele não era muito bom com as pessoas. Não conversou muito comigo e fez várias anotações.
    Aprendi que as enfermeiras gostavam de jogar conversa fora e amavam checar meus sinais vitais. Estavam lá pra isso. Davam comprimidos para eu dormir e depois passavam a noite inteira me acordando. Merda. Eu queria dormir. Queria dormir e acordar sem gesso. Disse isso a uma das enfermeiras.
    — Será que você não pode me pôr para dormir e só me acordar quando tirarem o gesso?
    — Bobinho — ela respondeu.
    Pois é. Bobinho.
    Lembro de outra coisa: meu quarto estava cheio de flores. Flores

de todas as amigas da igreja que minha mãe frequentava. Flores da mãe e do pai de Dante. Flores das minhas irmãs. Flores dos vizinhos. Flores do jardim da minha mãe. Flores. Flores. Merda. Não tinha opinião formada sobre flores até então. Naquele momento, decidi que não gostava delas.

Eu até que gostava do cirurgião. Tudo para ele eram lesões esportivas. Ele era meio jovem, e logo vi que era metido a atleta, aquele americano típico, com mãos grandes e dedos compridos. Fiquei pensando nisso. Ele tinha mãos de pianista. Lembro de ter achado isso. Só que eu não sabia droga nenhuma sobre mãos de pianistas nem de cirurgiões e, ainda assim, sonhei com elas, com as mãos dele. No sonho, ele curava o pássaro de Dante e o soltava no céu de verão. Foi um sonho bacana. Não era sempre que eu tinha um desses.

Dr. Charles. Esse era seu nome. Ele sabia o que estava fazendo. Era bom. Foi o que pensei. Respondia a todas as perguntas. E eu tinha várias.

— Estou com pinos nas pernas?

— Sim.

— Permanentes?

— Sim.

— E você não vai precisar abrir de novo?

— Espero que não.

— Falo demais, não é, doutor?

Ele riu.

— Você é forte, sabia?

— Não me acho tão forte.

— Bom, eu acho que é. Acho você forte pra caramba.
— É?
— Acompanho você desde o começo.
— Mesmo?
— Sim. Mesmo, Aristóteles. Posso contar uma coisa?
— Pode me chamar de Ari.
— Ari — ele começou, com um sorriso —, estou surpreso que você tenha aguentado tão bem a cirurgia. E estou surpreso de ver você melhor agora. É incrível.
— Genética e sorte — eu disse. — Os genes que herdei dos meus pais. E a sorte que, bem, não sei de onde veio. De Deus, talvez.
— Você é religioso?
— Não muito. Minha mãe que é.
— É, as mães costumam se dar muito bem com Deus.
— Acho que sim — comentei. — Quando vou parar de me sentir um lixo?
— Logo.
— Logo? Eu vou ficar cheio de dor e coceiras por oito semanas?
— Vai melhorar.
— Claro. E por que o gesso vai até a coxa se quebrei as pernas *abaixo* do joelho?
— Quero que você fique de molho por duas ou três semanas. Não é bom dobrar os joelhos agora. Pode piorar a fratura. E as pessoas fortes tendem a testar seus limites. Depois de algumas semanas, troco o gesso. Aí você poderá dobrar as pernas.
— Merda.
— Merda?

— Algumas semanas?

— Três.

— Três semanas sem dobrar as pernas?

— Não é tanto tempo assim.

— É verão.

— E depois vou encaminhar você para o fisioterapeuta.

Respirei fundo.

— Só me faltava essa — reclamei, apontando o braço engessado na cara dele. Eu estava ficando deprimido de verdade.

— A fratura não foi muito grave. Você tira o gesso em um mês.

— Um mês? Merda.

— Você gosta dessa palavra, hein?

— Gostaria de usar outras.

— Merda já está bom — ele disse, abrindo um sorriso.

Quis chorar. E chorei. Passei a maior parte do tempo entre a raiva e a frustração. Sabia que o médico ia dizer para eu ter paciência. E foi exatamente o que ele fez.

— Você precisa ter paciência. Vai ficar novinho em folha. Você é jovem. É forte. Tem ossos ótimos e saudáveis. Tenho todos os motivos para acreditar que você terá uma ótima recuperação.

Ótima recuperação. Paciência. Merda.

Ele checou minha sensibilidade nos dedos do pé. Pediu para eu respirar, seguir seus dedos com o olho esquerdo, depois com o direito.

— Você tem noção — ele comentou — do bem que fez para seu amigo Dante, não é?

— Pois é, eu gostaria que as pessoas parassem de falar isso.

Ele lançou aquele olhar.

— Você podia ter ficado paraplégico. Ou pior.

— Pior?

— Você podia estar morto, rapaz.

Morto. Tudo bem.

— Todo mundo não para de dizer isso. Olha, doutor, estou vivo.

— Você não gosta muito de ser herói, né?

— Falei para Dante que não fiz de propósito. Todo mundo achou graça. Não era brincadeira. Nem me lembro de ter pulado na direção dele. Não disse a mim mesmo: *Vou salvar meu amigo Dante.* Não foi assim. Foi puro reflexo, sabe? Como quando alguém bate com um martelinho no joelho e a perna reage sozinha. Foi assim. Aconteceu.

— Puro reflexo? Aconteceu?

— Exatamente.

— E você não foi responsável por nada disso?

— Coisas da vida.

— Coisas da vida?

— Isso.

— Tenho uma teoria diferente.

— Claro que tem. Você é adulto.

Ele riu.

— O que você tem contra adultos?

— Eles têm ideias demais sobre quem somos. Ou sobre quem deveríamos ser.

— Estamos aqui para isso.

— Ótimo.

— Ótimo. Escuta, filho, sei que você não se considera corajoso, valente nem nada do tipo. Claro que não.

— Sou só um cara comum.

— Claro. É isso que você acha. Mas você tirou seu amigo da frente de um carro. Fez isso, Ari, sem pensar o que poderia acontecer com você. Fez simplesmente porque você é assim. Eu pensaria nisso se fosse você.

— Para quê?

— Apenas pense.

— Não sei se quero gastar tempo com isso.

— Tudo bem. Para sua informação, Ari, acho você um jovem muito especial. É o que eu acho.

— Já disse, doutor, que foi puro reflexo.

Ele abriu um sorriso malicioso e pôs a mão em meu ombro.

— Conheço seu tipo, Ari. Já saquei qual é a sua.

Não sei bem o que ele queria dizer com isso, mas ele estava sorrindo.

Logo depois da conversa com dr. Charles, a mãe e o pai de Dante foram me visitar. O sr. Quintana logo se aproximou e deu um beijo na minha bochecha. Assim, como se aquilo fosse a coisa mais normal. Acho que para ele era. E, de verdade, achei o gesto simpático, meio doce, apesar de me deixar um pouco desconfortável. Não estava acostumado com isso. Além disso, ele não parou de me agradecer. Eu queria interromper, mas deixei continuar porque sabia como ele amava Dante. Fora que ele estava tão feliz que fiquei feliz ao vê-lo feliz. Então tudo bem.

Quis mudar de assunto. Quer dizer, não tinha muito o que falar.

Me sentia um lixo. Contudo, eles estavam lá para me ver, e eu podia conversar e, sei lá, processar a informação, embora minha mente ainda estivesse um pouco nebulosa. Então, comecei:

— Então o senhor vai passar um ano em Chicago?

— Sim — ele respondeu. — Dante ainda não me perdoou por isso.

Só olhei para ele.

— Ele ainda está bravo. Diz que não foi consultado.

Achei graça naquilo.

— Ele não quer ficar um ano longe da natação. Disse que podia morar um ano com você.

Fiquei surpreso. Dante guardava mais segredos do que eu imaginava. Fechei os olhos.

— Está tudo bem, Ari?

— A coceira me deixa louco às vezes. Então só fecho os olhos.

O olhar do sr. Quintana era de ternura.

Não contei que, cada vez que a sensação nas pernas ficava insuportável, eu tentava imaginar como estaria meu irmão.

— Não se preocupe. É sempre bom conversar — retomei, abrindo os olhos. — Então Dante está bravo com o senhor?

— Bem, eu disse que não havia chance de deixá-lo sozinho por um ano.

Imaginei Dante olhando feio para o pai.

— Ele é teimoso.

Então ouvi a voz da sra. Quintana.

— Puxou isso de mim.

Suas palavras me fizeram sorrir. Sabia que era verdade.

— Sabe o que eu acho? — ela continuou. — Acho que Dante vai sentir saudades de você. Acho que essa é a verdadeira razão para ele não querer partir.

— Também vou sentir saudades — falei.

Fiquei chateado de ter dito aquilo. Tudo bem, era verdade, mas eu não precisava dizer.

O pai dele olhou para mim.

— Dante não tem muitos amigos.

— Sempre pensei que todo mundo gostava dele.

— É verdade. Todo mundo gosta de Dante. Mas ele sempre foi meio solitário. Parece que ele não gosta de ir atrás dos outros. Sempre foi assim. — Ele abriu um sorriso. — Igual a você.

— Talvez — falei.

— Você é o melhor amigo que ele já teve. Achei que você precisava saber disso.

Não queria saber daquilo. E não sabia *por que* não queria saber daquilo. Sorri para o pai de Dante. Ele era um cara legal. Um cara legal que estava conversando comigo. Comigo. Ari. E, apesar de não estar muito a fim de conversar, eu sabia que devia continuar. Não existiam tantas pessoas legais assim no mundo.

— Sabe, sou um cara meio sem graça se você parar pra pensar. Não sei o que Dante vê em mim.

Não dava para acreditar que tinha dito isso a eles.

A sra. Quintana, que até então estivera mais ao fundo, se aproximou e ficou bem ao lado do marido.

— Por que você acha isso, Ari?

— O quê?

— Por que você se acha sem graça?

Meu Deus, pensei, *lá vem a sessão de terapia*. Apenas dei de ombros. Fechei os olhos. Tudo bem, eu sabia que quando os abrisse os pais de Dante ainda estariam lá. Dante e eu éramos vítimas da maldição dos pais preocupados. Por que eles simplesmente não nos deixavam em paz? Onde tinham ido parar os pais ocupados ou egoístas demais, que pouco se importavam com o que os filhos faziam?

Resolvi abrir os olhos novamente.

Sabia que o sr. Quintana queria dizer mais coisas. Dava para sentir. Talvez ele tivesse percebido algo sobre mim. Não sei. Ele não disse mais nada.

Começamos a falar de Chicago. Fiquei contente de não estarmos falando de mim, de Dante nem do que aconteceu. O sr. Quintana contou que a universidade tinha arranjado uma casa pequena para eles. A sra. Quintana ia tirar uma licença de oito meses da clínica. Então, na verdade, eles não iam ficar um ano inteiro fora. Apenas um ano letivo. Não era tanto tempo assim.

Não me lembro de tudo o que os Quintana falaram. Dava para notar o esforço dos dois para ter assunto; uma parte de mim se alegrava com isso, mas a outra não dava a mínima. E, claro, a conversa voltou para mim e Dante. A sra. Quintana contou que ia levar Dante ao psicólogo. Disse que ele se sentia muito mal. Disse até que achava bom que eu também procurasse um psicólogo.

— Estou preocupada com vocês dois — ela concluiu.

— Você precisava tomar um cafezinho com a minha mãe. Aí vocês duas poderiam se preocupar juntas.

O sr. Quintana achou graça, mas, na verdade, não era para ser engraçado.

A sra. Quintana abriu um sorriso irônico.

— Aristóteles Mendoza, você não é nem um pouco sem graça.

Depois de um tempo, fiquei muito cansado e não conseguia me concentrar.

Não sei por quê, mas não aguentei o olhar de gratidão do sr. Quintana ao se despedir. Mas foi a mãe de Dante que realmente mexeu comigo. Diferente do marido, ela não era o tipo de pessoa que deixava transparecer os sentimentos. Não que ela não fosse bacana, honesta etc. Claro que era. Mas quando Dante disse que a mãe era inescrutável, entendi perfeitamente o que significava.

Antes de sair, a sra. Quintana tomou minha cabeça entre as mãos, olhou no fundo de meus olhos e sussurrou:

— Aristóteles Mendoza, vou amar você para sempre.

Sua voz era suave, firme e calorosa, e não havia lágrimas em seus olhos. Suas palavras eram serenas e sérias, e ela olhou bem para mim porque queria ter certeza de que eu tinha captado a verdade daquela frase.

O que compreendi foi o seguinte: uma mulher como a sra. Quintana não usava a palavra "amor" com muita frequência. Se usou, era verdade. E compreendi outra coisa: a mãe de Dante o amava mais do que eu podia imaginar. Não sabia o que fazer com essa informação. Então guardei para mim. Era isso o que eu fazia com tudo: guardava para mim.

RECEBI UM TELEFONEMA DE DANTE.
— Desculpe não ter visitado você — ele disse.
— Tudo bem. Não estou muito no clima para conversar.
— Nem eu. Minha mãe e meu pai encheram muito o saco?
— Não. Eles foram legais.
— Minha mãe disse que eu preciso ir ao psicólogo.
— É, ela comentou.
— Você vai?
— Não vou a lugar nenhum.
— Sua mãe e a minha conversaram...
— Eu já imaginava. Você vai?
— Quando minha mãe acha que alguma coisa é uma boa ideia, não tem escapatória. Melhor aguentar calado.
Comecei a rir. Queria perguntar o que ele contaria ao psicólogo, mas acho que no fundo não gostaria de saber.
— Como está seu rosto? — perguntei.
— Gosto de ficar olhando para ele.
— Você é mesmo esquisito. Talvez ver um psicólogo seja mesmo uma boa.

Gostava de ouvi-lo rir; fazia as coisas parecerem normais. Parte de mim pensava que as coisas nunca mais seriam normais.

— Ainda dói muito, Ari?

— Não sei. É como se minhas pernas fossem donas de mim. Não consigo explicar de outro jeito. Só queria jogar os gessos longe e, porra, sei lá.

— Tudo culpa minha.

Eu odiava esse tom na voz dele.

— Olha — eu disse —, podemos estabelecer mais umas regras?

— Regras? Mais regras. Tipo a de não chorar?

— Exatamente.

— Você já parou de tomar morfina?

— Sim.

— Então está de mau humor.

— Não tem nada a ver com humor. Tem a ver com regras. Não sei qual é o problema, você costuma adorar regras.

— Eu odeio regras. Prefiro quebrá-las.

— Não, Dante, você gosta de fazer suas próprias regras. Você gosta delas, desde que sejam suas.

— Ah, então agora você vai me analisar?

— Viu? Você não precisa ir ao psicólogo. Pode contar comigo.

— Vou avisar minha mãe.

— Depois você me diz o que ela achou — provoquei. Acho que nós dois sorrimos nessa hora. — Dante, só acho que precisamos de algumas regras.

— Regras do pós-operatório?

— Chame do que quiser.

— O.k. Quais são?

— Regra número um: não falamos do acidente. Nunca. Regra número dois: pare de me agradecer. Regra número três: nada disso é culpa sua. Regra número quatro: vamos seguir em frente.

— Não sei se gosto dessas regras, Ari.

— Discuta com o psicólogo. Mas essas são as regras.

— Com esse tom de voz você parece bravo.

— Não estou bravo.

Dava para notar que Dante estava pensando. Ele sabia que eu falava sério.

— Tudo bem — ele disse finalmente. — Não vamos nunca mais falar do acidente. É uma regra idiota, mas o.k. Posso só pedir desculpas pela última vez? E posso agradecer pela última vez?

— Você acabou de fazer isso. Agora chega, certo?

— Você está fazendo cara feia?

— Sim.

— Certo. Chega.

Naquela tarde, Dante tomou o ônibus e veio me visitar. Ele parecia... bom, não parecia muito bem. Tentava fingir que não sofria ao me ver, mas nunca foi bom em esconder os sentimentos.

— Não se sinta mal por minha causa — falei. — O médico disse que vou ter uma ótima recuperação.

— Ótima?

— Foi exatamente o que ele disse. Então daqui a umas dez ou doze semanas já voltarei ao normal. Não que meu normal seja espetacular.

Dante riu. Depois, me encarando, perguntou:

— Por acaso você vai criar uma regra para proibir a risada?

— Rir é sempre bom. Rir ajuda.

— Ótimo — ele disse, para depois sentar e tirar uns livros da mochila. — Trouxe umas leituras para você. *As vinhas da ira* e *Guerra e paz*.

— Legal — eu disse.

Dante me olhou surpreso.

— Eu podia ter trazido mais flores.

— Odeio flores.

— Eu sabia disso, não sei como — ele comentou, com um sorriso sarcástico.

— São grandes pra cacete — falei, ao reparar nos livros.

— Essa é a ideia.

— Acho que tenho tempo.

— Exatamente.

— Já leu?

— Claro que li.

— Claro que leu.

Ele colocou os livros sobre a mesinha ao lado da cama.

Balancei a cabeça. É... Tempo. Merda.

Então Dante pegou o caderno de desenhos.

— Você vai me desenhar engessado?

— Não. Só pensei que talvez você quisesse ver alguns desenhos.

— O.k.

— Com esse ânimo todo?

— Não é isso. A dor vai e volta.

— Está doendo agora?

— Sim.

— Você está tomando alguma coisa?

— Tento evitar. Odeio a sensação depois de tomar sei lá que merda que eles me dão — respondi enquanto apertava o botão para levantar a cama e sentar.

Tive vontade de dizer que odiava aquilo, mas fiquei quieto. Queria gritar.

Dante me entregou o caderno.

Estava prestes a abrir quando...

— Você só pode ver depois que eu sair.

Acho que fiquei com cara de interrogação.

— Você tem suas regras. Eu tenho as minhas.

Era bom rir. Eu queria rir, rir e rir até virar outra pessoa. A melhor coisa de rir é que me fazia esquecer a sensação estranha e péssima nas pernas. Mesmo que por um minuto.

— Fale das pessoas no ônibus — pedi.

Dante abriu um sorriso e começou:

— Tinha um homem que me contou sobre os ETs em Roswell. Disse que...

Não sei se ouvi mesmo a história. Acho que bastava apenas ouvir o som da voz de Dante. Era como uma canção. Eu não parava de pensar no pássaro com a asa quebrada. Ninguém me contou o que tinha acontecido com o pássaro. E eu nem podia perguntar, porque quebraria minha própria regra de não falar do acidente. Dante continuou a história do homem no ônibus sobre os ETs em Roswell, contando que alguns deles tinham fugido para El Paso e planejavam tomar a rede de transporte.

Enquanto eu observava Dante falar, me veio à cabeça a ideia de que o odiava.

Ele leu uns poemas para mim. Acho que eram bons. Eu que não estava no clima.

Quando ele finalmente saiu, olhei fixamente para seu caderno. Ele nunca havia deixado ninguém ver seus desenhos. E agora os mostrava para mim. Para mim. Ari.

Sabia que ele só tinha me deixado ver por gratidão.

Odiava toda essa gratidão.

Dante achava que tinha uma dívida comigo. Eu não queria isso. Não mesmo.

Peguei o caderno e o atirei para o outro lado do quarto.

Quatro

MINHA MÃE ENTROU NO QUARTO BEM QUANDO O caderno de Dante acertava a parede.

— Você pode explicar o que foi isso?

Fiz que não com a cabeça.

Minha mãe pegou o caderno. Sentou. Já ia abrir.

— Não abra — alertei.

— Quê?

— Não é para ver.

— Por quê?

— Dante não gosta que os outros vejam seus desenhos.

— Só você.

— Acho que sim.

— Então por que você o jogou longe?

— Não sei.

— Sei que você não quer falar disso, Ari, mas acho…

— Não quero saber o que você acha, mãe. Não quero falar e pronto.

— Não faz bem para você guardar tudo para si. Sei que é difícil. E os próximos dois ou três meses vão ser bem complicados. Deixar tudo preso dentro de você não vai ajudar a recuperação.

— Bom, talvez você precise me levar a um psicólogo para eu conversar sobre as minhas dificuldades.

— Sei reconhecer uma frase irônica. E acho que um psicólogo não seria uma ideia tão ruim.

— Você e a sra. Quintana andaram confabulando nos bastidores?

— Garoto esperto.

Fechei e abri os olhos.

— Vou fazer um acordo com você, mãe. — Eu quase sentia o gosto da raiva na minha língua. Juro. — Você fala sobre o meu irmão e eu falo sobre o que sinto.

Vi a expressão no rosto dela. Parecia surpresa e magoada. E furiosa.

— Seu irmão não tem nada a ver com isso.

— Então você e meu pai são os únicos que podem guardar as coisas para si? Ele guarda uma guerra inteira em silêncio. Eu também posso guardar os meus problemas.

— Uma coisa não tem nada a ver com a outra.

— Eu discordo. Vá você ao psicólogo. E o meu pai. Talvez depois disso eu vá também.

— Vou tomar café — ela disse.

— À vontade.

Fechei os olhos. Acho que esse era meu novo hábito. Eu não precisava explodir de raiva. Bastava fechar os olhos e trancar o Universo do lado de fora.

Cinco

MEU PAI ME VISITAVA TODOS OS DIAS.

Eu queria que ele fosse embora.

Ele tentou conversar comigo, mas não funcionou. Quase sempre, ele só ficava lá, quieto. Isso me deixava louco. Então tive uma ideia.

— Dante trouxe dois livros — eu disse. — Quer ler um deles? Eu leio o outro.

Ele escolheu *Guerra e paz*.

Por mim, podia ficar com *As vinhas da ira* sem problemas.

Não foi tão ruim. Eu e meu pai, sentados em um quarto de hospital. Lendo.

Minhas pernas coçavam loucamente.

Às vezes eu só respirava.

Ler ajudava.

Às vezes percebia que meu pai estava me analisando. Perguntou se eu andava sonhando.

— Sim — respondi. — Agora fico procurando as pernas.

— Vai encontrar — ele disse.

Minha mãe nunca mencionou a conversa que tivemos sobre

meu irmão. Simplesmente fingia não ter acontecido. Não sei ao certo como encarava aquilo. O lado bom era que ela não me forçava a conversar. Mas ela ficava lá, tentando garantir que eu estivesse confortável. *Eu não estava confortável.* Quem no mundo inteiro fica confortável com duas pernas engessadas? Eu precisava de ajuda para tudo. Estava cansado de urinóis. Estava cansado de passear de cadeira de rodas. Minha melhor amiga, a cadeira de rodas. E minha melhor amiga, minha mãe. Ela me tirava do sério.

— Mãe, você está me sufocando. Assim vou acabar soltando aquele palavrão.

— Não ouse falar palavrão perto de mim.

— Juro que vou, mãe, se você não parar.

— Desde quando você decidiu assumir o papel de espertinho?

— Não é papel, mãe. Isso não é teatro — falei, desesperado. — Mãe, minhas pernas doem e, quando não doem, coçam. Suspenderam a morfina...

— O que é bom — ela interrompeu.

— Sim, mãe, é. Não queremos um viciadinho à solta por aí... né? — provoquei, como se eu estivesse à solta por aí. — Merda, mãe. Só quero ficar sozinho. Tudo bem pra você? Tudo bem se eu quiser ficar sozinho?

— Tudo bem — ela respondeu.

Ela me deu mais espaço depois disso.

Dante nunca mais me visitou. Ligava duas vezes por dia para dizer oi. Tinha ficado doente. Gripe. Fiquei com pena dele. Sua voz soava péssima. Ele disse que tinha sonhos. Contei que eu também tinha. Um dia, ele ligou e disse:

— Queria falar uma coisa pra você, Ari.
— Pode falar.
Silêncio.
— O que é? — perguntei.
— Esqueça — ele disse. — Não importa.
Tive a impressão de que era muito importante.
— Tudo bem — falei.
— Queria que a gente pudesse nadar de novo.
— Eu também — falei.

Fiquei feliz por ele ter ligado. Só que também fiquei feliz por ele não poder me visitar. Não sei por quê. Por algum motivo, pensava: *Minha vida será diferente agora.* E repetia isso para mim o tempo todo. Imaginava como seria se tivesse perdido as pernas. E, em certo sentido, perdi. Não para sempre, mas por um tempo.

Tentei usar muletas. Sem chance. Não que as enfermeiras e minha mãe não tivessem avisado. Acho que precisava conferir por mim mesmo. Era simplesmente impossível usar muletas sem dobrar as pernas e com o braço esquerdo engessado.

Tudo era difícil. O pior era usar o urinol. Posso dizer que achei humilhante. Essa é a palavra. Eu era incapaz de tomar banho, pois não conseguia mexer as mãos. Mas a parte boa era que conseguia usar todos os dedos. Já era algo, acho.

Passei a treinar como usar a cadeira de rodas com as pernas esticadas. Dei à cadeira o nome de Fidel.

Dr. Charles veio me visitar pela última vez.

— Pensou no que eu disse?
— Aham — respondi.

— E?

— E acho que você fez uma ótima decisão ao escolher ser cirurgião. Seria um péssimo psicólogo.

— Então você sempre banca o espertinho?

— Sempre.

— Pois bem, pode ir para casa e bancar o espertinho lá. Que tal?

Tive vontade de abraçá-lo. Fiquei feliz. Feliz por dez segundos. Logo comecei a ficar ansioso.

Reclamei com a minha mãe.

— Quando chegarmos em casa, nada de me sufocar.

— Que regras são essas, Ari?

— Sem sufoco. É isso.

— Você vai precisar de ajuda — ela argumentou.

— Mas também vou precisar de sossego.

— O Grande Irmão está de olho em você — ela disse, sorrindo.

Devolvi o sorriso.

Mesmo quando tinha raiva da minha mãe, eu a amava. Era normal garotos de quinze anos amarem as mães? Talvez sim. Talvez não.

Lembro de chegar no carro. Precisei me espremer no banco de trás. Deu um trabalhão entrar. Ainda bem que meu pai era forte. Tudo era tão difícil, e meus pais tinham tanto medo de que eu me machucasse.

No carro, ninguém abriu a boca.

Fiquei com os olhos fixos no lado de fora, à procura de pássaros.

Quis fechar os olhos e deixar o silêncio me engolir.

Seis

NO DIA SEGUINTE À MINHA VOLTA PARA CASA, MINHA mãe lavou meu cabelo.

— Seu cabelo é tão bonito — comentou.

— Acho que vou deixar crescer — eu disse, como se tivesse escolha. Uma ida ao barbeiro seria um pesadelo.

Ela me deu um banho de esponja.

Fechei os olhos e fiquei parado.

Ela fez minha barba.

Quando saiu, desabei em lágrimas e soluços. Nunca estivera tão triste. *Nunca estivera tão triste. Nunca estivera tão triste.*

Meu coração doía mais que minhas pernas.

Sei que minha mãe ouviu. E teve a decência de me deixar chorar sozinho.

Passei a maior parte do dia olhando para a janela. Experimentei andar de cadeira de rodas pela casa. Minha mãe não parava de reorganizar as coisas para facilitar minha vida.

Trocávamos muito sorrisos.

— Você pode assistir TV — ela disse.

— Apodrece o cérebro — falei. — Tenho um livro.

— Está gostando?

— Sim. É meio difícil. Não as palavras. Mas, sei lá, o assunto. Acho que os mexicanos não são as únicas pessoas pobres do mundo.

Olhamos um para o outro. Não chegamos a sorrir. Mas sorrimos por dentro.

Minhas irmãs apareceram para o jantar. Meus sobrinhos e sobrinhas assinaram meu gesso. Acho que sorri muito; todos conversavam e riam e tudo parecia tão normal. Fiquei contente por meus pais; acho que era eu quem entristecia a casa.

Depois que minhas irmãs foram embora, perguntei ao meu pai se podíamos sentar na varanda.

Sentei em Fidel. Minha mãe e meu pai sentaram nas cadeiras de balanço do lado de fora.

Tomamos café.

Minha mãe e meu pai deram as mãos. Imaginei como era — como era segurar a mão de alguém. Aposto que às vezes é possível desvendar todos os mistérios do Universo na mão de uma pessoa.

Sete

FOI UM VERÃO CHUVOSO. TODAS AS TARDES, AS NUVENS se juntavam como uma revoada de corvos e chovia. Me apaixonei pelos trovões. Terminei de ler *As vinhas da ira*. E depois terminei de ler *Guerra e paz*. Decidi que queria ler todos os livros de Ernest Hemingway. Meu pai decidiu ler tudo o que eu lia. Talvez fosse nosso jeito de conversar.

Dante aparecia todos os dias.

Quase sempre, ele falava e eu ouvia. Ele resolveu que precisava ler *O sol também se levanta* para mim em voz alta. Eu não ia discutir. Nunca seria mais teimoso que Dante Quintana. Então, todos os dias, ele lia um capítulo do livro e, depois, conversávamos sobre.

— É um livro triste — comentei.

— É. Por isso você gosta.

— É — concordei. — Exatamente por isso.

Ele nunca perguntou minha opinião sobre seus desenhos. Isso me deixava contente. Tinha posto o caderno debaixo da cama e me recusava a ver. Acho que era uma forma de castigar Dante. Ele tinha aberto para mim uma parte de si que nunca abrira a ninguém. E eu nem me dei ao trabalho de olhar. Por que fazia isso?

Um dia ele deixou escapar que finalmente tinha ido ao psicólogo.

Esperava que ele fosse me contar sobre as sessões de terapia. Não aconteceu. Fiquei feliz por isso. E logo fiquei com raiva. Tudo bem, eu era temperamental. E inconstante. É, eu era assim.

Dante não parava de me encarar.

— Que foi?

— Você vai?

— Aonde?

— Ao psicólogo, idiota.

— Não.

— Não?

Olhei para as minhas pernas.

Pude notar que ele queria pedir desculpas de novo, mas se segurou.

— Ajudou — ele disse. — Ir ao psicólogo. Não foi tão ruim. Ajudou bastante.

— Você vai voltar?

— Talvez.

Concordei com a cabeça e disse:

— Falar não faz bem para todo mundo.

— Não que você saiba — ele falou, com um sorriso.

— É. Não que eu saiba — falei, devolvendo o sorriso.

Oito

NÃO SEI O QUE ACONTECEU, MAS CERTA MANHÃ DANTE apareceu decidido a me dar banho.

— Pode ser? — perguntou.

— Bom, acho que é função da minha mãe — respondi.

— Ela disse que tudo bem.

— Você perguntou para ela?

— Sim.

— Ah, mesmo assim, acho que é função dela — insisti.

— E seu pai? Nunca deu banho em você?

— Não.

— Fez sua barba?

— Não. Não quero que ele faça isso.

— Por que não?

— Porque não.

Dante permaneceu calado por uns instantes.

— Não vou machucar você.

Já machucou. Era isso que eu queria dizer. Essas foram as palavras que me vieram na cabeça. Essas eram as palavras que eu queria esfregar na cara dele. Eram palavras más. Eu era mau.

— Deixe — pediu.

Em vez de mandá-lo se ferrar, eu disse que tudo bem.

Tinha aprendido a ser completamente indiferente quando minha mãe me dava banho e fazia minha barba. Fechava os olhos e pensava nos personagens do livro que estava lendo. Por algum motivo, me ajudava a aguentar.

Fechei os olhos.

Senti as mãos de Dante em meus ombros, a água morna, o sabonete, a toalha.

As mãos de Dante eram maiores que as da minha mãe. E mais macias. Ele era lento, metódico, cuidadoso. Me senti frágil como porcelana.

Não abri os olhos uma única vez.

Não trocamos uma palavra sequer.

Senti suas mãos em meu peito. Em minhas costas.

Ele me barbeou.

Quando terminou, abri os olhos. As lágrimas rolavam pelo seu rosto. Eu devia ter imaginado. Tive vontade de gritar com ele. Queria falar que era eu quem deveria chorar.

Dante estava com a expressão diferente. Parecia um anjo. E tudo o que eu queria era meter a mão na cara dele. Não conseguia suportar minha própria crueldade.

Nove

TRÊS SEMANAS E DOIS DIAS APÓS O ACIDENTE, FUI AO médico para trocar o gesso e tirar radiografias. Meu pai tirou o dia de folga. Meu pai estava falante no caminho para o consultório, o que era muito esquisito.

— Trinta de agosto — ele disse.

O.k., então o assunto era meu aniversário.

— Pensei que talvez você iria querer um carro.

Um carro. Merda.

— É — falei —, mas eu não dirijo.

— Você pode aprender.

— Você disse que não queria que eu dirigisse.

— Nunca disse isso. Sua mãe que disse.

Não conseguia ver o rosto dela do banco traseiro. E não dava para me inclinar para a frente.

— E o que minha mãe acha disso?

— Você quis dizer sua mãe, a fascista?

— Isso. Ela mesma.

Todos rimos.

— Então, o que você acha, Ari? — Meu pai parecia um menino.

— Acho que ia gostar de um daqueles carros rebaixados.

— Só passando por cima do meu cadáver — minha mãe falou, sem pestanejar.

Perdi o controle. Acho que ri por uns cinco minutos sem parar. Meu pai compartilhava minha alegria.

— Certo — retomei finalmente — É sério mesmo?

— Sério mesmo.

— Queria uma picape antiga.

Minha mãe e meu pai trocaram olhares.

— Acho que tudo bem — minha mãe disse.

— Só tenho duas perguntas. A primeira é: vocês querem me dar um carro por me acharem um inválido e estarem com dó de mim?

Minha mãe estava preparada para essa.

— Não. Você vai continuar inválido por mais três ou quatro semanas. Depois, vai fazer um pouco de fisioterapia. E vai ficar bem. Não vai ser um inválido. Só vai voltar a ser um pé no saco.

Minha mãe nunca falava palavrão. A coisa era séria.

— Qual é a segunda pergunta?

— Qual de vocês dois vai me ensinar a dirigir?

Os dois responderam ao mesmo tempo:

— Eu.

Achei melhor que resolvessem a questão sozinhos.

Dez

ODIAVA A ATMOSFERA PESADA E CLAUSTROFÓBICA de casa. Já não me sentia em casa. Tinha a sensação de ser um hóspede indesejado. Odiava ser servido o tempo todo. Odiava a paciência enorme que meus pais tinham comigo. Odiava. Essa era a verdade. Eles não faziam nada de errado. Só queriam ajudar. Mas eu odiava. E também odiava Dante.

E odiava a mim mesmo por odiá-los. Aí estava: meu próprio círculo vicioso. Meu universo particular de ódio.

Achei que nunca fosse acabar.

Achei que minha vida nunca fosse melhorar. Mas, com o gesso novo, melhorou. Eu conseguia dobrar os joelhos. Usei Fidel por mais uma semana. Então tiraram o gesso do meu braço e pude usar as muletas. Pedi para o meu pai pôr Fidel no porão, assim eu não precisaria olhar nunca mais para aquela cadeira de rodas idiota.

Com as mãos livres, consegui tomar banho sozinho. Peguei o diário e escrevi: TOMEI UMA DUCHA!

De fato, estava quase feliz. Eu, Ari, quase feliz.

— Seu sorriso voltou — foi o que disse Dante.

— Sorrisos são assim. Vêm e vão.

Meu braço estava dolorido. O fisioterapeuta tinha recomendado uns exercícios. Olha, posso mover o braço. Olha.

Acordei um dia, caminhei até o banheiro e encarei o espelho. *Quem é você?* Fui até a cozinha. Minha mãe estava lá, tomando uma xícara de café e repassando o planejamento das aulas para o novo ano letivo.

— Planejando o futuro, mãe?

— Gosto de estar preparada.

Sentei em frente a ela.

— Você é uma boa escoteira.

— Odeia isso em mim, não é?

— Por quê?

— Você odiava todos os escoteiros.

— Meu pai me obrigou a ir.

— Pronto para voltar às aulas?

Ergui as muletas.

— Sim. E ainda posso ir todos os dias de bermuda.

Ela me deu uma xícara de café e penteou meu cabelo com os dedos.

— Quer cortar o cabelo?

— Não. Gosto do jeito que está.

— Eu também — ela concordou, com um sorriso.

Tomamos café juntos, eu e minha mãe. Não conversamos muito. Na maior parte do tempo, fiquei olhando enquanto ela mexia nas pastas. O sol da manhã batia na janela da cozinha. Por causa disso, ela parecia mais jovem. Estava linda. Ela *era* linda. Tive inveja dela. Ela sempre soube quem era.

Tive vontade de perguntar: *Mãe, quando saberei quem sou?* Mas fiquei quieto.

Eu e minhas muletas voltamos para o quarto e pegamos o diário. Fazia um tempo que eu não escrevia nele. Acho que estava com medo de derramar minha raiva sobre as páginas. E simplesmente não queria ver toda aquela raiva. Sentia um tipo diferente de dor. Uma dor que eu não conseguia suportar. Tentei não pensar. Apenas escrevi.

As aulas começam em cinco dias. Primeiro ano. Acho que terei de ir para a escola de muletas. Todo mundo vai me notar. Merda.

Já me vejo dirigindo minha picape por uma estrada deserta. Ninguém por perto. Escutando Los Lobos. Eu, deitado na caçamba da picape, olhando para as estrelas. Sem poluição luminosa.

A fisioterapia começa logo. O médico diz que nadar vai ser bom. Nadar vai me fazer pensar em Dante. Merda.

Quando eu melhorar mais, vou começar a levantar peso. Meu pai ainda guarda os alteres velhos no porão.

Dante vai embora em uma semana. Estou feliz.

Preciso de uma folga dele. Enjoei de vê-lo aqui todo dia só porque se sente mal. Não sei se voltaremos a ser amigos.

Quero um cachorro. Quero levá-lo para passear todos os dias.

Passear todos os dias! Adorei a ideia.

Não sei quem sou.

O que quero de verdade de aniversário: que alguém fale do meu irmão. Quero ver uma foto dele em uma das paredes de casa.

Por algum motivo, achei que este fosse o verão em que descobriria estar vivo. O mundo — diziam minha mãe e meu pai — estava lá fora, à minha espera. Esse mundo não existe de verdade.

No fim daquela tarde, Dante apareceu. Sentamos nos degraus da varanda.
Ele estendeu o braço que tinha quebrado no acidente.
E eu estiquei o meu braço que tinha quebrado no acidente.
— Tudo melhorou — ele disse. Nós dois sorrimos.
— Quando algo quebra, dá para consertar — continuou, com o braço estendido. — Novo em folha.

— Talvez não novo em folha — falei. — Mas bom mesmo assim.

O rosto dele estava melhor. Mesmo ao anoitecer, ele estava perfeito novamente.

— Fui nadar hoje — ele disse.

— Como foi?

— Amo nadar.

— Eu sei.

— Amo nadar — Dante repetiu. Depois, ficou em silêncio por uns instantes. E então continuou: — Amo nadar... *e você*.

Fiquei calado.

— Nadar e você, Ari. São as coisas que mais amo.

— Você não devia dizer isso — censurei.

— É verdade.

— Não disse que não é. Só disse para você não dizer.

— Por quê?

— Dante, eu não...

— Você não precisa dizer nada. Sei que somos diferentes. Não somos iguais.

— Não, não somos iguais.

Sabia o que ele queria dizer e pedi a Deus para que ele fosse outra pessoa, uma pessoa que não precisava dizer as coisas em voz alta. Eu apenas balançava a cabeça.

— Você me odeia?

Não sei o que houve naquele instante. Eu estava com raiva de todos desde o acidente. Odiava Dante, odiava minha mãe, odiava meu pai. Todos. Mas, naquele instante, me dei conta de que não odiava ninguém. Não de verdade. Não odiava Dante nem um pouco.

Só não sabia como ser seu amigo. Não sabia como ser amigo de ninguém. Mas isso não significava que o odiava.

— Não — respondi. — Não odeio você, Dante.

Ficamos lá, parados, sem dizer nada.

— Vamos ser amigos? Quando eu voltar de Chicago?

— Sim.

— Mesmo?

— Sim.

— Você promete?

Olhei para seu rosto perfeito.

— Prometo.

Ele sorriu. E não chorou.

Onze

DANTE E SEUS PAIS FORAM ATÉ A NOSSA CASA UM dia antes de partirem para Chicago. Nossas mães cozinharam juntas. Não fiquei surpreso com o fato de elas se darem tão bem. Eram parecidas em muitos sentidos. O que me surpreendeu foi o sr. Quintana e meu pai se darem bem. Ficaram sentados na sala bebendo cerveja e falando de política. Quer dizer, acho que eles concordavam mais ou menos um com o outro.

Dante e eu ficamos na varanda.

Por algum motivo, nós dois gostávamos de varandas.

Não conversamos muito. Na verdade, não sabíamos bem o que falar. Então tive uma ideia. Eu estava brincando com as muletas.

— Seu caderno de desenhos está debaixo da minha cama. Você não quer pegar lá?

Dante hesitou, mas depois fez que sim com a cabeça.

Ele foi para dentro de casa enquanto eu esperava.

Quando voltou, me entregou o caderno.

— Tenho que confessar uma coisa — eu disse.

— O quê?

— Não cheguei a ver.

Ele não falou nada.

— Podemos ver juntos? — perguntei.

Como ele não respondeu, abri o caderno. O primeiro desenho era um autorretrato: ele lendo um livro. O segundo era um retrato do pai, que também lia um livro. Em seguida, outro autorretrato. Apenas seu rosto.

— Você parece triste nesse.

— Talvez eu estivesse triste no dia.

— Está triste agora?

Ele não respondeu. Virei a página e vi um desenho de mim. Não disse nada. Havia cinco ou seis desenhos feitos no dia em que ele me visitara. Observei cuidadosamente. Não eram nem um pouco desleixados. Não havia nenhum descuido. Eram exatos e pensados e repletos de sentimento. E ainda assim pareciam tão espontâneos.

Dante permaneceu calado enquanto eu olhava os desenhos.

— São honestos — comentei.

— Honestos?

— Honestos e verdadeiros. Você vai ser um grande artista um dia.

— Um dia — ele repetiu. — Sabe, você não precisa ficar com o caderno.

— Você me deu. É meu.

Foi tudo o que dissemos. E ficamos lá.

Não chegamos a dar tchau naquela noite. Não propriamente. O sr. Quintana me deu um beijo na bochecha. Era o jeito dele. A sra. Quintana pôs a mão em meu queixo e levantou minha cabeça.

Olhou nos meus olhos, como se quisesse me lembrar do que dissera no hospital.

Dante me abraçou.

Retribui o abraço.

— Vejo você em uns meses — ele disse.

— É.

— Vou escrever.

Eu sabia que ele ia.

Não tinha certeza se responderia.

Eu, minha mãe e meu pai ficamos na varanda depois que eles foram embora. Começou a chover. Permanecemos lá, sentados, observando a chuva em silêncio. Eu continuava a enxergar Dante com um pássaro de asa quebrada nas mãos. Não dava para notar se ele sorria ou não. E se tivesse perdido seu sorriso?

Mordi os lábios para não chorar.

— Amo a chuva — minha mãe disse baixinho.

Eu também amo. Eu também amo.

Me senti o garoto mais triste do Universo. O verão tinha chegado e partido. O verão tinha chegado e partido. E o mundo estava acabando.

Letras sobre uma página

Há certas palavras que nunca aprenderei a escrever.

Um

PRIMEIRO DIA DE AULA. COLÉGIO AUSTIN, 1987.

— O que aconteceu, Ari?

Eu tinha uma resposta de uma só palavra para essa pergunta.

— Acidente.

Gina Navarro veio durante o almoço e perguntou:

— Acidente?

— Isso — confirmei.

— Isso não é resposta.

Gina Navarro. Por algum motivo, ela se achava no direito de me perseguir só porque me conhecia desde a primeira série. Se havia uma coisa que eu sabia sobre Gina Navarro, era esta: ela não gostava de respostas simples. *A vida é complicada* era seu lema. *O que dizer? O que dizer?* Então não disse nada. Apenas a encarei.

— Você nunca vai mudar, não é, Ari?

— Mudar é superestimado.

— Não que você já tenha experimentado.

— É. Não que eu já tenha experimentado.

— Não sei se gosto de você, Ari.

— Também não sei se gosto de você, Gina.

— Bem, nem todos os relacionamentos se baseiam em *gostar*.

— Acho que não.

— Veja, sou o relacionamento mais longo que você já teve na vida.

— Assim você me deixa deprimido, Gina.

— Não me culpe pela sua melancolia.

— Melancolia?

— Procure no dicionário. Seu jeitão tristonho é culpa exclusivamente sua. Por que você não olha para si mesmo? Você é uma bagunça.

— Me deixa em paz, Gina. Quero ficar sozinho.

— Esse é o problema: sozinho demais. Tempo demais pra você mesmo. Fala alguma coisa.

— Não quero.

Eu sabia que ela não ia desistir.

— Tudo bem. Só me conte o que aconteceu.

— Já disse. Foi um acidente.

— Que tipo de acidente?

— É complicado.

— Você está zombando de mim.

— Você percebeu?

— Seu merda.

— Sou mesmo.

— Com certeza.

— Você está me deixando absurdamente irritado.

— Você devia agradecer. Pelo menos converso com você, o cara menos popular da escola inteira.

Apontei para Charlie Escobedo, que naquele momento saía do refeitório.

— Não. *Aquele* é o cara menos popular da escola. Não fico nem em segundo.

Foi então que Susie Byrd apareceu. Ela sentou perto de Gina. E logo notou as muletas.

— Que houve?

— Um acidente.

— Um acidente?

— É só o que ele diz.

— Que tipo de acidente?

— Ele não quer contar.

— Acho que vocês duas não precisam de mim para continuar a conversa, precisam?

Gina estava ficando furiosa. Da última vez que vira aquele olhar, ela atirou uma pedra em mim.

— Vai, conta — insistiu.

— O.k. — cedi. — Foi depois de uma tempestade. Lembra o dia em que choveu granizo?

Ambas fizeram que sim com a cabeça.

— Foi nesse dia. Bom, tinha um cara parado no meio da rua e vinha um carro. Aí eu pulei e o tirei da frente. Salvei a vida dele. O carro passou por cima das minhas pernas. Essa é a história toda.

— Como você fala merda — Gina disse.

— Verdade — concordei.

— Você espera que eu acredite que você é uma espécie de herói?

— Você vai jogar uma pedra em mim de novo?

— Você só fala merda mesmo — acusou Susie. — Quem era o cara?

— Não sei. Um qualquer.

— Qual era o nome?

Fiz uma pausa antes de responder.

— Acho que se chamava Dante.

— Dante? Esse era o nome dele? Quer que a gente acredite?

Gina e Susie trocaram um olhar de *esse cara é mentiroso pra caramba*. Aquele olhar. Ambas levantaram da mesa e foram embora.

Passei o resto do dia com um sorriso no rosto. Às vezes, você só precisa contar a verdade às pessoas. Elas não vão acreditar. E deixarão você em paz.

Dois

A ÚLTIMA AULA DO DIA FOI DE INGLÊS, COM O SR. Blocker. Novinho, recém-saído da faculdade de educação, todo sorrisos e entusiasmo. Ele ainda pensava que estudantes do colegial eram gente boa. Não sabia um terço da realidade. Dante o adoraria. Ele quis conhecer a turma. Claro. Professores novos. Sempre senti pena deles. Esforçavam-se tanto. Dava vergonha alheia.

A primeira coisa que o sr. Blocker fez foi pedir que falássemos de uma coisa interessante do verão. Sempre odiei essa besteira de quebrar o gelo. Tinha decidido perguntar para minha mãe qual era a dos professores com essas atividades para quebrar o gelo.

Gina Navarro, Susie Byrd e Charlie Escobedo na mesma sala. Não gostei disso. Os três sempre me fazendo várias perguntas. Perguntas às quais eu não queria responder. Queriam me conhecer. Sim, claro. Só que eu não tinha interesse em ser conhecido. Queria comprar uma camiseta com os dizeres: SOU INCOGNOSCÍVEL. Mas isso faria Gina Navarro perguntar ainda mais coisas.

Então lá estava eu, preso em uma turma com Gina, Susie e Charlie... e um professor novo, que gostava de fazer perguntas.

Escutei sobre o verão do pessoal até a metade. Johnny Alvarez aprendera a dirigir. Felipe Calderón fora para Los Angeles ver o primo. Susie Byrd fora para um acampamento de liderança em Austin. Carlos Gallinar afirmou ter perdido a virgindade. Todo mundo riu. *Com quem? Com quem?* O sr. Blocker precisou estabelecer algumas regras depois disso. Resolvi pular fora. Eu era ótimo em sonhar acordado. Comecei a pensar na picape que esperava ganhar de aniversário. Já me imaginava dirigindo por uma estrada empoeirada, com nuvens no céu azul, U2 ao fundo. Foi aí que escutei a voz do professor se dirigindo a mim.

— Sr. Mendoza? — Pelo menos ele pronunciou meu nome direito. Elevei os olhos para o sr. Blocker, que continuou: — Você está prestando atenção?

— Sim, senhor — respondi.

Então ouvi Gina berrar:

— Nada de interessante acontece com ele.

Todos riram.

— É verdade — confirmei.

Pensei que o sr. Blocker passaria para outra pessoa, mas não. Ele esperou que eu dissesse algo.

— Uma coisa interessante? Gina tem razão — falei. — Nada de interessante aconteceu comigo no verão.

— Nada?

— Quebrei as pernas em um acidente. Acho que isso conta como interessante — disse, baixando a cabeça, constrangido. Decidi bancar o espertinho, como os demais. — Ah! — prossegui — Nunca tinha experimentado morfina. Foi interessante.

Todos riram, especialmente Charlie Escobedo, que dedicara a vida a experimentar substâncias tóxicas.

O sr. Blocker sorriu.

— Você deve ter sentido muita dor.

— Sim — falei.

— Vai ficar tudo bem?

— Sim.

Odiei aquela conversa.

— Ainda dói?

— Não.

Foi uma mentirinha. A resposta verdadeira era mais longa e mais complicada. Gina Navarro tinha razão. A vida *era* complicada.

Três

PEGUEI MEU DIÁRIO E FOLHEEI. ANALISEI MINHA caligrafia. Eu tinha uma caligrafia desleixada. Ninguém leria aquilo senão eu. O que era bom. Não que alguém quisesse ler. Decidi escrever. Isto foi o que saiu:

Aprendi a nadar neste verão. Não, não é verdade. Alguém me ensinou. Dante.

Rasguei a página.

Quatro

— VOCÊ FAZ ATIVIDADES PARA QUEBRAR O GELO COM seus alunos no primeiro dia de aula?

— Claro.

— Por quê?

— Gosto de conhecer meus alunos.

— Por quê?

— Porque sou professora.

— Você recebe o salário para ensinar sobre o governo. Sobre a primeira, a segunda e a terceira emenda à Constituição. Coisas assim. Por que você não começa com isso de cara?

— Dou aula para alunos. Alunos são pessoas, Ari.

— Não somos tão interessantes assim.

— São mais interessantes do que você pensa.

— Somos difíceis.

— Faz parte do charme de vocês.

A expressão em seu rosto era interessante. Reconhecia aquela expressão. Minha mãe às vezes ficava entre a ironia e a sinceridade. Era parte do charme dela.

Cinco

SEGUNDO DIA DE AULA. NORMAL. TIRANDO QUE, enquanto eu esperava minha mãe, uma garota, Ileana, se aproximou de mim. Ela pegou uma canetinha e escreveu seu nome em um dos gessos.

Ela me encarou. Pensei em desviar o olhar, mas não o fiz.

Seus olhos eram como o céu noturno no deserto.

Tive a sensação de que existia um mundo todo dentro dela. Eu desconhecia esse mundo totalmente.

Seis

UMA PICAPE CHEVY. VERMELHO-CEREJA, COM PARA-
-choques e calotas cromados e pneus com faixa branca. Era a caminhonete mais linda do mundo. E era minha.

Lembro de olhar nos olhos escuros do meu pai e sussurrar:

— Obrigado.

Me senti um idiota e o abracei. Tosco. Mas foi sincero, o obrigado e o abraço. Foi tudo sincero.

Uma caminhonete de verdade. Uma caminhonete de verdade pro Ari.

O que não ganhei: uma foto do meu irmão na parede de casa.

Não se pode ter tudo.

Fiquei sentado no banco da caminhonete e tive que me esforçar para voltar à festa. Odiava festas, mesmo as feitas para mim. Naquela hora, minha vontade era pegar a estrada com a caminhonete, com meu irmão no banco do passageiro. E Dante também. Meu irmão e Dante. Já seria festa suficiente para mim.

Acho que, *sim*, eu sentia saudade de Dante, apesar de me esforçar para não pensar nele. O problema de tentar não pensar em uma coisa é que se acaba pensando ainda mais nela.

Dante.

Por algum motivo, pensei em Ileana.

Sete

TODOS OS DIAS, EU ACORDAVA BEM CEDO E CORRIA até minha picape, estacionada na garagem. Dava ré até a frente de casa. Havia um universo inteiro à espera de ser descoberto em uma picape. Sentar no banco do motorista fazia tudo parecer possível. Era estranho ter esses momentos de otimismo. Estranho e bonito.

Ligar o rádio e ficar sentado ali era minha paz.

Em uma daquelas manhãs, minha mãe apareceu e tirou uma foto minha.

— Aonde vai? — perguntou.

— Para a escola — respondi.

— Não — ela disse. — Não foi isso que eu quis dizer. Quando você dirigir essa coisa pela primeira vez, aonde vai querer ir?

— Pro deserto — respondi, sem revelar que minha vontade era de sair e ficar contemplando as estrelas.

— Sozinho?

— Isso — confirmei.

Sabia que ela queria perguntar se eu tinha feito amigos na escola. Mas não perguntou. Então seus olhos baixaram até o gesso.

— Quem é Ileana?

— Uma garota.

— Bonita?

— Bonita demais pra mim, mãe.

— Seu bobo.

— É, sou bobo.

Naquela noite, tive um pesadelo. Eu dirigia pela rua. Ileana estava sentada ao meu lado. Olhei para ela e sorri. Não vi Dante no meio da rua. Não consegui parar. Não consegui parar. Acordei encharcado de suor.

Na manhã seguinte, enquanto eu tomava uma xícara de café sentado na caminhonete, minha mãe saiu pela porta da frente. Ela sentou nos degraus da varanda e deu uma batidinha no degrau mais próximo. Ela me viu descer desajeitadamente da caminhonete. Já não me sufocava mais.

Fui até ela e sentei ao seu lado.

— Você tira o gesso na semana que vem.

— É — eu disse, sorrindo.

— Depois, começa a fisioterapia.

— Depois, aulas de direção.

— Seu pai não vê a hora de ensiná-lo.

— Você perdeu no cara ou coroa?

Ela riu.

— Tenha paciência com ele, certo?

— Sem problemas, mãe.

Eu sabia que ela queria conversar sobre alguma coisa. Sempre percebo esse clima.

— Sente saudades do Dante?

— Não sei — eu disse, olhando para ela.

— Como pode não saber?

— Ah, mãe, é que Dante é como você. Quer dizer, às vezes me sufoca.

Ela não disse nada.

— Gosto de ficar sozinho, mãe. Sei que você não compreende, mas é verdade.

Ela fez que sim com a cabeça, parecendo que me escutava de verdade.

— Você gritou o nome dele na noite passada — ela disse.

— Ah — falei. — Foi só um sonho.

— Ruim?

— É.

— Quer conversar sobre isso?

— Para ser sincero, não.

Ela me cutucou, um cutucão que queria dizer: *vamos, anime sua mãe.*

— Mãe? Você já teve pesadelos?

— Não muitas vezes.

— Não como eu e meu pai.

— Você e seu pai estão travando suas próprias guerras internas.

— Talvez. Odeio meus sonhos.

Podia sentir que minha mãe prestava atenção em mim. Ela estava sempre ao meu lado. Eu a odiava por isso. E a amava.

— Eu estava dirigindo a picape. Chovia — comecei. — Não o vi no meio da rua. Não consegui frear. Não consegui.

— Dante?

— É.

Ela apertou meu braço.

— Mãe, às vezes tenho vontade de fumar.

— Eu pego a caminhonete de volta.

— Bom, pelo menos já sei qual seria a consequência.

— Você me acha má?

— Acho rígida. Rígida demais, às vezes.

— Sinto muito.

— Não sente — repliquei, agarrando as muletas. — Um dia vou ter que quebrar algumas das suas regras, mãe.

— Eu sei — ela disse. — Tente fazer escondido, o.k.?

— Pode apostar, mãe.

Ali na varanda, a gente riu. Como Dante e eu costumávamos fazer.

— Sinto muito pelos pesadelos, Ari.

— Meu pai ouviu?

— Sim.

— Desculpe.

— Você não controla seus sonhos.

— Eu sei. Não queria atropelá-lo.

— E não atropelou. Foi apenas um sonho.

Não contei que, no sonho, não estava prestando atenção. Meus olhos estavam em uma garota, e não no volante. E foi por isso que atropelei Dante. Não contei essa parte.

Oito

DUAS CARTAS DE DANTE ESTAVAM NA MINHA CAMA
quando voltei da escola. Odiei que minha mãe soubesse que eu as tinha recebido. Ridículo. Por que isso? Privacidade. Era isso. Um cara precisa de privacidade.

Querido Ari,

O.k., estou meio apaixonado por Chicago. De vez em quando, pego o metrô e invento histórias sobre as pessoas. Há mais negros aqui do que em El Paso. Gosto disso. Há muitos irlandeses, pessoas do Leste Europeu e, claro, mexicanos. Os mexicanos estão em toda parte. Somos como pardais. Mas, sabe, ainda não sei ao certo se sou mexicano. Acho que não. O que eu sou, Ari?

SOU PROIBIDO DE TOMAR O METRÔ À NOITE. REPITO: PROIBIDO.

Minha mãe e meu pai sempre pensam que algo ruim vai acontecer comigo. Não sei se eram assim antes do acidente. Então digo ao meu pai: "Pai, um carro não vai passar por cima de mim dentro do metrô". Meu pai, que é bem tranquilo com a maioria das coisas, apenas me fuzila com um olhar e diz: "Nada de metrô à noite".

Meu pai gosta do trabalho que tem aqui. Só precisa dar uma aula e preparar uma palestra sobre alguma coisa. Acho que está escrevendo sobre a presença do poema longo após o modernismo, ou algo assim. Com certeza, minha mãe e eu assistiremos à palestra. Amo meu pai, mas não sou muito chegado nessa coisa acadêmica. Análise demais. Não se pode ler um livro simplesmente por prazer?

Minha mãe está aproveitando para escrever um livro sobre vícios em jovens. A maior parte dos clientes dela são adolescentes viciados. Não que ela conte muito sobre o trabalho. Ela tem passado bastante tempo na biblioteca esses dias, e acho que está aproveitando muito. Meus pais são dois nerds. Gosto disso neles.

Tenho alguns amigos. São gente boa. Diferentes, acho. Sabe, o grupo de pessoas por que me interessei só tem góticos. Fui a uma festa e tomei minha primeira cerveja. Bom, três cervejas na verdade. Fiquei um pouco bêbado. Não muito; só um pouquinho. Ainda não resolvi se gosto ou não de cerveja. Acho que, quando ficar mais velho, vou beber apenas vinho. E não os baratos. Não me acho esnobe. Mas minha mãe diz que sofro da síndrome do filho único. Ela inventou isso, imagino. E de quem é a culpa, afinal? Quem os impede de ter outro filho?

Na festa, me ofereceram um baseado. Dei uma ou duas tragadas. Bom, não estou muito a fim de falar disso.

Minha mãe me mataria se soubesse que experimentei substâncias que alteram o humor. Cerveja e maconha. Nada de mais. Mas ela teria uma opinião diferente a respeito. Ela conversou comigo sobre as drogas que considera "portões de entrada". Me distraio quando ela vem me passar sermões sobre drogas, e ela faz cara feia.

Esse negócio de maconha e cerveja é só uma das coisas que acontecem nas festas. Nada de mais quando você para e pensa. Não que eu vá ter essa conversa com a minha mãe. Nem com o meu pai.

Você já bebeu cerveja? Fumou maconha? Me conta.

Ouvi minha mãe e meu pai conversarem. Já decidiram que, se meu pai receber uma oferta de emprego aqui, vai recusar. "Não é um bom lugar para Dante." Já decidiram. Claro, não me perguntaram. Claro que não. Que tal uma opinião do próprio Dante? Dante gosta de falar por si. Como gosta.

Não quero que meus pais organizem a vida deles em torno de mim. Vou desapontá-los algum dia. E aí, como fica?

A verdade, Ari, é que sinto saudades de El Paso. Logo que nos mudamos para aí, eu odiei. Mas agora penso em El Paso o tempo todo.

E penso em você.

Sempre,
Dante

P.S. Nado quase todos os dias depois da escola. Cortei o cabelo; está bem curto. Cabelo curto é bom para nadar. Cabelo comprido é uma merda para quem nada todo dia. Não sei por que deixava crescer.

Querido Ari,

Todo mundo faz festa por aqui. Meu pai acha ótimo que eu seja convidado. Minha mãe... bom, é difícil saber o que ela pensa. O que posso dizer é que ela fica de olho. Depois da última festa, disse que minhas roupas cheiravam a cigarro. "Algumas pessoas fumam", justifiquei. "Não posso fazer nada." Recebi um olhar atravessado.

Então, na última sexta, fui a uma festa. E, claro, havia álcool. Tomei uma cerveja e decidi que cerveja não é para mim. Gostei de vodca com suco de laranja. <u>Ari, tinha muita gente.</u> Incrível. Parecíamos baratas! Não dava para andar sem esbarrar em alguém. Então fiquei circulando, conversando com as pessoas e me divertindo.

De algum modo, acabei em uma conversa com uma garota. O nome dela é Emma. É inteligente, simpática e linda. Conversávamos na cozinha e ela disse que adorava o meu nome. De repente, ela se inclinou e me deu um beijo. Acho que pode-se dizer que eu a beijei de volta. Tinha gosto de menta com cigarro e, bem, foi bom, Ari.

Nos beijamos por bastante tempo.

Fumei um cigarro com ela e nos beijamos mais.

Ela gostava de tocar meu rosto. Disse que sou bonito. Ninguém nunca me disse que eu sou bonito. Mãe e pai não contam.

Então saímos.

Ela fumou outro cigarro. Perguntou se eu queria um. Respondi que um era o suficiente, porque eu nadava.

Ainda penso no beijo.

Ela me deu o número dela.

Não estou muito seguro com essa história toda.

Seu amigo,
Dante

Nove

TENTEI IMAGINAR DANTE DE CABELO CURTO. TENTEI imaginá-lo beijando uma garota. Dante era complicado. Gina teria gostado dele. Não que eu fosse apresentá-los.

Deitei na cama e pensei em responder às cartas. Em vez disso, sentei para escrever no diário.

> *Como seria beijar uma garota? Especificamente, Ileana. Ela não teria gosto de cigarro. Qual é o gosto do beijo de uma garota?*

Parei de escrever e tentei pensar em outra coisa. Pensei no trabalho idiota que eu não queria fazer sobre a Grande Depressão. Pensei em Charlie Escobedo, que queria que eu usasse drogas com ele. Comecei a pensar em Dante beijando uma garota e depois pensei em Ileana. Talvez ela tivesse gosto de cigarro. Talvez fumasse. Eu não sabia nada sobre ela.

Sentei na cama. Não, não, não. Nada de pensar em beijos. E então, não sei por que, fiquei triste. E comecei a pensar no meu irmão. Sempre que ficava triste, pensava nele.

Talvez, lá no fundo, uma parte de mim sempre pensasse nele. Algumas vezes, me peguei soletrando seu nome, B-E-R-N-A-R-D-O. Por que meu cérebro fazia isso? Por que soletrava o nome dele sem minha permissão?

Às vezes acho que não quero descobrir o que penso de verdade. Não faz sentido, mas faz muito sentido para mim. Tenho essa teoria de que sonhamos porque pensamos em coisas sem termos consciência de que estamos pensando. E essas coisas, bem, elas nos assombram nos sonhos. Talvez sejamos como pneus cheios demais. O ar precisa escapar. Os sonhos são isso.

E pensando nisso, sonhei com meu irmão. Eu tinha quatro anos, e ele, quinze. Estávamos passeando. Ele segurava minha mão e eu levantava os olhos para ele. Eu estava feliz. Era um sonho bonito. O céu estava azul, claro e puro.

Talvez o sonho viesse de uma recordação. Os sonhos não surgem do nada. Isso é fato. Penso que talvez vá querer estudar os sonhos quando tiver idade suficiente para escolher o que estudar. Com certeza absoluta, não quero estudar Alexander Hamilton. É, talvez estude os sonhos e de onde vêm. Freud. Talvez faça isso: um trabalho sobre Sigmund Freud. Assim já vou adiantando.

E talvez eu possa ajudar pessoas que têm pesadelos. Ajudá-las a não ter mais. Acho que gostaria de fazer isso.

DECIDI QUE VOU DAR UM JEITO DE BEIJAR ILEANA
Tellez. Mas quando? Onde? Ela não faz nenhuma aula comigo. Mal a vejo.
    Preciso descobrir qual é o armário dela. Esse é o plano.

Onze

NO CAMINHO DE VOLTA DO MÉDICO, MINHA MÃE
perguntou se eu tinha respondido às cartas de Dante.
— Ainda não — falei.
— Acho que você devia escrever para ele.
— Mãe, sou seu filho, não uma caixa de sugestões.
Ela me fuzilou com os olhos.
— Olha pra frente enquanto dirige — falei.
Quando cheguei em casa, peguei o diário e escrevi:

> *Se os sonhos não surgem do nada, então o que significa eu sonhar que atropelava Dante? O que significa sonhar com isso de novo? Em ambas as vezes, eu estava olhando para Ileana quando o atropelei. O.k., isso não é bom.*
>
> *O ar está escapando.*
>
> *Não quero pensar nisso.*

Posso pensar nos sonhos com meu irmão ou nos sonhos com Dante.

São essas as opções?

Acho que preciso arrumar o que fazer.

Doze

QUANDO PENSO NO SONHO COM MEU IRMÃO, LEMBRO do fato de tê-lo visto pela última vez quando eu tinha quatro anos. Assim, há uma conexão direta entre o sonho e a vida. Imagino que foi quando tudo começou. Eu tinha quatro anos, e ele, quinze. Foi então que ele fez o que fez. Por isso agora está preso. Não detido. Preso. Existe uma diferença. Meu tio fica bêbado de vez em quando e acaba detido, o que deixa minha mãe profundamente irritada. Mas logo ele é solto, porque não dirige quando bebe: só acaba em lugares idiotas e fica um pouco beligerante demais. Se a palavra beligerante não existisse, teria sido inventada para descrever meu tio quando bebe. Mas alguém sempre acaba pagando a fiança. Já quem está preso não tem fiança. Não é solto logo. Estar preso é saber que vai ficar lá por muito tempo.

E essa é a situação do meu irmão. Preso.

Não sei se está em presídio federal ou estadual. Não sei o que faz um cara ir parar em um ou outro. Não ensinam isso na escola.

Vou descobrir por que meu irmão está preso. É um projeto de pesquisa. Pensei nisso. Pensei e repensei. Jornais. Por acaso não arquivam jornais velhos em algum lugar?

Se Dante estivesse aqui, poderia me ajudar. Ele é inteligente. Saberia exatamente o que fazer.

Não preciso de Dante.

Posso fazer isso sozinho.

QUERIDO ARI,

Espero que tenha recebido minhas cartas. Tudo bem, é um jeito pouco criativo de começar. Claro que você recebeu. Não vou analisar o fato de você não ter respondido. Certo, isso não é lá muito verdade. Já analisei o motivo de não haver cartas quando volto da natação. Não desperdiçarei papel em teorias que invento quando não consigo dormir à noite. Eis o acordo, Ari: não vou pegar no seu pé por você não escrever de volta. Prometo. Se quiser escrever pra você, escreverei. E se você não quiser me escrever, não precisa. Você tem que fazer o que quiser. E eu também. É assim que são as coisas. E, em todo caso, sempre falei mais mesmo.

Tenho outro passatempo favorito além de andar de metrô: visitar o Instituto de Arte de Chicago. Nossa, Ari. Você precisava ver esse lugar. É incrível. Gostaria que você estivesse aqui e que pudéssemos ver tanta arte juntos. Você ficaria louco. Juro que ficaria. Todo tipo de arte, contemporânea e não tão contemporânea e, bem, eu poderia continuar, mas não vou. Você gosta de Andy Warhol?

Há um quadro famoso, Nighthawks, de Edward Hopper. Amo esse quadro. Às vezes acho que todos são como os personagens do quadro — todos se perderam em seus universos particulares de dor, mágoa, culpa; todos distantes e incognoscíveis. O quadro me lembra você. Dá um aperto no coração.

Mas não é meu quadro predileto. Nem de longe. Já contei qual é meu quadro favorito? A balsa da Medusa, de Géricault. Existe toda uma história por trás desse quadro. É baseado em um naufrágio real e fez a fama de Géricault. Percebe o diferencial dos artistas? Eles contam histórias. Quer dizer, algumas pinturas são como romances.

Um dia vou a Paris e ao Louvre para passar o dia todo olhando esse quadro.

Fiz as contas e sei que a essa altura você já estará livre do gesso. Sei que a regra era que não podíamos falar do acidente. Digo uma coisa, Ari: é uma regra completamente inane. Não se pode esperar o cumprimento dessa regra por qualquer pessoa razoável — não que eu seja uma pessoa razoável. Assim, espero que a fisioterapia esteja indo bem e que você esteja normal de novo. Não que você seja normal. Você certamente não é normal.

Sinto saudades. Posso dizer isso? Ou também há uma regra? Sabe, é curioso que você tenha tantas regras. Por que isso, Ari? Acho que todo temos regras. Talvez tenhamos puxado isso de nossos pais. Os pais são criadores de regras. Talvez criem regras demais para nós, Ari. Já pensou nisso?

Acho que precisamos fazer algo quanto às regras.

Não vou mais dizer que sinto saudades.

*Seu amigo,
Dante*

Catorze

DESCOBRI QUAL ERA O ARMÁRIO DE ILEANA COM A ajuda de Susie Byrd.

— Não conte nada disso pra Gina — pedi.
— Não vou — ela disse. — Prometo.

E logo quebrou a promessa.

— Ela é problema — Gina disse.
— É, e tem dezoito anos — disse Susie.
— E daí?
— Você é só um menino. Ela é uma mulher.
— Problema — Gina repetiu.

Deixei um bilhete para Ileana; dizia "Oi". Assinei meu nome. Sou tão besta. Oi. Qual é o sentido?

Quinze

PASSEI A TARDE NA BIBLIOTECA PÚBLICA EXAMINANDO microfilmes do *El Paso Times*. Buscava alguma coisa sobre meu irmão. Mas nem sabia se o ano estava certo e desisti depois de uma hora e meia. Devia existir um jeito melhor de fazer esse tipo de pesquisa.

Pensei em escrever uma carta para Dante. Em vez disso, encontrei um livro de arte sobre as obras de Edward Hopper. Dante tinha razão sobre *Nighthawks*. Era um quadro ótimo. E era verdade, o que Hopper tentava dizer. Me sentia diante de um espelho. Mas não fiquei com o coração partido.

Dezesseis

VOCÊ JÁ VIU COMO FICA A PELE MORTA DEPOIS QUE alguém tira o gesso?

Essa era minha vida, um monte de pele morta.

Foi estranha a sensação de voltar a ser o Ari de antes. Ainda que isso não fosse bem verdade. O Ari de antes não existia mais.

E o novo Ari? Não existia ainda.

Voltei para casa e resolvi dar uma caminhada.

Quando me dei conta, meus olhos estavam fixos no lugar onde Dante estivera segurando o pássaro. Não sei por que fui parar lá.

Quando dei por mim, estava diante da casa dele.

Um cachorro me encarava do parque, no outro lado da rua.

Encarei-o também.

Ele se jogou na grama.

Atravessei a rua e o cachorro não se mexeu. Apenas abanava o rabo. Esbocei um sorriso. Sentei ao lado na grama e tirei o sapato. Logo o cachorro descansou a cabeça em meu colo.

Fiquei lá com ele, fazendo carinho. Reparei que não tinha coleira. Após observar melhor, descobri que ele era ela.

— Qual é o seu nome?

As pessoas falam com cachorros. Não que eles entendam as palavras, mas talvez entendam o bastante. Pensei na última carta de Dante. Precisava procurar o significado da palavra "inane". Levantei e fui em direção à biblioteca, que ficava na ponta do parque.

Encontrei um livro de arte com uma foto de *A balsa da Medusa*.

Voltei para casa. Ari, o garoto capaz de andar novamente sem o auxílio de muletas. Quis contar a Dante que suas contas estavam erradas. *Tirei o gesso hoje, Dante. Hoje.*

Na volta, pensei no acidente, em Dante, no meu irmão e me perguntei se ele saberia nadar. Pensei em meu pai e seu silêncio sobre o Vietnã. Embora tivesse uma foto com alguns de seus companheiros de guerra na parede da sala, meu pai jamais comentava essa imagem ou dizia o nome dos amigos. Perguntei uma vez e ele fez que não ouviu. Nunca mais perguntei. Talvez o problema entre mim e meu pai era que fôssemos iguais.

Ao chegar em casa, percebi que a cachorra tinha me seguido. Sentei nos degraus da varanda, ela deitou na calçada e ergueu o olhar para mim.

Meu pai apareceu.

— Recuperando as pernas?

— Sim — respondi.

Ele olhou para a cachorra.

— Me seguiu do parque até aqui.

— Você quer ficar com ele?

— É ela.

Ambos sorrimos.

— E, sim — afirmei —, quero muito.

— Lembra da Charlie?

— Claro. Adorava aquela cachorra.

— Eu também.

— Chorei quando ela morreu.

— Eu também, Ari.

Trocamos um olhar.

— Parece uma cachorra bacana. Sem coleira?

— Sem coleira, pai. Linda.

— Linda, Ari — ele disse, rindo. — Sua mãe não gosta de cachorro dentro de casa.

Dezessete

QUERIDO DANTE,

Sinto muito não ter escrito antes. De verdade.

Posso andar normalmente agora. Assim você não precisa mais se sentir culpado, o.k.? As radiografias parecem boas. Estou recuperado, Dante. O médico diz que uma série de coisas podiam ter dado errado, a começar pela cirurgia. E, no fim das contas, deu tudo certo. Imagine só, Dante: deu tudo certo. Tudo bem, quebrei minha própria regra, e isso encerra o assunto.

Tenho uma cachorra nova! O nome dela é Perninha, porque a encontrei no dia em que voltei a andar. Ela me seguiu do parque até em casa. Meu pai e eu lhe demos banho no quintal dos fundos. É uma ótima cachorra. Ficou quieta durante o banho. Mansa e doce. Não sei exatamente a raça. O veterinário chutou que era parte pit bull, parte labrador e parte Deus sabe lá o quê. É branca, de porte médio e tem manchas marrons ao redor dos olhos. Uma cachorra muito bonita mesmo. A única reação da minha mãe foi: "A cachorra fica no quintal".

Essa regra não durou. À noite, deixo a cachorra entrar no quarto. Ela dorme aos meus pés. Na cama. Minha mãe odeia, mas cedeu até que rápido. "Bom, pelo menos agora você tem uma amiga", disse.

Minha mãe acha que não tenho amigos. É um pouco verdade. É que não sou bom em fazer amigos. E lido com isso sem problemas.

Nada mais para contar além da cachorra. Não, espere: adivinhe? Ganhei uma picape Chevy 1957 de aniversário! Cromada. Adoro a caminhonete. Uma autêntica caminhonete mexicana, Dante! Só falta uma suspensão nova para sair pulando com ela por aí. Como se fosse acontecer... Suspensão. Minha mãe apenas me lançou um olhar: "Quem vai pagar?".

"Vou arrumar um emprego", respondi.

Meu pai me deu a primeira aula de direção. Fomos para uma estrada deserta em alguma fazenda do outro lado da cidade. Fui muito bem. Preciso melhorar essa coisa das marchas. Não tenho muito jeito para trocar de marcha e deixei a caminhonete morrer algumas vezes ao engatar a segunda. É uma questão de tempo certo. Pé na embreagem, trocar a marcha, acelerador, embreagem, mudar a marcha, acelerador, dirigir. Um dia *vou fazer tudo isso direitinho, de um jeito natural. Será como caminhar. Não precisarei nem pensar.*

Depois da primeira aula, estacionamos o carro e meu pai fumou um cigarro. Ele fuma de vez em quando. Só que nunca dentro de casa. Às vezes fuma no quintal dos fundos, mas raramente. Perguntei se pensava em parar. "Ajuda com os sonhos." Sei que seus sonhos são sobre a guerra. Às vezes, tento imaginá-lo nas selvas do Vietnã. Nunca pergunto sobre a guerra. Acho que é algo que ele precisa guardar para si. Talvez seja uma coisa terrível, guardar uma guerra dentro de si. Mas talvez tenha que ser assim. Então em vez de perguntar da guerra, perguntei se já tinha sonhado com Bernardo. Meu irmão. "Às vezes." Foi tudo o que disse. Ele dirigiu a caminhonete de volta para casa e não abriu mais a boca.

Acho que o irritei ao mencionar meu irmão. Não quero irritá-lo, mas irrito. Sempre irrito. A ele e aos outros. Acho que é isso que eu faço. Também irrito você. Sei disso. E sinto muito. Tento fazer o melhor, o.k.? Então, se eu não escrever tantas cartas quanto você, não fique irritado. Não é minha intenção, tá? É um problema meu. Quero que as pessoas me digam o que sentem, mas não sei ao certo se quero fazer o mesmo.

Acho que vou sentar na caminhonete e pensar sobre isso.

Ari

Dezoito

EIS UMA LISTA DE COMO MINHA VIDA ESTÁ NO MOMENTO:

Praticar para tirar a carteira de motorista e estudar para entrar na faculdade (e deixar minha mãe feliz).

Levantar peso no porão.

Correr com Perninha, que não é só uma ótima cachorra, mas também uma excelente atleta.

Ler as cartas de Dante (às vezes recebo duas por semana).

Discutir com Gina Navarro e Susie Byrd (sobre qualquer coisa).

Tentar descobrir maneiras de encontrar Ileana na escola.

Pesquisar os microfilmes do El Paso Times na biblioteca para tentar descobrir alguma coisa sobre meu irmão.

Escrever no meu diário.

Lavar minha caminhonete duas vezes por semana.

Ter pesadelos (continuo a atropelar Dante naquela rua chuvosa).

Trabalhar vinte horas no Charcoaler. Fazer hambúrgueres não é tão ruim. Quatro horas na quinta depois da escola; seis horas nas noites de sexta e oito horas no sábado. (Meu pai não me deixa fazer hora extra.)

Nisso, basicamente, consistia minha vida. Talvez minha vida não fosse muito interessante, mas pelo menos me mantinha ocupado. Ocupado não significa feliz. Sei disso. Mas pelo menos não ficava entediado. Tédio é a pior coisa.

Gostava de ter dinheiro e gostava de não dedicar muito tempo a ter pena de mim mesmo.

Era convidado para festas e não ia.

Bom, fui a uma festa, só para ver se Ileana estava lá. Fui embora assim que Gina e Susie chegaram. Gina me acusou de misantropo. E disse que eu era o único garoto na escola que nunca havia beijado uma garota.

— E nunca vai beijar se continuar indo embora das festas quando elas começam a melhorar.

— É mesmo? — falei. — E como exatamente você sabe disso?

— É só um palpite — ela respondeu.

—Você está tentando fazer com que eu conte coisas da minha vida — eu disse. — Não vai funcionar.

— Quem você beijou?

— Esqueça, Gina.

— Ileana? Acho que não. Ela só quer brincar com você.

Apenas continuei andando e mostrei o dedo do meio.

Gina. Qual era a daquela menina? Sete irmãs, nenhum irmão: esse era seu problema. Acho que pensava que poderia me adotar. Eu seria um irmão para ela perturbar. Ela e Susie Byrd costumavam ir ao Charcoaler sexta à noite apenas para me atormentar. Apenas para encher meu saco. Pediam hambúrguer, batata frita e refrigerante, depois ficavam estacionadas, buzinavam e esperavam a loja fechar e me perturbavam, perturbavam e perturbavam e enchiam o saco. Gina estava começando a fumar e acendia cigarros por toda parte, como se fosse a Madonna.

Uma vez, elas tinham cerveja. Ofereceram pra mim. Tudo bem, bebi umas cervejas com elas. Foi bom. Foi o.k.

Mas Gina não parava de perguntar quem eu tinha beijado.

Foi então que tive uma ideia que a faria parar de xeretar minha vida.

— Quer saber o que eu acho? Acho que você quer que eu chegue mais perto e dê o melhor beijo da sua vida.

— Que nojo — ela disse.

— Por que tanto interesse, então? — perguntei. — Você adoraria saber meu gosto.

— Você é um idiota — ela disse. — Preferiria encher a boca com cocô de passarinho.

— Com certeza — falei.

Susie Byrd disse que eu estava sendo cruel. Susie Byrd. Era preciso ser simpático com ela. Bastava alguém dizer a palavra errada, e ela começava a chorar. Era uma garota legal, mas todo aquele drama não ajudava muito.

Gina nunca mais tocou no assunto do beijo. Essa foi a parte boa.

Às vezes, Ileana me via. Sorria para mim, que já estava um pouco apaixonado pelo seu sorriso. Não que eu soubesse coisa alguma sobre amor.

A escola ia bem. O sr. Blocker ainda fazia questão daquela coisa de compartilhar. Mas era bom professor. Pedia para escrevermos bastante. Eu gostava disso. Por algum motivo, escrever me atraía cada vez mais. A única matéria que me dava trabalho era arte. Eu era uma negação no desenho. Só sabia desenhar árvores. Era péssimo em desenhar rostos. Mas nas aulas de arte bastava tentar. Minha nota era A por esforço, não por talento. Como sempre na minha vida.

Eu sabia que as coisas não iam mal. Tinha cachorra, carteira de motorista e dois passatempos: procurar o nome do meu irmão nos microfilmes e tentar encontrar um jeito de beijar Ileana.

Dezenove

MEU PAI E EU DESENVOLVEMOS UMA ROTINA. Acordávamos bem cedo aos sábados e aos domingos para as aulas de direção. Pensei que... não sei o que pensei. Acho que talvez pensasse que meu pai e eu conversaríamos sobre a vida. Mas não. Conversávamos sobre dirigir. Só isso. Tudo girava em torno de aprender a dirigir.

Meu pai foi paciente comigo. Me ensinou a dirigir a caminhonete e explicou sua filosofia de permanecer atento ao que os outros faziam. De fato, ele era um ótimo professor; nunca ficou irritado (só quando mencionei meu irmão). Disse certa vez uma coisa que achei bem engraçada: "Se a rua é mão única, não adianta querer andar nos dois sentidos". Achei a frase divertida e interessante. Até ri quando ouvi. Quase nunca meu pai me fazia rir.

Porém, ele nunca fez qualquer pergunta sobre mim. Diferente da minha mãe, ele respeitava meu mundo particular. Meu pai e eu éramos como a pintura de Edward Hopper. Bom, quase... não exatamente. Ele parecia mais relaxado quando nós dois saímos de manhã. Parecia tão à vontade, como se estivesse em casa. Embora não falasse muito, não parecia distante. Era bom. Às vezes chegava a assobiar, aparentemente feliz por estar comigo. Talvez meu pai não precisasse de palavras para sobreviver no mundo. Eu não era assim. Bom, eu *era* assim por fora; fingia não precisar de palavras. Só que não era assim por dentro.

Compreendi algo sobre mim mesmo: por dentro, não parecia com meu pai em nada. Por dentro, parecia mais com Dante. O que me deixou bem assustado.

Vinte

TIVE QUE DIRIGIR COM MINHA MÃE NO CARRO ATÉ QUE ela me deixasse sair sozinho.

— Você dirige meio rápido — ela comentou.

— Tenho dezesseis anos — repliquei. — E sou garoto.

Ela ficou quieta por uns instantes, para logo dizer:

— Se um dia eu desconfiar que você tomou um gole de álcool e dirigiu, me desfaço desse carro.

Por algum motivo, achei graça naquilo.

— Não é justo. Por que vou pagar por você ser desconfiada? Como se fosse culpa minha...

— Os fascistas são assim — ela disse, me fuzilando com o olhar.

Ambos sorrimos.

— Nada de beber e dirigir.

— E beber e caminhar?

— Também não.

— Já imaginava.

— Só queria confirmar.

— Para sua informação, não tenho medo de você, mãe.

Ela riu.

Minha vida era mais ou menos descomplicada. Recebia cartas de Dante, às quais nem sempre respondia. Quando o fazia, minhas cartas eram curtas. As cartas dele eram *sempre* longas. Ele ainda experimentava beijar garotas, embora tenha dito que preferiria beijar rapazes. Foi exatamente isso o que ele disse. Eu não sabia bem o que pensar a respeito, mas Dante continuaria a ser Dante; se eu quisesse continuar seu amigo, teria que aprender a não me importar com isso. O que era fácil, já que ele estava em Chicago e eu, em El Paso. A vida de Dante era mais complicada que a minha; pelo menos no que dizia respeito a beijar meninos ou meninas. Por outro lado, ele não tinha que se preocupar com um irmão presidiário, um irmão que os pais fingiam não existir.

Acho que tentava descomplicar minha vida porque, dentro de mim, tinha a sensação de que tudo estava confuso. E os pesadelos eram prova disso. Uma noite sonhei que não tinha pernas, que elas simplesmente sumiram. E eu não conseguia levantar da cama. Acordei gritando.

Meu pai veio até o quarto e falou baixinho:

— Foi só um sonho ruim.

— É — suspirei. — Só um sonho ruim.

Eu até já estava acostumado com eles. Com os pesadelos. Mas por que algumas pessoas nunca se lembravam dos sonhos? E por que eu não era assim?

Vinte e um

QUERIDO DANTE,

Tirei a carteira de motorista! Levei minha mãe e meu pai para um passeio. Dirigi até Messilla, Novo México. Almoçamos. Dirigi de volta para casa e acho que os dois mais ou menos aprovaram meu jeito de dirigir. Só que a melhor parte veio depois. Saí à noite deserto adentro e estacionei. Fiquei ouvindo rádio, deitado na traseira da picape, observando as estrelas. Nada de poluição luminosa, Dante. Foi muito lindo.

Ari

Vinte e dois

UMA NOITE, MEUS PAIS SAÍRAM PARA UM BAILE DE casamento. Como bons mexicanos, adoravam esse tipo de festa. Os dois tentaram me arrastar para ir junto, mas respondi que não, obrigado. Vê-los dançando música Tex-Mex era uma das minhas ideias de como seria o inferno. Falei que estava cansado de fritar hambúrguer e que ficaria descansando em casa.

— Bem, se resolver sair — disse meu pai —, deixe um bilhete.

Eu não tinha planos de sair.

Fiquei à vontade e estava prestes a preparar uma quesadilla quando Charlie Escobedo veio bater à porta.

— E aí, o que tá fazendo? — ele perguntou.

— Nada. Preparando uma quesadilla.

— Legal — foi seu comentário.

Não estava a fim de perguntar se queria uma também, mesmo que ele parecesse morto de fome. Ele era assim mesmo — tinha cara de esfomeado. Ele era do tipo magrelo. Sempre como um coiote no meio da seca. Eu conhecia os coiotes. Gostava de coiotes. Aí olhamos um para a cara do outro, e eu disse:

— Está com fome?

Não conseguia acreditar que tinha perguntado.

E ele respondeu:

— Não — e depois perguntou: — Você injeta?

E eu respondi:

— Não.

E ele perguntou:

— Quer tentar?

E eu respondi:

— Não.

E ele disse:

— Deveria. É fantástico. A gente podia descolar um pouco e sair com a sua picape pelo deserto, sabe? Ficar louco. É doce. Doce demais, cara.

E eu disse:

— Prefiro chocolate.

E ele disse:

— Que porra você está dizendo?

E eu disse:

— Doce. Você disse doce. Doce por doce, prefiro chocolate.

Aí ele ficou com raiva e me chamou de *pinchi joto* e de tudo quanto é nome e ameaçou me chutar até a fronteira. Quem diabos eu achava que era, me achando bom demais para injetar ou fumar cigarro. E ninguém gostava de mim porque eu me achava o sr. *Gabacho*.

Sr. *Gabacho*.

Odiei isso. Eu era tão mexicano quanto ele. E maior que ele também. Não estava exatamente com medo daquele filho da puta. E falei:

— Por que não vai atrás de outro para usar drogas com você, cara?

Eu sabia que Charlie era solitário, mas não precisava ser um babaca por isso.

E ele disse:

— Você é gay, *vato*, sabia?

Mas que merda era aquela? Eu era gay porque não queria injetar heroína?

E então eu disse:

— É, sou gay e quero beijar você.

E então ele fez uma cara de nojo e disse:

— Eu devia quebrar sua cara.

E eu disse:

— Vai em frente.

Aí ele só mostrou o dedo e, bem, foi embora. Por mim, tudo bem. Quer dizer, eu até ia com a cara de Charlie antes de ele entrar nessa de injetar. E, para ser sincero, tinha muita curiosidade de experimentar heroína. Só que não estava pronto.

Um cara precisa estar pronto para passos importantes. Era assim que eu via as coisas.

Comecei a pensar em Dante e que ele tinha bebido cerveja e pensei nas cervejas que tinha tomado com Gina e Susie e me perguntei como seria ficar bêbado. Quer dizer, bêbado de verdade. Era bom? Quer dizer, Dante experimentara até maconha. Comecei a pensar de novo em meu irmão. Talvez ele usasse drogas. Talvez por isso estivesse na cadeia.

Acho que eu o amava de verdade quando era criança. *Acho que o amava mesmo*. Talvez por isso me sentisse triste e vazio: porque sentira falta dele minha vida inteira.

Não sei por que sentia. Mas sentia. Saí e encontrei um velho bêbado perambulando pelo Circle K em Sunset Heights, pedindo dinheiro. Sua aparência era péssima, e seu cheiro, ainda pior. Mas meu interesse não era ser seu amigo. Pedi para ele comprar pra mim meio engradado de cerveja. Disse que a outra metade ficaria para ele. Ele topou. Estacionei a caminhonete na esquina. Quando ele saiu e entregou minha metade do engradado, sorriu e perguntou:

— Quantos anos você tem?

— Tenho dezesseis — respondi. — E você?

— Eu? Tenho quarenta e cinco.

Ele parecia bem mais velho. Tão velho quanto imundo. Foi aí que me senti mal... por usar o cara. Mas o cara também tinha me usado. Estávamos quites.

A princípio, dirigi rumo ao deserto para beber minhas cervejas. Mas logo pensei que talvez não fosse uma ideia muito boa. Não parava de ouvir a voz da minha mãe na minha cabeça e fiquei muito puto por isso. Resolvi ir para casa. Sabia que meus pais demorariam para aparecer. Tinha a noite inteira para beber a cerveja.

Estacionei em frente à garagem e fiquei por ali. Bebendo. Deixei Perninha entrar na caminhonete comigo e ela tentou lamber a lata; precisei explicar para ela que cerveja não fazia bem para cachorros. Provavelmente também não fazia bem para garotos. Mas, enfim, eu queria experimentar. Descobrir os segredos do Universo, sabe? Não que achasse que descobriria os segredos do Universo em uma Budweiser.

Tive uma ideia: se virasse as primeiras duas ou três cervejas talvez conseguisse viajar um pouco. E foi exatamente o que fiz. E funcionou. Fiquei meio alegre e tal.

Comecei a pensar coisas.

Meu irmão.

Dante.

Os pesadelos do meu pai.

Ileana.

Depois de virar três cervejas, parei de sentir dor. Tipo morfina. Só que diferente. Então abri outra lata. Perninha pôs a cabeça no meu colo e nós dois ficamos lá.

— Te amo, Perninha.

Era verdade. Amava aquela cachorra. A vida não parecia tão ruim. Eu, ali, sentado no carro, com a minha cachorra e uma cerveja.

Um monte de gente no mundo mataria para ter o que eu tinha. Então por que eu não era mais agradecido? Porque era um ingrato, só isso. Era o que Gina Navarro tinha dito sobre mim. Ela era uma garota inteligente. Não estava enganada.

Baixei o vidro e senti o frio entrar. O tempo tinha mudado; chegava o inverno. O verão não me trouxera o que eu queria. Não tinha esperanças de que o inverno faria diferente. Por que existiam as estações, afinal? O ciclo da vida. Inverno, primavera, verão, outono. E depois tudo recomeçava.

O que você quer, Ari? Era isso que me perguntava. Talvez fosse a cerveja. *O que você quer, Ari?*

E, então, respondi para mim mesmo:

— Uma vida.

— O que é uma vida, Ari?

— Acha que sei a resposta?

— Lá no fundo você sabe.

— Não, não sei.

— Cala a boca, Ari.

Então calei a boca mesmo. E aí me veio à cabeça que queria beijar alguém. Não importava quem. Quem quer que fosse. Ileana.

Quando terminei todas as cervejas, cambaleei até a cama.

Não sonhei naquela noite. Nem um pouco.

Vinte e três

CERTO DIA, NA ÉPOCA DAS FESTAS DE FIM DE ANO, EU estava embrulhando presentes para os meus sobrinhos. E fui procurar uma tesoura. Sabia que minha mãe tinha uma gaveta para bugigangas na penteadeira do quarto de hóspedes. Então era lá que eu ia procurar. E lá estava a tesoura, bem em cima de um grande envelope pardo com o nome do meu irmão: BERNARDO.

Eu sabia que o envelope continha tudo sobre a vida dele.

Uma vida inteira dentro de um envelope.

E sabia que ali também havia fotografias.

Quis rasgar o lacre, mas não fiz isso. Deixei a tesoura lá e fingi não ter visto o envelope.

— Mãe — perguntei —, onde está a tesoura?

Ela pegou para mim.

Naquela noite, escrevi no meu diário. Escrevi o nome dele várias vezes.

Bernardo
Bernardo
Bernardo

Bernardo
Bernardo
Bernardo

Vinte e quatro

QUERIDO ARI,

Fiquei com a imagem na cabeça: você, deitado na caçamba da picape, olhando as estrelas. Já fiz o desenho mentalmente. Estou enviando uma foto minha ao lado da árvore de Natal aqui de casa. E estou enviando um presente. Espero que goste.

Feliz Natal, Ari.
Dante

Ao abrir o presente, sorri.
Depois, dei risada.
Um par de tênis em miniatura. Sabia o que fazer com eles: ia pendurar no retrovisor do carro. E foi exatamente o que fiz.

Vinte e cinco

NO DIA DEPOIS DO NATAL, FIZ OITO HORAS NO Charcoaler. Meu pai estava deixando eu fazer hora extra desde o recesso de fim de ano. O emprego não me incomodava. O.k., tinha um cara com quem trabalhava que era um grande babaca. Mas eu simplesmente o ignorava e quase sempre ele nem percebia que eu não estava prestando atenção. Ele me chamou para sair depois do expediente, e eu disse:

— Já tenho planos.
— Um encontro?
— É — eu disse.
— Arrumou uma namorada?
— É — eu disse.
— Qual é o nome dela?
— Cher.
— Vai se ferrar, Ari — ele disse.

Tem gente que não aguenta uma piada.

Ao chegar em casa, minha mãe estava na cozinha esquentando uns tamales para o jantar. Eu adorava tamal caseiro. Preferia esquentar no forno, o que não era o jeito padrão de preparar tamales. Gostava do jeito que o forno os secava, deixando mais crocantes. Gostava de sentir o cheiro das folhas de milho queimando; era um cheiro ótimo. Então minha mãe colocou uns no forno para mim.

— Dante ligou — ela disse.

— É mesmo?

— Sim.

— Ele vai ligar de novo daqui a pouco. Disse pra ele que você estava no trabalho.

Fiz que sim com a cabeça.

— Ele não sabia que você trabalhava. Você nunca falou disso nas cartas.

— Que diferença faz?

— Acho que nenhuma — ela disse, balançando a cabeça.

Eu sabia que ela estava pensando sobre o assunto, mas guardou para si. Por mim, tudo bem. Foi então que o telefone tocou novamente.

— Deve ser Dante — ela falou.

E era.

— Oi.

— Oi.

— Feliz Natal.

— Nevou em Chicago?

— Não. Só fez frio. E o céu cinza. Tipo, muito frio.

— Parece legal.

—Até que eu gosto. Mas estou cansado de dias cinzentos. Dizem que em janeiro será pior. E fevereiro também, provavelmente.

— Que droga.

— Uma droga mesmo.

Houve um breve silêncio.

— Então você está trabalhando?

— Estou. Fritando hambúrguer no Charcoaler. Tentando juntar dinheiro.

— Você nem me contou.

— Ah, não é importante. Só um emprego de merda.

— Você não vai juntar muito dinheiro se continuar comprando livros bacanas de arte para os amigos. — Pude notar seu sorriso.

— Então você recebeu o livro?

— Estou com ele no colo. *A balsa da Medusa de Géricault*, de Lorenz E. A. Eitner. É um livro lindo, Ari.

Pensei que ele fosse chorar. E repeti mentalmente: *Não chore, não chore*. E foi como se ele tivesse ouvido, pois não chorou.

— Quantos hambúrgueres você teve que fritar para comprar o livro?

— Essa é uma pergunta bem Dante — falei.

— Essa é uma resposta bem Ari — ele rebateu.

Então começamos a rir sem parar. E eu sentia tanta saudade dele. Quando desliguei o telefone, fiquei um pouco triste. E um pouco feliz. Por uns minutos, desejei que Dante e eu vivêssemos no universo dos meninos, não no universo dos quase homens.

Saí para uma corrida leve. Perninha e eu. É verdade quando dizem que todo cara precisa ter um cachorro. Gina diz que todos os garotos *são* cachorros. Aquela Gina. Era como minha mãe. Sua voz ficava na minha cabeça.

No meio da corrida, começou a chover. O acidente passou pela minha cabeça como um filme. Por alguns segundos, senti minhas pernas doerem.

Vinte e seis

NA VÉSPERA DO ANO-NOVO, O CHARCOALER ME convocou para trabalhar. Achei bom. Não tinha nada marcado nem estava a fim de ficar vegetando em casa.
— Você vai trabalhar?
Minha mãe não estava nem um pouco feliz.
— Pra fazer social — respondi.
— Todo mundo vai vir — ela disse, me lançando aquele olhar.
É, aquela coisa de família. Tios. Primos. O menudo da minha mãe e mais tamales. Eu já não aguentava tamales. Cerveja. Vinho para minha mãe e minhas irmãs. Reuniões familiares não eram o meu forte. Estranhos íntimos demais. Eu sorria bastante, mas nunca sabia ao certo o que dizer.
Abri um sorriso para minha mãe.
— 1987. Que bom que acabou.
— Foi um bom ano, Ari — ela disse, lançando outro olhar.
— Bom, teve aquele pequeno incidente na chuva.
Ela sorriu.
— Por que é tão difícil para você reconhecer seus méritos?
— Porque sou igual ao meu pai.

Ergui minha xícara de café na direção dela.

— A 1988. E ao meu pai — brindei.

Minha mãe se aproximou e acariciou meu cabelo. Havia um tempo que ela não fazia isso.

— A cada dia você está mais homem — comentou.

Ergui novamente minha xícara de café.

— À virilidade.

O trabalho não foi muito pesado. A chuva afastou as pessoas, e nós quatro que trabalhávamos lá nos alternávamos cantando nossas músicas favoritas de 1987. A versão de Los Lobos para "La bamba" tinha sido minha favorita, de cara. Não conseguia cantar porcaria nenhuma; cantei mal de propósito para que todos dissessem *pare, pare*, e foi exatamente o que fizeram. Logo fui posto de escanteio. Alma não parava de cantar "Faith". Eu não ligava para George Michael. Lucy fingia ser Madonna, e apesar de ela ter uma boa voz, eu não curtia Madonna. Em algum momento próximo ao fim do expediente, todos começamos a cantar U2. "I still haven't found what I'm looking for". É, essa era boa. O tema da minha vida. Na verdade, eu achava que era o tema da vida de todo mundo.

Às cinco para as dez, ouvi uma voz no drive-in pedindo um hambúrguer com fritas. Gina Navarro. Reconheceria aquela voz em qualquer lugar. Não conseguia decidir se gostava dela ou se apenas estava acostumado com sua presença. Quando o pedido ficou pronto, levei até seu fusca desgastado, onde ela e Susie Byrd estavam espremidas.

— Vocês estão ficando?

— Ha, ha, que engraçado, seu trouxa.

— Feliz Ano-Novo pra você também.
— Já vai sair?
— A gente tem que limpar a loja antes.
Susie Byrd sorriu. Devo admitir que ela tinha um sorriso doce.
— Viemos convidar você para uma festa.
— Festa. Acho que não — respondi.
— Vai ter cerveja.
— E garotas que talvez você queira beijar — Susie disse.
Meu serviço de encontros particular. Tudo o que eu queria para o novo ano.
— Talvez.
— Nada de talvez — disparou Gina. — Relaxe.
Não sei por que disse sim, mas foi o que disse.
— Me dê o endereço e encontro vocês lá. Preciso passar em casa e avisar meus pais.
Esperava que meu pai e minha mãe fossem dizer "sem chance". Mas não foi o que aconteceu.
— Você vai para uma festa de verdade? — minha mãe duvidou.
— Surpresa com o convite, mãe?
— Não. Surpresa que você queira ir.
— É Ano-Novo.
— Vai ter bebida?
— Não sei, mãe.
— Você não vai de carro. Ponto final.
— Então acho que não vou.
— Onde é a festa?
— Esquina da Silver com a Elm.

— É aqui perto. Dá pra ir a pé.
— Está chovendo.
— Já parou.
Minha mãe estava praticamente me expulsando de casa.
— Vai. Divirta-se.
Merda. Me divertir.
E quer saber? Me diverti *de verdade*.
Beijei uma garota. Não, ela me beijou. Ileana. Ela estava lá. Chegou perto e disse:
— É Ano-Novo. Feliz Ano-Novo.
E então se aproximou e me beijou.
Nos beijamos. Por um bom tempo. E então ela sussurrou:
— Você tem o melhor beijo do mundo.
— Não — eu disse. — Não tenho.
— Não discuta comigo. Sei dessas coisas.
— Tudo bem — cedi. — Não vou discutir.
E então nos beijamos de novo.
E então ela disse:
— Tenho que ir.
E foi embora.
Nem tive tempo de digerir tudo aquilo antes de Gina aparecer.
— Eu vi tudo — ela disse.
— E daí, porra?
— Como foi?
Fiquei olhando para ela.
— Feliz Ano-Novo.
E então a abracei.

— Tenho um promessa de Ano-Novo pra você — anunciei.
Gina riu.
— E eu tenho uma lista inteira pra você, Ari.
Ficamos lá, rindo até a barriga doer.
Era estranho me divertir.

Vinte e sete

UM DIA, FIQUEI SOZINHO EM CASA E ABRI A GAVETA. A gaveta com o grande envelope pardo com o nome de Bernardo. Quis abrir. Quis saber todos os segredos contidos ali.

Talvez me libertasse. Mas por que eu não era livre? Não estava na prisão... ou estava?

Botei o envelope no lugar.

Não queria que fosse daquele jeito. Queria que minha mãe me entregasse, que dissesse: "Essa é a história do seu irmão".

Talvez eu desejasse mais do que poderia ter.

Vinte e oito

DANTE ME ESCREVEU UMA CARTA BREVE:

Ari,

Você se masturba? Sei que você vai achar a pergunta engraçada, mas não é: é muito séria. Quer dizer, você é bem normal. Mais normal do que eu, pelo menos.

Então talvez você se masturbe, talvez não. Talvez ultimamente eu esteja um pouco obcecado com esse assunto. Talvez seja só uma fase. Mas, Ari, se você se masturba, o que acha disso?

Sei que devia perguntar para o meu pai, mas não estou a fim. Amo meu pai... mas será que preciso contar tudo a ele?

Caras de dezesseis anos se masturbam, certo? Quantas vezes por semana é normal?

Seu amigo,
Dante

Ele conseguiu me deixar louco de raiva com aquela carta. Não por ter escrito, mas por ter mandado. Fiquei constrangido de verdade com aquilo tudo. *Não quero conversar sobre masturbação com Dante.*

Não quero conversar sobre masturbação com ninguém.

Qual era o problema daquele cara?

Vinte e nove

JANEIRO, FEVEREIRO, MARÇO, ABRIL. OS MESES passaram praticamente batidos. A escola ia bem. Eu estudava. Malhava. Corria com Perninha. Trabalhava no Charcoaler. Brincava de esconde-esconde com Ileana. Aliás, ela brincava de esconde-esconde comigo. Eu simplesmente não a entendia.

De vez em quando, nas noites de sexta, eu saía do trabalho e ia de caminhonete até o deserto. Deitava na caçamba e olhava as estrelas.

Um dia tomei coragem e convidei Ileana para sair. Estava cansado dessa história de paquera. Já não funcionava.

— Vamos ver um filme — eu disse. — Quem sabe até andar de mãos dadas.

— Não posso — foi a resposta.

— Não pode?

— Sem chance.

— Então por que me beijou?

— Porque você é bonito.

— Esse é o único motivo?

— E simpático.

— Então qual é o problema?

Percebi que Ileana fazia um jogo de que eu não gostava.

Às vezes ela aparecia no Charcoaler de sexta à noite quando eu estava fechando a loja. Sentávamos na picape e conversávamos. Mas não falávamos sobre nada realmente importante. Ela era ainda mais reservada do que eu.

O baile de formatura estava próximo e pensei em convidá-la. Não importava que ela já tivesse me dado o fora. Não era ela quem ia me ver no Charcoaler? Algumas semanas antes do baile, ela apareceu lá no horário de fechar. Sentamos na caminhonete.

— Então, quer ir ao baile comigo? — perguntei, tentando soar confiante, mas não sei se deu certo.

— Não posso — ela respondeu.

— Tudo bem — aceitei.

— Tudo bem?

— É, tudo bem.

— Você não quer saber por quê, Ari?

— Se você quisesse contar, já teria contado.

— Tudo bem. Vou contar por que não posso ir.

— Você não é obrigada.

— Tenho namorado, Ari.

— Ah — foi minha reação, como se não fosse nada de mais. — Então eu sou... Bem, o que eu sou, Ileana?

— Um cara que eu gosto.

— Certo.

Ouvi a voz de Gina na minha cabeça: *Ela só está brincando com você.*

— Ele é de uma gangue, Ari.
— Seu namorado?
— É. E se soubesse que estou aqui, algo ruim aconteceria com você.
— Não tenho medo.
— Deveria.
— Por que você não termina com ele?
— Não é tão fácil.
— Por quê?
— Você é muito bonzinho, sabia, Ari?
— Sabia. E isso é uma droga, Ileana. Não quero ser bonzinho.
— Mas você *é*. E adoro isso em você.
— Bom, o fato é que eu sou o bonzinho, e o cara da gangue é o namorado. Não gosto dessa história.
— Você está nervoso. Não fique.
— Não me diga para não ficar nervoso.
— Ari, por favor, não fique nervoso.
— Por que você me beijou? Por que você me beijou, Ileana?
— Não deveria. Desculpa.

Ela me encarou por uns instantes. E antes que eu pudesse dizer qualquer coisa, saiu do carro.

Na segunda-feira, procurei por ela na escola. Mas não a encontrei em lugar nenhum. Envolvi Gina e Susie no caso; elas eram boas detetives. Gina voltou com um informe:

— Ileana largou a escola.
— Por quê?
— Porque sim, Ari.

— Ela pode fazer isso? Não é ilegal ou coisa assim?

— Ela é maior de idade, Ari. Tem dezoito anos. É adulta. Pode fazer o que quiser.

— Ela não sabe o que quer.

Descobri o endereço dela. O telefone do pai estava na lista. Fui até a casa e bati na porta. O irmão atendeu.

— Sim? — ele disse, me encarando.

— Queria falar com Ileana.

— Pra quê?

— Ela é minha amiga. Da escola.

— Amiga? — ele perguntou, balançando a cabeça. — Escuta, *vato*, ela se casou.

— Quê?

— Engravidou e se casou com o cara.

Não sabia o que dizer, então não disse nada.

Naquela noite, sentei com Perninha na caminhonete. Não parava de pensar que tinha levado muito a sério essa história de beijo. Prometi a mim mesmo ser o cara mais sem compromisso do mundo.

Beijar não significava droga nenhuma.

Trinta

QUERIDO ARI,

Sete contra uma. Essa é a proporção entre as minhas cartas e as suas. Só para você saber. Quando voltar neste verão, vou levar você para nadar e te afogar. Então vou fazer respiração boca a boca para te reviver. Que tal? Parece bom para mim. Ficou assustado?

Então, sobre beijar. Tem essa garota com quem ando experimentando. Experimentando beijos. Ela é boa nisso. Ensinou muito para mim nesse quesito. Mas finalmente me disse:

— Dante, acho que você pensa em outra pessoa quando me beija.

— É — eu disse. — Acho que sim.

— Você beija outra menina? Ou menino?

Achei a pergunta bem interessante e moderna.

— Um menino — *respondi.*

— *Alguém que conheço?* — ela perguntou.

— Não — *respondi.* — Acho que inventei um menino na minha cabeça.

— Um menino qualquer?

— Sim — *respondi.* — Um menino bonito.

— Bom — ela disse —, bonito como você?

Dei de ombros. Legal ela me achar bonito. Somos amigos agora. E é legal porque não tenho mais a sensação de iludi-la. E, em todo caso, ela me confessou que o único motivo para me beijar em todas as festas era causar ciúmes no cara de quem ela gosta de verdade. Eu achei engraçado. Ela disse que não funcionou.

— Talvez ele preferisse beijar você — ela disse.

— Ha, ha — *foi minha reação. Nem sabia de que cara ela estava falando. Agora, para ser honesto, Ari, embora tenha sido demais sair com esses moleques privilegiados de Chicago*

— *que podem comprar montes de cerveja, destilados e maconha —, eles não são tão interessantes. Não para mim, pelo menos.*

Quero voltar para casa.

Foi isso que disse para os meus pais.

— *Podemos ir? Já acabou?*

Claro que meu pai bancou o espertinho. Me encarou e disse:

— *Pensei que você odiasse El Paso. Não foi o que você disse quando fomos para lá? Você não falou "Preferia morrer, pai"?*

Entendi o que ele queria. Queria que eu reconhecesse que estava errado. Bom, olhei bem para ele e disse:

— *Eu estava errado, pai. Satisfeito?*

Ele abriu um sorriso malicioso e disse:

— *Satisfeito por quê, Dante?*

— *Satisfeito porque eu estava errado?*

Ele me deu um beijo na bochecha.

— Sim, Dante, estou satisfeito.

A questão é que amo meu pai. E minha mãe. E fico pensando no que vão dizer quando eu contar que um dia quero casar com um garoto. O que vai acontecer? Sou filho único. Como vai ficar essa história de netos? Odeio desapontá-los, Ari. Sei que também desapontei você.

Estou com um pouco de medo de que não sejamos mais amigos quando eu voltar. Acho que vou ter de lidar com essas coisas. Odeio mentir para os meus pais. Você sabe o que sinto por eles.

Acho que só vou contar para o meu pai. Tenho um discursinho pronto. Começa mais ou menos assim: "Pai, tenho uma coisa para lhe dizer. Gosto de garotos. Não me odeie. Por favor, não me odeie. Quer dizer, você é garoto também". O discurso não está muito amarrado. Precisa melhorar. O tom está muito de súplica. Odeio isso. Não quero suplicar. Só porque jogo no outro time não significa que sou um ser humano patético que mendiga amor. Tenho mais respeito próprio que isso.

É, eu sei, estou enchendo o saco. Mais três semanas e estarei de volta em casa. Casa. Outro verão, Ari. Você acha que somos velhos demais para brincar na rua? Provavelmente. Talvez não. Olha, só quero que você não se sinta obrigado a ser meu amigo quando eu voltar. Não sou exatamente a melhor das companhias. Ou sou?

Seu amigo,
Dante

P.S. Seria muito estranho não ser amigo do cara que salvou minha vida, não acha? Isso quebra alguma regra?

Trinta e um

NO ÚLTIMO DIA DE AULA, GINA ME ELOGIOU DE verdade.

— Toda essa malhação deixou você sarado.

— É a coisa mais bonita que você já me disse — comentei, sorrindo.

— E aí, você vai comemorar o início do verão?

— Vou trabalhar hoje à noite.

— Que sério — ela disse, sorrindo.

— Você e Susie vão a uma festa?

— Sim.

— Vocês não se cansam das festas?

— Não seja burro. Tenho dezessete anos, idiota. Claro que não me canso de festas. E quer saber? Você é um velho preso no corpo de um cara de dezessete anos.

— Só faço dezessete em agosto.

— Ih, vai piorar.

Ambos rimos.

— Você me faria um favor? — perguntei.

— O quê?

— Se eu for para o deserto esta noite e ficar chapado, você e Susie pegariam meu carro e me deixariam em casa?

Nem eu sabia que ia dizer aquilo.

Gina sorriu. Seu sorriso era lindo. Lindo mesmo.

— Claro — ela disse.

— E a festa de vocês?

— Ari, ver você desencanar um pouco já é uma festa. Vamos até bancar sua cerveja — ela disse. — Para comemorar o fim das aulas.

Gina e Susie estavam me esperando na varanda de casa quando cheguei do trabalho. Conversavam com meus pais. Claro que conversavam. Me xinguei mentalmente por combinar de encontrá-las em casa. O que deu na minha cabeça? Nem tinha explicação. É, *mãe, vamos para o deserto e eu vou ficar bem louco.*

Mas Gina e Susie eram legais. Nenhum indício da cerveja que elas disseram que iam comprar. Elas se fizeram de boas meninas para os meus pais. Não que não fossem. Eram exatamente isso: boas meninas que queriam se passar por más, mas que nunca seriam más, pois eram bacanas demais.

Quando saímos, minha mãe estava em êxtase. Não que seus gestos fossem entusiasmados. Mas eu conhecia aquele olhar. *Amigos enfim! Você vai a uma festa!* É, tudo bem, eu amava minha mãe. Minha mãe. Minha mãe, que conhecia os pais de Gina, que conhecia os pais de Susie, que conhecia todo mundo. Claro que conhecia.

Lembro de ir para o quarto trocar de roupa e lavar o rosto.

Lembro de olhar no espelho e sussurrar: *Você é bonito*. Não acreditava naquilo, mas queria acreditar.

Assim, as primeiras pessoas a entrar na caminhonete — com exceção de Perninha, minha mãe e meu pai — foram Gina Navarro e Susie Byrd.

— Vocês duas estão tirando a virgindade do meu carro — anunciei.

Elas fizeram uma cara de enfado e depois deram risada.

Paramos na casa do primo da Gina para pegar um isopor cheio de cerveja e coca. Deixei Gina dirigir para garantir que ela sabia guiar um carro com câmbio manual. Ela era boa. Dirigia melhor que eu. Mas não admiti isso. A noite estava perfeita e ainda havia algum frescor na brisa do deserto; o calor do verão ainda estava um passo atrás.

Eu, Susie e Gina sentamos na caçamba da caminhonete. Bebi cerveja e olhei para as estrelas. E então me peguei sussurrando:

— Vocês acham que um dia vão descobrir todos os segredos do Universo?

Fiquei surpreso ao ouvir a voz de Susie responder à pergunta:

— Seria lindo, não seria, Ari?

— É — suspirei. — Lindo mesmo.

— Você acha, Ari, que o amor tem alguma coisa a ver com os segredos do Universo?

— Não sei. Talvez.

Susie sorriu.

— Você amou Ileana?

— Não. Talvez um pouco.

— Ela magoou você?

— Não. Eu mal a conhecia.

— Você já amou?

— Meu cachorro conta?

— Bom, conta para alguma coisa.

Todos rimos.

Susie estava enrolando com uma coca na mão enquanto eu entornava uma cerveja atrás da outra.

— Você já está bêbado?

— Mais ou menos.

— Então... por que você quer ficar bêbado?

— Para sentir alguma coisa.

— Você é idiota — ela disse. — Você é bonzinho, Ari, mas é um idiota.

Ficamos lá, deitados na caçamba da picape: eu, Gina e Susie. Apenas olhávamos o céu noturno. Não cheguei a ficar bêbado demais. Só desliguei um pouco. Ouvia Gina e Susie conversarem e achei legal ver que as duas sabiam conversar e rir e estar no mundo. Mas talvez fosse mais fácil para garotas.

— Foi bom você ter trazido um cobertor — falei. — Bem pensado.

Gina riu.

— É isso que as garotas fazem: pensam bem.

Imaginei como seria. Como seria amar uma garota, saber como uma garota pensa, ver o mundo através dos olhos de uma garota? Talvez elas soubessem mais do que os garotos. Talvez entendessem coisas que os garotos jamais entenderiam.

— É uma pena não podermos ficar aqui para sempre.

— Uma pena — disse Susie.

— Uma pena — disse Gina.

Uma pena.

Não se esqueça da chuva

Virando vagarosamente as páginas
em busca de sentidos.
W. S. Merwin

Um

O VERÃO CHEGOU NOVAMENTE. VERÃO, VERÃO, VERÃO.

Amava e odiava verões. Verões tinham um ritmo próprio e sempre revelavam algo de mim. Verão deveria significar liberdade, juventude, nada de escola e muitas possibilidades e aventura e exploração. Verão era esperança. Por isso amava e odiava verões. Porque me faziam acreditar.

Estava com aquela música do Alice Cooper na cabeça.

Tinha decidido que aquele seria o *meu* verão. Se o verão fosse um caderno em branco, eu escreveria algo bonito nele. Com a minha própria caligrafia. Mas não fazia ideia do que escrever. E a história já estava sendo escrita para mim. Já não era muito promissora. Já consistia em mais trabalho e compromissos.

Comecei a trabalhar em período integral no Charcoaler. Nunca tinha trabalhado quarenta horas semanais. Mas gostava do horário, das onze da manhã às sete e meia da noite, de segunda a quinta. Isso queria dizer que eu podia sempre dormir até mais tarde e, se quisesse, podia sair à noite. Não que houvesse algum lugar para ir. Às sextas, entrava mais tarde e fechava a loja às dez. Não era ruim — e tinha os fins de semana livres. Então, até que era o.k. *Mas era verão.*

E minha mãe tinha me inscrito para ser voluntário aos sábados à tarde. Não reclamei.

Minha vida ainda não era ideia minha.

Acordei cedo no primeiro sábado de férias. Estava na cozinha, com meu short de corrida, tomando suco de laranja. Olhei para minha mãe, que lia o jornal.

— Preciso trabalhar hoje à noite.

— Pensei que você não trabalhasse aos sábados.

— Vou só cobrir para o Mike por umas horas.

— É seu amigo?

— Não.

— Legal da sua parte cobrir o horário dele.

— Não vou cobrir de graça. Vão me pagar. E, em todo caso, você me criou para ser legal.

— Você não parece muito feliz com isso.

— Que felicidade traz ser legal? Pra falar a verdade, queria ser um *bad boy*.

— Um *bad boy*?

— É. Che Guevara. James Dean.

— E quem o impede?

— Estou olhando para ela.

— Isso, jogue toda a culpa na mãe — ela disse, rindo.

Já eu tentava decidir se estava falando sério ou brincando.

— Sabe, Ari, se você realmente quisesse ser um *bad boy*, já seria. A última coisa de que um *bad boy* precisa é da aprovação dos pais.

— Você acha que preciso da sua aprovação?

— Não sei responder.

Trocamos olhares. Com a minha mãe, eu sempre acabava em conversas que não queria ter.

— E se eu saísse do emprego?

Ela me encarou.

— Ótimo.

Eu reconhecia o tom de voz. "Ótimo" significava que eu estava pensando besteira. Conhecia o código. Nos encaramos por uns cinco segundos que pareceram eternos.

— Você é velho demais para receber mesada — ela declarou.

— Talvez eu viva de cortar grama.

— Quanta imaginação.

— Mexicano demais pra você, mãe?

— Não. Só incerto demais.

— Fritar hambúrguer, isso é seguro. Não é o emprego dos sonhos, mas é seguro. Pensando melhor, é perfeito para mim, que sou seguro e sem sonhos.

Ela balançou a cabeça e perguntou:

— Você vai passar a vida se pondo para baixo?

— Você tem razão, mãe. Talvez eu tire o verão de folga.

— Você está no colegial, Ari. Não está em busca de uma profissão. Só quer um jeito de ganhar dinheiro. Você está em fase de transição.

— Fase de transição? Que tipo de mãe mexicana é você?

— Sou uma mulher formada. Isso não me desmexicaniza, Ari.

Senti raiva em sua voz. Eu adorava vê-la com raiva. Sua raiva era diferente da minha ou da raiva do meu pai. Sua raiva não a paralisava.

— Tudo bem, mãe, entendi sua posição.
— Mesmo?
— Mais ou menos. Sempre tenho a sensação de ser um estudo de caso perto de você.
— Sinto muito — ela se desculpou, embora não sentisse muito. Ela virou para mim e continuou: — Ari, você sabe o que é ecótono?
— Uma área onde dois ecossistemas diferentes se encontram. Em um ecótono, a paisagem apresenta elementos de dois ecossistemas distintos. É como uma fronteira natural.
— Garoto esperto. Transição. Não preciso falar mais, preciso?
— Não, mãe, não precisa. Vivo em um ecótono. O emprego deve coexistir com a vagabundagem. A responsabilidade deve coexistir com a irresponsabilidade.
— Algo assim.
— Tirei A na disciplina Pais e filhos I?
— Não fique com raiva de mim, Ari.
— Não fico.
— Com certeza fica.
— Você é tão professoral.
— Olha, Ari, não é culpa minha você ter quase dezessete anos.
— E quando eu fizer vinte e um você ainda será professora.
— Nossa, essa foi maldosa.
— Desculpe.
Ela ficou me olhando.
— Desculpe mesmo, mãe. De verdade.
— Sempre temos que começar o verão com uma discussão, não é?

— É a tradição — respondi. — Vou correr.

Ao virar de costas, senti sua mão em meu braço.

— Também peço desculpas, Ari.

— Tudo bem, mãe.

— Conheço você — ela disse.

Pensei o mesmo que queria dizer a Gina Navarro: *Ninguém me conhece*.

Então ela fez o que eu sabia que ia fazer: penteou meu cabelo com os dedos.

— Você não precisa trabalhar se não quiser. Seu pai e eu lhe daremos dinheiro de bom grado.

E era verdade. Eu sabia.

Só que não era o que queria. Eu nem sabia o que queria.

— Não é pelo dinheiro, mãe.

Ela ficou quieta.

— Apenas aproveite o verão, Ari.

O modo como essas palavras saíram de sua boca... Às vezes havia tanto amor em sua voz que se tornava insuportável.

— Tudo bem, mãe — falei. — Talvez eu me apaixone.

— Por que não? — ela disse.

Às vezes, os pais amavam tanto seus filhos que romanceavam a vida deles. Achavam que nossa juventude era capaz de superar qualquer obstáculo. Talvez pais e mães esquecessem que fazer dezessete anos às vezes era difícil, doloroso e confuso. E fazer dezessete anos às vezes podia ser um saco.

Dois

NÃO FOI EXATAMENTE POR ACASO QUE PERNINHA E eu corremos até a casa de Dante. Eu sabia que ele ia voltar, embora não soubesse ao certo quando. Ele tinha enviado um postal no dia em que deixara Chicago.

Pegamos a estrada hoje, passando por Washington. Meu pai quer ver uma coisa na Biblioteca do Congresso. Até daqui a pouco. Com amor, Dante.

Chegando ao parque, soltei a coleira de Perninha, embora não devesse. Adorava vê-la correr por aí. Adorava a inocência dos cães, a pureza do afeto. Eles não escondiam sentimentos. Simplesmente existiam: um cão é um cão. Eu invejava a elegância simples de ser cachorro. Chamei Perninha de volta, botei a coleira e retomei a corrida.

— Ari!

Parei e dei meia-volta. E lá estava ele, Dante Quintana, de pé na varanda, acenando para mim, abrindo um sorriso honesto e sincero, o mesmo de quando me perguntou se eu queria aprender a nadar.

Acenei de volta e caminhei na direção de sua casa. Ficamos lá, nos olhando por um minuto. Era estranho não termos o que falar. E, então, ele simplesmente saltou da varanda e me abraçou.

— Ari! Olha só você, de cabelo comprido! Parece Che Guevara sem bigode.

— Legal — falei.

Perninha latiu para Dante.

— Você precisa fazer carinho nela — expliquei. — Ela odeia ser ignorada.

Dante se ajoelhou e a acariciou. E depois a beijou. Perninha lambeu seu rosto. Era difícil dizer qual dos dois era mais carinhoso.

— Perninha, Perninha, muito prazer em conhecê-la.

Ele parecia tão feliz que cismei com isso, com sua capacidade de ser feliz. De onde vinha? Existia algum tipo de felicidade dentro de mim? Eu tinha medo dela?

— Onde você arranjou esses músculos, Ari?

Encarei Dante. Ele e suas perguntas descaradas.

— Os pesos velhos do meu pai que ficam no porão — respondi, para em seguida perceber que ele estava mais alto do que eu. — Como você cresceu tanto?

— Deve ter sido o frio — ele disse. — Estou com um e setenta e nove, altura do meu pai.

Dante me olhou e concluiu:

— Você é mais baixo, mas seu cabelo o faz parecer maior.

Comecei a rir sem saber por quê. Ele me abraçou de novo e sussurrou:

— Senti tanto a sua falta, Ari Mendoza.

Como de costume, não sabia o que dizer, então fiquei calado.

— Vamos ser amigos?

— Não seja louco, Dante. *Somos* amigos.

— Seremos sempre amigos?

— Sempre.

— Nunca vou mentir pra você sobre nada — ele disse.

— Talvez eu minta pra você — rebati.

Então nós rimos. E pensei: *Talvez este seja o verão em que não haverá somente o riso. Talvez este seja o verão.*

— Entre para dar oi aos meus pais — ele convidou. — Eles querem ver você.

— Eles não podem sair? Estou com Perninha.

— Perninha pode entrar.

— Acho que sua mãe não vai gostar.

— Se é sua cachorra, pode entrar. Confie em mim.

Ele baixou a voz até virar um cochicho:

— Minha mãe está longe de esquecer aquele episódio na chuva.

— Isso é passado.

— Minha mãe tem memória de elefante.

Mas nem precisamos fazer o teste do cachorro com a mãe de Dante. Bem naquele momento, o sr. Quintana apareceu na porta da frente e gritou para a esposa:

— Soledad, adivinhe quem está aqui?

Os dois me cobriram de abraços e elogios, e eu tive vontade de chorar. Aquele carinho era tão real, e por algum motivo não me sentia merecedor ou tinha a sensação de que abraçavam o cara que salvou a vida do filho deles. Queria que me abraçassem simplesmente por eu ser Ari, mas para eles eu nunca seria apenas o Ari. Mas eu tinha aprendido a esconder meus sentimentos. Não, não foi assim, não precisei aprender. Nasci sabendo esconder o que sentia.

Eles estavam tão felizes em me ver. E a verdade é que eu também estava feliz em vê-los.

Lembro de contar ao sr. Quintana sobre meu trabalho no Charcoaler. Ele abriu um sorriso irônico para Dante e comentou:

— Trabalho, Dante, veja que boa ideia.

— Vou arrumar um emprego, pai. Sério.

A sra. Quintana parecia diferente. Não sei, era como se ela tivesse o sol dentro de si. Nunca tinha visto uma mulher envelhecer e ficar mais bonita. Ela parecia mais jovem do que da última vez em que a vira. Mais jovem, não mais velha. Não que ela fosse velha. Eu sabia que ela havia tido Dante aos vinte anos. Então devia ter uns trinta e oito, mais ou menos. Mas parecia mais jovem à luz da manhã. Talvez fosse isso — a luz da manhã.

A voz de Dante soou enquanto eu conversava com seus pais sobre o tempo que passaram em Chicago:

— Quando vamos dar uma volta na picape?

— Que tal depois do trabalho? — perguntei. — Saio às sete e meia.

— Você precisa me ensinar a dirigir, Ari.

Notei a expressão no rosto de sua mãe.

— Isso não é função do seu pai?

— Meu pai é o pior motorista do Universo.

— Não é verdade — falou o sr. Quintana. — Apenas o pior de El Paso.

Ele era o único homem que eu conhecia que chegou a admitir

ser mau motorista. Antes de eu sair, a mãe de Dante deu um jeito de me puxar de lado.

— Sei que mais dia, menos dia você vai deixar Dante dirigir sua caminhonete.

— Não vou — neguei.

— Dante sabe persuadir. Só prometa tomar cuidado.

— Prometo. — Algo nela me deixava totalmente confiante e à vontade. Eu não me sentia assim perto da maioria das pessoas. — Já percebi que vou ter que aguentar duas mães neste verão.

— Você é da família — ela disse. — Não adianta lutar contra isso.

— Tenho certeza de que vou desapontá-la algum dia, sra. Quintana.

— Não — ela disse, com uma voz que, embora fosse firme, naquele momento soou como a da minha mãe. — Você se cobra tanto, Ari.

— Talvez eu só funcione assim — expliquei, dando de ombros.

— Dante não foi o único a sentir saudade — ela disse, sorrindo.

Foi a coisa mais bonita que um adulto — tirando meus pais — me disse. E eu sabia que havia alguma coisa em mim que a sra. Quintana via e gostava. E mesmo que eu achasse isso bonito, também considerava um peso. Não que a intenção dela fosse tornar isso um peso para mim. É que o amor sempre me foi pesado. Algo que eu precisava carregar.

Três

PERNINHA E EU BUSCAMOS DANTE POR VOLTA DAS oito da noite. Fazia calor e o sol ainda brilhava, embora já estivesse se pondo. Buzinei, e Dante surgiu na porta.

— Essa é a caminhonete? É linda, Ari!

É, eu devia estar com um sorriso idiota no rosto. Um cara que ama sua picape tem necessidade de que os outros também a admirem. Sim, *necessidade*. Essa era a verdade. Não sei por quê, mas é assim que os donos de picape funcionam.

— Mãe! Pai! Venham ver a picape do Ari! — Dante gritou para dentro de casa e depois desceu as escadas como uma criança. Sempre espontâneo. Perninha e eu saímos do carro e o observamos rodear a caminhonete cheio de admiração. — Nenhum arranhão! — ele exclamou.

— É porque eu não vou com ela para a escola — falei, e Dante achou graça.

— Rodas cromadas — ele disse. — Você é um autêntico mexicano, Ari.

— Você também, babaca — disparei, rindo.

— Ah, nunca serei um mexicano autêntico.

Por que isso era tão importante para ele? Na verdade, era importante para mim também. Ele ia dizer alguma coisa, mas notou os pais descendo os degraus da varanda.

— Bela caminhonete, Ari! Um clássico! — foi a reação do sr. Quintana, com um entusiasmo tão espontâneo quanto o de Dante.

A sra. Quintana apenas sorriu. Ambos caminharam ao redor da picape, examinando e sorrindo, como se tivessem esbarrado em um velho amigo.

— É uma bela caminhonete, Ari.

Não esperava um comentário assim da sra. Quintana. Dante já havia desviado a atenção para Perninha, que lambia o rosto dele. Não sei o que me deu, mas joguei as chaves para o sr. Quintana e disse:

— Você pode dar uma voltinha com sua namorada, se quiser.

O sorriso surgiu sem hesitação. E pude notar que a sra. Quintana tentava reprimir a garota que havia dentro de si. Mas, ainda que ela não tenha sorrido como o marido, aquilo que ela guardava no coração me pareceu muito mais profundo. Foi como se eu tivesse começado a entender a mãe de Dante. Sabia que era importante, mas me perguntava por quê.

Gostei de ver os três em volta da picape. Desejei que o tempo parasse; tudo parecia tão simples: Dante e Perninha apaixonados um pelo outro, o pai e a mãe de Dante recordando algo de sua juventude ao verem minha caminhonete, e eu, o orgulhoso proprietário. Eu tinha algo de valor, ainda que fosse apenas uma caminhonete que despertava nostalgia nas pessoas. Era como se meus olhos fossem uma câmera e eu fotografasse o momento, sabendo que guardaria a imagem para sempre.

Dante e eu sentamos nos degraus da varanda e observamos o pai dele dar partida na picape. A mãe dele entrou no carro como se fosse uma menina em um primeiro encontro.

— Compre um milk-shake para ela! — Dante berrou. — As meninas gostam quando você compra alguma coisa para elas!

Pudemos vê-los rir ao arrancar com o carro.

— Seus pais — comentei — às vezes parecem crianças.

— São felizes — Dante disse. — E os seus pais? São felizes?

— Meu pai e minha mãe não são nem um pouco parecidos com os seus. Mas minha mãe idolatra meu pai. Sei disso. E acho que meu pai idolatra minha mãe também. Só não demonstra.

— "Demonstrar" é uma palavra que não combina muito com você, Ari.

— Vai tirando sarro. Ampliei meu vocabulário — falei, dando uma cotovelada de leve. — Estou me preparando para a faculdade.

— Quantas novas palavras por dia?

— Sei lá, poucas. Gosto mais das palavras velhas. São como velhas amigas.

Dante me devolveu a cotovelada.

— Demonstrar. Será que essa palavra um dia será uma velha amiga?

— Talvez não.

— Você é como seu pai, não é?

— É, acho que sou.

— Minha mãe também tem esse problema, sabe? Ela não mostra os sentimentos naturalmente. Por isso casou com meu pai. É o que eu acho. Ele puxa os sentimentos dela para fora, todos eles.

— Então eles combinam.

— Sim, combinam. O engraçado é que às vezes acho que minha mãe ama mais meu pai do que meu pai a ama. Faz sentido?

— É, acho que sim. Talvez. O amor é uma competição?

— O que você quer dizer?

— Pode ser que cada um ame de um jeito diferente. Talvez seja isso o que importa.

— Você tem consciência de que está conversando? Quer dizer, conversando de verdade.

— Eu converso, Dante. Não seja babaca.

— Você conversa algumas vezes. Em outras, você, sei lá, só se esquiva.

— Faço o melhor que posso.

— Eu sei. Você vai criar mais regras para nós, Ari?

— Regras?

— Você sabe o que quero dizer.

— É, acho que sim.

— Então quais são as regras?

— Eu não beijo rapazes.

— Muito bem, então a primeira regra é: não tentar beijar Ari.

— É, essa é a primeira regra.

— E eu tenho uma regra pra você.

— O.k., é justo.

— Não fugir de Dante.

— O que isso quer dizer?

— Acho que você sabe. Um dia, alguém vai chegar pra você e dizer: "Por que você anda com aquela bicha?". Se você não conseguir

me defender como amigo, Ari, se você não conseguir, então, sei lá, é melhor você... Eu ia morrer. Você sabe que eu morreria se você...
— É uma questão de lealdade, então.
— Sim.
— Minha regra é mais difícil — admiti, rindo.
Dante riu também. Depois, tocou meu ombro e sorriu.
— Besteira, Ari. Você tem a regra mais difícil? Besteira. Duas vezes besteira. Você só precisa ser leal ao cara mais espetacular que já conheceu, o que é como andar descalço no parque. Eu, por outro lado, preciso me segurar para não beijar o melhor cara do Universo, o que é como andar descalço sobre brasas.
— Dá pra ver que você ainda tem um problema com sapatos.
— Sempre vou odiar sapatos.
— Vamos jogar aquele jogo — eu disse. — O jogo que você inventou para surrar os tênis.
— Foi divertido, não foi?
A forma como ele pronunciou essas palavras. Como se soubesse que jamais voltaríamos a jogar aquele jogo. Ficamos velhos demais para isso. Perdêramos algo, e nós dois tínhamos consciência disso.
Permanecemos calados por um bom tempo.
Só ficamos sentados na varanda. Esperando. Desviei o olhar e vi Perninha descansar a cabeça no colo de Dante.

Quatro

NAQUELA NOITE, DANTE, PERNINHA E EU FOMOS PARA o deserto. Para o meu lugar favorito. Foi logo após o sol se pôr, e as estrelas começavam a sair de seus esconderijos, onde quer que fossem.

— Da próxima vez, trago o telescópio.

— Boa ideia — falei.

Deitamos na caçamba da picape e contemplamos a noite recém-nascida. Perninha explorava o deserto, e precisei chamá-la para voltar. Ela saltou para a caminhonete e abriu espaço entre mim e Dante.

— Amo Perninha — Dante disse.

— Ela também ama você.

Ele apontou para o céu.

— Consegue ver a Ursa Maior?

— Não.

— Ali.

Examinei o céu.

— Sim, sim. Achei.

— É tão incrível.

— É incrível mesmo.

Ficamos quietos, ali deitados.

— Ari?

— Sim?

— Advinha?

— O quê?

— Minha mãe está grávida.

— Quê?

— Minha mãe vai ter um bebê. Dá pra acreditar?

— Uau! Não.

— Chicago é um lugar frio, e meus pais descobriram um jeito de se manter aquecidos.

Ri demais disso.

— Você acha que os pais um dia deixam de fazer sexo?

— Não sei. Não sei se é algo que você deixa de fazer. Ou é? Como vou saber? No momento, não vejo a hora de começar.

— Eu também.

Ficamos calados novamente.

— Nossa, Dante — sussurrei. — Você vai ser irmão mais velho.

— É, um irmão bem mais velho! — Ele olhou para mim e continuou: — Isso faz você pensar em... como é o nome do seu irmão?

— Bernardo.

— Isso faz você pensar nele?

— Tudo me faz pensar nele. Às vezes, quando dirijo a picape, penso nele. Fico pensando se gosta de caminhonetes, como ele é, e sinto vontade de conhecê-lo... Sei lá, não consigo ignorar. Quer dizer, nunca o conheci de verdade. Então por que isso é tão importante?

— Se você se importa, é importante.

Não respondi nada.

— Você está emburrado?

— É, acho que sim.

— Acho que você devia enfrentar seus pais. Devia sentar com eles e forçá-los a falar. Obrigar os dois a serem adultos.

— Não dá pra obrigar alguém a ser adulto. Especialmente quando a pessoa já é adulta.

Minhas palavras fizeram Dante rir, e logo nós dois ríamos tão alto que Perninha começou a latir para a gente.

— Sabe, Ari, preciso seguir meu próprio conselho — Dante começou, para depois fazer uma pausa. — Peço a Deus para minha mãe ter um menino. E é bom que ele goste de meninas. Porque se não gostar, eu mato.

Começamos a rir de novo. E Perninha começou a latir de novo.

Quando finalmente ficamos quietos, ouvi a voz de Dante, que parecia ínfima na noite do deserto:

— Preciso contar pra eles, Ari.

— Por quê?

— Porque preciso.

— E se você se apaixonar por uma garota?

— Não vai acontecer, Ari.

— Eles sempre vão amar você, Dante.

Ele não disse nada. Então ouvi seu choro. E o deixei chorar. Não havia o que fazer. Exceto ouvir sua dor. Isso eu conseguia. Mal podia aguentar, mas aguentaria. Só ouvir sua dor.

— Dante — sussurrei —, você não vê como eles o amam?

— Vou decepcioná-los. Como decepcionei você.

— Você não me decepcionou, Dante.

— Só está falando isso porque estou chorando.

— Não, Dante.

Levantei as costas da caçamba e sentei perto da tampa traseira, que estava aberta. Ele também sentou, e olhamos um para o outro.

— Não chore, Dante. Não estou decepcionado.

No caminho de volta para a cidade, paramos em uma lanchonete drive-in e tomamos refrigerante.

— Então, o que você vai fazer no verão? — perguntei.

— Bom, vou treinar com a equipe de natação do Cathedral, trabalhar em algumas pinturas e arrumar um emprego.

— Sério? Você vai arrumar um emprego?

— Meu Deus, você falou como meu pai.

— Bom, e por que você quer trabalhar?

— Para aprender sobre a vida.

— Vida — eu disse. — Trabalho. Merda. Ecótono.

— Ecótono?

Cinco

UMA NOITE, DANTE E EU ESTÁVAMOS NO QUARTO DELE. Ele tinha terminado um curso de pintura e trabalhava em uma tela grande, que estava coberta sobre um cavalete.

— Posso ver?

— Não.

— Quando você terminar?

— É, quando eu terminar.

— Tudo bem.

Ele estava deitado na cama, e eu, sentado na cadeira.

— Leu algum livro de poesia bom ultimamente? — perguntei.

— Na verdade, não.

Ele parecia um pouco distraído.

— Onde você está, Dante?

— Aqui — ele respondeu, sentando na cama. — Estava pensando naquela história de beijar.

— Ah.

— Quer dizer, como você sabe que não gosta de beijar rapazes, se nunca beijou um?

— Acho que essas coisas a gente simplesmente sabe, Dante.

— Bom, mas você já tentou?
— Você sabe que não. E você?
— Não.
— Bom, então talvez você não goste de beijar caras. Talvez só pense que gosta.
— Acho que devíamos fazer uma experiência.
— Já sei o que você vai dizer, e a resposta é não.
— Você é meu melhor amigo, certo?
— Sou, mas já estou começando a me arrepender.
— Vamos tentar.
— Não.
— Não conto pra ninguém. Vamos.
— Não.
— Ah, é só um beijo. Você sabe. E assim nós dois vamos tirar a dúvida.
— A gente já tirou.
— A gente não vai saber de verdade enquanto não experimentar.
— Não.
— Ari, por favor.
— Dante.
— De pé.

Não sei por quê, mas obedeci. Levantei. E então ele ficou bem na minha frente.

— Feche os olhos — ele disse, e eu obedeci.

Então Dante me beijou. E eu o beijei.

E então ele começou a me beijar de verdade. E recuei.

— Que tal?

— Não funcionou comigo — respondi.

— Nada?

— Nada.

— Certo. Para mim, com certeza funciona.

— É, acho que percebi, Dante.

— É, bom, acho que ficou decidido, então, né?

— É.

— Está bravo comigo?

— Um pouco.

Ele voltou a sentar na cama. Parecia triste. Não gostei de vê-lo daquele jeito.

— Estou mais bravo comigo mesmo — falei. — Sempre deixo você me levar na conversa. Não é culpa sua.

— É — ele disse em voz baixa.

— Sem choro, certo?

— Certo.

— Você está chorando.

— Não estou.

— Então tá.

— Tá.

Seis

FIQUEI UNS DIAS SEM TELEFONAR PARA DANTE.

E ele também não me telefonou.

Mas, de algum jeito, eu sabia que ele estava sofrendo. Provavelmente estava mal. E eu também estava. Então, depois de uns dias, liguei.

— Quer correr de manhã? — perguntei.

— Que horas?

— Seis e meia.

— Tudo bem — ele disse.

Para alguém que não gostava de correr, ele até que foi decidido. Dante atrasava muito meu passo, mas tudo bem. Conversamos um pouco. E rimos. Depois jogamos frisbee com Perninha no parque. Estava tudo bem. E eu precisava que estivesse tudo bem. E ele também. E pronto.

— Obrigado por ligar — ele disse. — Pensei que você não fosse ligar nunca mais.

Por uns instantes, a vida pareceu estranhamente normal. Não que minha intenção fosse ter um verão normal. Mas normal era razoável. Podia aceitar o normal. Eu corria de manhã, malhava. Trabalhava.

De vez em quando, Dante me ligava e nós conversávamos. Sobre qualquer coisa, nada em especial. Ele estava empenhado em um quadro e tinha arranjado emprego na drogaria no Kern Place. Disse que gostava de trabalhar lá porque depois do trabalho podia ir até a universidade ali perto e passar um tempo na biblioteca. Ser filho de um professor do departamento de inglês tinha suas vantagens.

— Você nem imagina quem compra camisinha — ele disse. Não sei se sua intenção era me fazer rir, mas funcionou. — E minha mãe está me ensinando a dirigir — prosseguiu. — Passamos a maior parte do tempo brigando.

— Vou deixar você dirigir minha picape.

— É o pior pesadelo da minha mãe — ele disse.

Rimos de novo. E foi bom. O verão não seria o mesmo sem o riso de Dante. Conversamos muito pelo telefone, mas não nos vimos tanto naquelas primeiras semanas do verão.

Ele estava ocupado. Eu estava ocupado.

Na maioria das vezes, acho que estávamos ocupados evitando um ao outro. Contra nossa vontade, o beijo acabou virando um problema. Demorou para o fantasma daquele beijo desaparecer.

Certa manhã, ao voltar da corrida, não encontrei minha mãe. Ela deixou um bilhete avisando que passaria o dia reorganizando os alimentos para doação. "Quando você vai começar a ajudar de sábado à tarde? Você prometeu."

Não sei por quê, mas decidi ligar para Dante.

— Fui voluntariado para trabalhar na doação de alimentos aos sábados à tarde. Quer ir comigo?

— Claro. O que a gente tem que fazer?

— Com certeza minha mãe vai explicar — respondi.

Fiquei feliz de convidá-lo. Sentia saudade dele. Mais saudade quando ele estava perto do que em seu período fora.

Não sei por quê.

Tomei banho e conferi as horas. Ainda tinha um tempo à toa. Logo fui para o quarto de hóspedes. E peguei o envelope escrito BERNARDO. Queria abrir. Talvez abrir aquele envelope significaria abrir minha vida.

Mas não consegui. Joguei de volta na gaveta.

Pensei em meu irmão o dia inteiro. Ainda que nem lembrasse como ele era. Errei um pedido atrás do outro no trabalho. O gerente me disse para prestar mais atenção.

— Não pago você para ficar de enfeite na loja.

Um palavrão me veio à mente. Mas não soltei.

Depois do expediente, fui de carro até a casa de Dante.

— Quer ficar bêbado? — propus.

Ele examinou meu rosto e respondeu:

— Claro. — Ele teve a decência de não me perguntar qual era o problema.

Voltei para casa e tomei banho para tirar o cheiro de batata e cebola frita. Meu pai estava lendo. A casa me pareceu silenciosa demais.

— Onde está minha mãe?

— Ela e suas irmãs estão em Tucson visitando a tia Ophelia.

— Ah, é. Tinha esquecido.

— Somos só nós dois.

Fiz que sim com cabeça.

— Que ótimo — comentei, sem intenção de soar irônico.
Dava pra ver que meu pai me analisava.
— Alguma coisa errada, Ari?
— Não. Vou sair. Dante e eu vamos dar uma volta de carro.
Ele concordou com a cabeça e continuou a me encarar.
— Você parece diferente, filho.
— Diferente como?
— Com raiva.
Se tivesse mais coragem, diria o seguinte: *Com raiva? Do que sentiria raiva? Sabe de uma coisa, pai? Nem ligo que você não fale do Vietnã. Apesar de saber que essa guerra o domina, não ligo que você não queira falar dela. O que de fato me importa é o fato de você não me falar sobre meu irmão. Droga, pai, não suporto mais viver com todo esse silêncio.*
Imaginei sua resposta: *Todo esse silêncio me salvou, Ari. Você não sabe disso? E que obsessão é essa com seu irmão?*
E imaginei meu argumento: *Obsessão, pai? Sabe o que aprendi com você e minha mãe? Aprendi a não falar. Aprendi a manter tudo o que sinto bem dentro de mim. E odeio vocês por causa disso.*
— Ari?
Eu sabia que estava prestes a chorar. E sabia que ele tinha percebido. Odiei ter deixado meu pai ver toda a tristeza dentro de mim.
Ele se aproximou.
— Ari...
— Não encosta, pai. Só não encosta.
Não me lembro de ter dirigido até a casa de Dante. Só me lembro de ficar sentado na caminhonete, estacionado na frente.

Os pais dele estavam sentados nos degraus da varanda. Os dois acenaram para mim, e fiz o mesmo para eles. Então chegaram perto. Pararam em frente à porta do carro. E ouvi a voz do sr. Quintana:

— Ari, você está chorando.

— É, de vez em quando acontece — falei.

— Não quer entrar? — sugeriu a sra. Quintana.

— Não.

Foi então que Dante apareceu. Ele sorriu para mim e depois para os pais.

— Vamos — ele disse.

Seus pais não fizeram perguntas.

Apenas dirigi. Poderia ter dirigido para sempre. Não sei como consegui encontrar meu lugar no deserto, mas encontrei. Era como se tivesse uma bússola em algum lugar dentro de mim. Um dos segredos do Universo era que, às vezes, nossos instintos eram mais fortes que nosso raciocínio. Quando paramos a caminhonete, desci batendo a porta.

— Merda! Esqueci a cerveja.

— Não precisamos de cerveja — Dante falou baixinho.

— Precisamos de cerveja! Precisamos da porra da cerveja, Dante!

Não sei por que berrava. E os berros se transformaram em soluços. Caí nos braços de Dante e chorei.

Ele me abraçou sem dizer uma palavra.

Outro segredo do Universo: às vezes, a dor era como uma tempestade que vinha do nada. A mais clara manhã de verão podia acabar em temporal. Podia acabar em raios e trovões.

Sete

ERA ESTRANHO NÃO TER MINHA MÃE POR PERTO.
Não tinha o costume de fazer café.
Meu pai deixou um bilhete: *Você está bem?*
Sim, pai.

Fiquei contente quando Perninha quebrou o silêncio da casa com latidos. Era seu jeito de dizer que era hora de uma boa corrida.

Perninha e eu corremos mais depressa naquela manhã. Tentei não pensar em nada enquanto corria, mas não deu certo. Pensei em meu pai, em meu irmão, em Dante. Sempre pensava em Dante, sempre tentava compreendê-lo, sempre me perguntava por que éramos amigos e por que essa amizade parecia tão importante. Para nós dois. Odiava pensar sobre coisas e pessoas, especialmente mistérios que eu era incapaz de resolver. Mudei de assunto na minha cabeça e pensei em tia Ophelia, de Tucson. Por que nunca a visitara? Não é que eu não a amasse. Ela vivia sozinha e eu podia ter feito o esforço. Mas nunca fiz. Liguei para ela algumas vezes. Era estranho, mas conseguia conversar com ela. Ela sempre me dava a sensação de ser muito amado. Como conseguia?

Quando estava me enxugando do banho, olhei meu corpo no

espelho. Observei. Como era estranho ter um corpo. Às vezes, era essa a sensação que eu tinha. Estranho. Lembrei do que minha tia dissera um dia: "O corpo é uma coisa bonita". Nenhum adulto jamais me dissera aquilo. E comecei a imaginar se algum dia acharia meu próprio corpo bonito. Minha tia Ophelia tinha resolvido alguns dos muitos mistérios do Universo. Minha sensação era de não ter resolvido mistério nenhum.

Não tinha sequer resolvido o mistério do meu próprio corpo.

Oito

LOGO ANTES DE ENTRAR NO TRABALHO, PASSEI NA drogaria em que Dante trabalhava. Acho que só queria ver se ele realmente tinha um emprego. Quando entrei, ele estava atrás do balcão, pondo uns cigarros na prateleira.

— Você está de sapato? — perguntei.

Ele sorriu. Olhei para o crachá: DANTE Q.

— Estava pensando em você — ele disse.

— É?

— Umas garotas vieram aqui agora há pouco.

— Garotas?

— Elas conhecem você. Conversamos um pouco.

Eu sabia que garotas eram antes mesmo de ele contar.

— Gina e Susie — falei.

— É, elas são legais e bonitas. E atiradas também.

— Elas viram meu crachá e olharam uma para a cara da outra. Daí uma delas perguntou se eu conhecia você. Achei engraçado elas quererem saber isso.

— E o que você disse para elas?

— Disse que sim, que você era meu melhor amigo.

— Você contou isso pra elas?

— Você é meu melhor amigo.

— Elas perguntaram mais alguma coisa?

— Sim. Perguntaram se eu sabia do acidente em que você quebrou as pernas.

— Não acredito. Não acredito!

— Quê?

— Você contou pra elas?

— Claro que contei.

— Você contou?

— Por que você está bravo?

— Você contou pra elas o que aconteceu?

— Claro que contei.

— Existe uma regra, Dante.

— Você está bravo? Bravo comigo?

— Existe a regra de não falarmos do acidente.

— Não. A regra é que não podíamos falar do acidente entre nós. A regra não se aplica aos outros.

Começou a se formar uma fila atrás de mim.

— Preciso voltar ao trabalho — Dante disse.

Naquela tarde, algumas horas depois, ele me ligou no trabalho.

— Por que você está bravo?

— É que não gosto que os outros saibam.

— Não entendo, Ari — ele disse e desligou o telefone.

O que eu sabia que ia acontecer aconteceu. Gina e Susie apareceram no Charcoaler no final do expediente.

— Você tinha dito a verdade — comentou Gina.

— E daí?
— E daí? Você salvou a vida de Dante.
— Não vamos falar disso, Gina.
— Você está irritado, Ari?
— Não gosto de falar disso.
— Por que não? Você é um herói — Susie Byrd entrou na conversa, com sua voz típica.
— E como? — Gina perguntou. — Como não sabemos nada do seu melhor amigo?
— É, como? — falei, olhando para as duas.
— Ele é tão bonitinho. Até eu me jogaria na frente de um carro por ele.
— Cala a boca, Gina — ordenei.
— Por que tanto segredo?
— Não é segredo. É que ele estuda no Cathedral.
Susie fez uma cara de boba.
— Os garotos do Cathedral são tão lindos.
— Os garotos do Cathedral são uns imbecis — emendei.
— Mas, então, quando vamos conhecer seu amigo?
— Nunca.
— Ah, então você quer ficar com ele só pra você.
— Para, Gina. Você está me deixando puto.
— Você é muito sensível para algumas coisas, Ari, sabia?
— Vá para o inferno.
— Você não quer mesmo que a gente conheça o cara, hein?
— Não ligo. Vocês sabem onde ele trabalha. Vão lá encher o saco dele. Quem sabe assim me deixam em paz.

Nove

— NÃO ENTENDO POR QUE VOCÊ ESTÁ TÃO IRRITADO.
— Por que você contou a história toda para Gina e Susie?
— Qual é o problema, Ari?
— A gente combinou não falar disso.
— Não entendo você.
— Nem eu me entendo.
Levantei dos degraus da varanda onde estávamos.
— Preciso ir.
Corri os olhos pela rua. Lembrei de Dante partindo para cima dos dois moleques que tinham atirado em um passarinho.
Abri a porta da picape e pulei para dentro. Bati a porta. Dante ficou parado na minha frente.
— Você preferiria não ter salvo minha vida? É isso? Você preferiria que eu estivesse morto?
— Claro que não — murmurei.
Ele permaneceu ali, me encarando.
Não olhei para ele. Dei a partida no carro.
— Você é o cara mais inescrutável do Universo.
— É — confirmei. — Acho que sim.

Meu pai e eu jantamos juntos. Em silêncio. De vez em quando, um de nós jogava pedaços de comida para Perninha.

— Sua mãe não ia concordar com isso.

— Não, não ia.

Trocamos um sorriso constrangido. Meu pai continuou:

— Vou jogar boliche. Quer ir junto?

— Jogar boliche?

— É. Sam e eu.

— Você vai jogar boliche com o pai de Dante?

— Sim. Ele me convidou. Pensei que ia ser bom sair um pouco. Você e Dante querem ir?

— Não sei — respondi.

— Vocês estão brigados?

— Não.

Telefonei para Dante.

— Nossos pais vão jogar boliche hoje.

— Eu sei.

— Meu pai quer saber se vamos.

— Diga que não — foi a resposta dele.

— Tudo bem.

— Tenho uma ideia melhor.

O sr. Quintana passou para pegar meu pai. Achei aquilo estranho demais. Nem sabia que meu pai jogava boliche.

— Noite dos caras — disse o sr. Quintana.

— Não beba e dirija — recomendei.

— Dante está estragando você — ele disse. — O que aconteceu com aquele rapazinho respeitoso?

— Ainda está aqui — repliquei. — Não chamo o senhor de Sam, certo?

Meu pai me fulminou com o olhar.

— Tchau — me despedi.

Esperei os dois irem embora. Olhei para Perninha e falei:

— Vamos.

Ela pulou para dentro da caminhonete e fomos para a casa de Dante. Ele estava sentado na varanda, conversando com a mãe. Acenei. Perninha e eu descemos do carro. Subi os degraus e dei um beijo na sra. Quintana. Na última vez em que a vira, tinha dito "oi" e estendido a mão. Depois fiquei me sentindo um idiota.

— Um beijo no rosto está ótimo, Ari — ela explicara, então esse passou a ser nosso novo cumprimento.

O sol estava se pondo. Embora o dia tivesse sido bem quente, a brisa começava a ficar mais forte, e as nuvens se juntavam; parecia que um temporal se aproximava. Os cabelos da sra. Quintana estavam ao vento, e eu pensei em minha mãe.

— Dante está fazendo uma lista de nomes para o irmãozinho.

— E se for irmãzinha? — perguntei, olhando para Dante.

— Vai ser menino — ele afirmou, sem qualquer dúvida na voz. — Gosto de Diego. Gosto de Joaquin. Gosto de Javier. Rafael. E Maximiliano.

— Esses nomes soam bem mexicanos — comentei.

— Ah, sim, estou evitando nomes da Antiguidade clássica. E, além disso, se ele tiver nome mexicano, talvez se sinta mais mexicano.

O olhar de sua mãe deixava entrever que os dois já tinham discutido isso. E não poucas vezes.

— E Sam? — sugeri.

— Sam é o.k. — ele disse.

A sra. Quintana começou a rir.

— E a mãe pode dar opinião?

— Não — Dante respondeu. — A mãe só fica com o trabalho.

Ela se aproximou e lhe deu um beijo.

— Então vocês dois vão observar estrelas?

— Sim, observar estrelas a olho nu. Nada de telescópios — respondi. — E somos três. A senhora esqueceu Perninha.

— Não — ela disse. — Perninha fica comigo. Estou precisando de companhia.

— Tudo bem — falei. — Como quiser.

— Ela é uma cachorra maravilhosa.

— É mesmo. A senhora agora gosta de cachorro?

— Gosto da Perninha. Tão doce.

— É — concordei. — Doce.

Foi quase como se Perninha tivesse entendido o combinado. Quando Dante e eu subimos no carro, ela ficou ao lado da sra. Quintana. Que estranho. Os cachorros às vezes entendem as necessidades e as atitudes dos humanos.

A sra. Quintana nos chamou antes de eu dar a partida.

— Promete que vão tomar cuidado?

— Prometo.

— Não se esqueça da chuva — ela disse.

Dez

ENQUANTO DIRIGIA ATÉ MEU LUGAR PREFERIDO NO deserto, Dante mostrou a novidade, agitando dois baseados no ar. Ambos sorrimos e logo rimos.

— Você é um *bad boy* — falei.

— Você também.

— Tudo o que sempre quisemos ser. Se nossos pais soubessem...

— Se nossos pais soubessem... — ele repetiu, e voltamos a rir.

— Nunca experimentei.

— Não é difícil aprender.

— Onde você conseguiu?

— Daniel, um cara lá do trabalho. Acho que ele gosta de mim.

— Ele quer beijar você?

— Acho que sim.

— Você quer beijá-lo?

— Não tenho certeza.

— Mas você o levou na conversa para conseguir essa maconha, não é?

Embora eu mantivesse os olhos na direção, sabia que Dante estava sorrindo.

— Você gosta de levar os outros na conversa, não gosta?

— Me recuso a responder.

Um relâmpago brilhou no céu. Depois vieram o trovão e o cheiro de chuva.

Dante e eu descemos do carro. Não dissemos nada. Ele acendeu o baseado, tragou e segurou a fumaça nos pulmões. Só soltou depois de um tempo. Ele repetiu o processo e passou o baseado para mim. Fiz exatamente como ele. Preciso admitir que gostei do cheiro, mas a maconha pesou em meus pulmões. Lutei para não tossir. Se Dante não tossiu, eu não tossiria. Ficamos ali sentados, compartilhando o baseado até terminar.

Fiquei leve, ventilado, feliz. Foi estranho e maravilhoso; tudo parecia distante e, ao mesmo tempo, bem próximo. Dante e eu continuamos a trocar olhares sentados na caçamba da caminhonete. Começamos a rir sem parar.

Então a brisa se transformou em vento. Os relâmpagos e trovões se aproximavam. Começou a chover. Corremos para dentro da caminhonete. Não conseguíamos parar de rir, nem queríamos parar de rir.

— Que louco — falei. — Uma sensação tão louca.

— Louco — ele disse. — Louco, louco, louco.

— Meu Deus, que louco.

Queria que ficássemos rindo para sempre. Ouvimos o temporal. Céus, como chovia. Como naquela noite.

— Vamos lá fora — Dante disse. — Vamos sair na chuva.

Observei-o tirar toda a roupa: camiseta, bermuda, cueca. Tudo exceto o tênis, o que era muito engraçado.

— Muito bem — ele disse, com a mão na maçaneta da porta.
— Pronto?
— Espere — pedi.
Arranquei a camiseta e o resto da roupa. Tudo menos o tênis.
Olhamos um para a cara do outro novamente e rimos.
— Pronto? — perguntei.
— Pronto — ele disse.
Saímos na chuva. Meu Deus, como as gotas estavam frias.
— Merda! — gritei.
— Merda! — Dante também gritou. — Somos loucos pra caralho.
— Pois é!
Dante ria. Corríamos ao redor da caminhonete, pelados e sorridentes, com a chuva batendo em nosso corpo. Corríamos e corríamos ao redor da caminhonete. Até ficarmos cansados.

Entramos no carro, rindo, tentando recuperar o fôlego. E então a chuva parou. Era assim no deserto: a chuva despencava e logo parava. Bem assim. Abri a porta do carro e dei um passo para fora, para o ar úmido e fresco da noite.

Fiquei de pé, joguei os braços para cima e fechei os olhos.

Dante estava perto. Sentia sua respiração.

Não sei o que teria feito se ele tocasse meu corpo.

Mas ele não tocou.

— Estou morrendo de fome — ele disse.
— Eu também.

Vestimos as roupas e partimos para a cidade.

— O que vamos comer? — perguntei.

— Menudo — ele respondeu.

— Você gosta de menudo.

— Gosto.

— Acho que isso faz de você um autêntico mexicano.

— Autênticos mexicanos gostam de beijar rapazes?

— Acho que beijar rapazes não é uma invenção americana.

— Você deve ter razão.

— Sim, devo — disse, olhando com cara feia. Dante odiava quando eu tinha razão. — Que tal o Chico's Tacos? — perguntei.

— Lá não tem menudo.

— Certo. E o Good Luck Café na Alameda?

— Meu pai adora esse lugar.

— O meu também.

— Eles estão no boliche.

— No boliche.

Começamos a rir tanto que precisei parar o carro. Quando finalmente chegamos ao Good Luck Café, estávamos com tanta fome que cada um comeu um prato de enchiladas e duas tigelas de menudo.

— Meus olhos estão vermelhos?

— Não — respondi.

— Bom. Acho que podemos voltar pra casa.

— Sim — concordei.

— Não acredito que fizemos isso.

— Nem eu.

— Mas foi divertido — ele disse.

— Meu Deus — falei. — Foi fantástico.

Onze

NA MANHÃ SEGUINTE, MEU PAI ME ACORDOU CEDO.

— Vamos para Tucson — ele disse.

Sentei na cama e olhei para o meu pai.

— Fiz café.

Perninha o seguiu para fora do quarto.

Será que ele estava bravo comigo? Por que precisávamos ir para Tucson? Estava me sentindo zonzo, como se tivessem me acordado no meio de um sonho. Botei uma calça jeans e fui até a cozinha. Meu pai me deu uma xícara de café.

— Você é o único garoto que conheço que toma café — ele disse.

Tentei não dar corda ao papinho. Tentei fingir que aquela conversa imaginária não tinha existido. Não que ele soubesse o que eu ia dizer, *mas eu sabia*. E sabia que minha vontade era dizer aquelas coisas, mesmo que não tivesse dito.

— Um dia, pai, todas as crianças do mundo tomarão café.

— Preciso fumar — ele disse.

Perninha e eu o seguimos até o quintal dos fundos.

Observei-o acender o cigarro.

— Como foi o boliche?

Ele deu um sorriso maroto e respondeu:

— Até que foi legal. Jogo mal pra caramba. Ainda bem que Sam também.

— Você devia sair mais — recomendei.

— Você também — ele disse, e em seguida deu uma tragada no cigarro. — Sua mãe ligou de madrugada. Sua tia teve um derrame muito grave. Não vai resistir.

Lembrei do verão que passara com ela. Eu era pequeno, e ela era gentil. Nunca se casou. Não que importasse. Sabia cuidar de meninos, sabia rir e sabia como fazer um menino se sentir o centro do Universo. Ela tinha levado uma vida afastada do resto da família por motivos que ninguém nunca se dera o trabalho de me explicar. Nunca liguei pra isso.

— Ari? Está ouvindo?

Fiz que sim com a cabeça.

— Às vezes você viaja.

— Não, não. Estava apenas pensando. Passei um verão com ela quando era pequeno.

— Sim, passou. Nem queria voltar pra casa.

— Não queria? Não lembro.

— Você ficou apaixonado por ela — meu pai lembrou, sorrindo.

— Talvez. Não me lembro de uma época em que não a amasse. Que estranho.

— Estranho por quê?

— Não sinto a mesma coisa pelos meus outros tios e tias.

Ele concordou com a cabeça e comentou:

— Seria uma maravilha se o mundo tivesse mais gente como ela. Ela e sua mãe trocavam cartas toda semana. Uma carta por semana, por anos, anos e mais anos. Sabia disso?

— Não. É muita carta.

— Ela guardou todas.

Tomei um gole de café.

— Você pode avisar no trabalho, Ari?

Imaginei meu pai no exército. No comando. Sua voz calma e impassível.

— Claro. É só um trabalho de chapeiro. O que eles podem fazer? Me demitir?

Perninha latiu para mim. Estava acostumada a correr de manhã. Olhei para o meu pai.

— O que vamos fazer com Perninha?

— Dante — ele respondeu.

Foi a mãe de Dante que atendeu o telefone.

— Oi — eu disse. — Sou eu, Ari.

— Eu sei. Você acordou cedo, hein?

— Sim. Dante já está de pé?

— Você está de brincadeira, Ari? Ele acorda meia hora antes de ir para o trabalho. Não vai levantar nem um minuto antes.

Ambos rimos.

— Bom — comecei —, preciso de um favor.

— Tudo bem — ela disse.

— Minha tia teve um derrame. Minha mãe estava lá de visita. Meu pai e eu vamos sair o mais rápido possível. Mas temos a Perninha. Pensei que talvez...

Ela nem me deixou terminar a frase.

— Claro que ficamos com ela. É uma ótima companheira. Ela dormiu no meu colo na noite passada.

— Mas a senhora trabalha, Dante trabalha...

— Vai dar certo, Ari. Sam está em casa o dia inteiro. Está terminando o livro.

— Obrigado — eu disse.

— Não me agradeça, Ari.

Sua voz soava mais feliz e leve do que quando a conheci. Talvez fosse por causa do bebê. Talvez. Não que ela tivesse deixado de pegar no pé de Dante.

Desliguei o telefone e botei umas poucas coisas na mala. O telefone tocou. Era Dante.

— Sinto muito por sua tia. Mas, veja só, fico com Perninha.

Dante era tão criança. Talvez ele sempre fosse criança. Como seu pai.

— É, você fica com Perninha. Ela gosta de correr de manhã. Cedo.

— Quão cedo?

— Acordamos às quinze para as seis.

— Quinze para as seis? Você é louco? E o sono?

Aquele cara era sempre capaz de me fazer rir.

— Obrigado por fazer isso por mim — falei.

— Tudo bem com você?

— Sim.

— Seu pai infernizou por chegar tão tarde?

— Não. Ele estava dormindo.

— Minha mãe quis saber o que fizemos.

— E o que você disse para ela?

— Que não conseguimos ver as estrelas por causa da tempestade. Falei que choveu pra caramba e que ficamos trancados no carro. E que conversamos. Quando a chuva parou, sentimos fome e fomos comer menudo. Ela me encarou desconfiada e disse: "Por que não acredito em você?". Eu respondi que ela tinha uma natureza muito desconfiada, e ela deixou a história para lá.

— Sua mãe tem um sexto sentido apuradíssimo — comentei.

— É, mas não pode provar nada.

— Aposto que ela sabe.

— Como saberia?

— Não sei, mas aposto que ela sabe.

— Quer me deixar paranoico?

— Sim.

Caímos na gargalhada.

Meu pai e eu deixamos Perninha na casa de Dante no meio da manhã. Meu pai entregou ao sr. Quintana a chave de casa. Dante ficou responsável por regar as plantas da minha mãe.

— Nada de roubar minha picape — eu disse.

— Sou mexicano — falou. — Sei tudo de ligação direta.

Ri bastante com suas palavras.

— Veja — falei —, comer menudo e fazer ligação direta são duas formas de arte completamente diferentes.

Abrimos um sorriso malicioso.

A sra. Quintana olhou feio.

Tomamos uma xícara de café com os pais de Dante. Dante levou Perninha para conhecer a casa.

— Aposto que Dante vai incentivar Perninha a mastigar todos os sapatos.

Todos rimos, menos meu pai, que não sabia da guerra de Dante contra os sapatos. Rimos ainda mais quando Perninha e Dante reapareceram na cozinha. Perninha trazia à boca um tênis dele.

— Mãe, olha o que ela encontrou.

Doze

MEU PAI E EU NÃO CONVERSAMOS MUITO NA ESTRADA para Tucson.

— Sua mãe está triste — ele disse. Eu sabia que ele estava retomando a conversa anterior.

— Quer que eu dirija?

— Não — foi a resposta, mas depois ele mudou de ideia. — Sim.

Ele entrou na saída seguinte e paramos para pôr gasolina e tomar café. Então ele me deu as chaves. O carro dele era bem mais fácil de guiar que o meu.

— Nunca dirigi outro carro que não minha caminhonete — falei, sorrindo.

— Se você consegue dirigir a caminhonete, dirige qualquer coisa.

— Desculpe pela noite passada — falei. — É que às vezes tenho essas coisas dentro de mim, esses sentimentos. Nem sempre sei o que fazer com eles. E sei que você deve achar isso estranho.

— Parece normal, Ari.

— Não me acho muito normal.

— É normal sentir coisas.

— Exceto quando estou com raiva. E não sei direito de onde vem toda essa raiva.

—Talvez se conversássemos mais...

—É, mas quem de nós é bom com palavras, pai?

—Você é bom com palavras, Ari. Só não é bom com palavras perto de mim.

Minha primeira reação foi ficar calado. Mas, então, eu disse:

— Pai, não sou bom com palavras.

—Você conversa o tempo todo com sua mãe.

— É, mas porque ela me obriga.

— Fico contente por ela nos forçar a falar — ele disse, rindo.

— Morreríamos em silêncio se ela não estivesse com a gente.

— Bom, estamos conversando agora, não estamos?

Olhei para o lado. Meu pai sorria.

— Sim, estamos conversando.

Ele baixou o vidro.

— Sua mãe não me deixa fumar no carro. Você se incomoda?

— Não, não me incomodo.

Aquele cheiro — cigarro — sempre me fazia pensar nele. Ele fumava; eu dirigia. O silêncio, o deserto e o céu sem nuvens não me incomodavam.

Para que palavras no deserto?

Minha mente divagou. Pensei em Perninha e Dante. O que Dante via ao olhar para mim? Por que não olhei os desenhos que ele me deu? Nunca. Pensei em Gina e Susie e me perguntei por que nunca ligara para elas. Elas me perturbavam, mas era o jeito de serem legais comigo. Sabia que gostavam de mim. E eu, delas. Por que um cara não pode ser amigo de meninas? Qual é o problema? Pensei em meu irmão e me perguntei se ele era próximo da minha tia. Por que uma senhora tão boa tinha se separado da família? Por que passara um verão com ela quando tinha apenas quatro anos? Ouvi a voz do meu pai:

— Em que você está pensando?

Ele raramente fazia essa pergunta.

— Estava pensando na tia Ophelia.

— Mas em quê?

— Por que vocês me mandaram passar o verão com ela?

Ele não respondeu. Baixou o vidro. O calor do deserto se misturou ao ar-condicionado. Sabia que ele ia fumar outro cigarro.

— Me conta — pedi.

— Foi na época do julgamento do seu irmão.

Aquela foi a primeira vez que ele disse algo sobre meu irmão. Permaneci calado, desejando que ele continuasse a falar.

— Sua mãe e eu passávamos por um momento muito difícil. Todos passávamos. Suas irmãs também. Não queríamos que você... — ele fez uma pausa. — Acho que entende o que quero dizer.

Meu pai fez outra pausa. Seu rosto estava muito sério, mais que o habitual.

— Seu irmão amava você, Ari. E não queria você por perto. Não queria que você se lembrasse dele daquele jeito.

— Então vocês me mandaram para longe.

— Sim, mandamos.

— Não resolveu droga nenhuma, pai. Penso nele o tempo todo.

— Sinto muito, Ari. É que... Sinto muito.

— Por que a gente não pode simplesmente...

— Ari, é mais complicado do que você pensa.

— Em que sentido?

— Sua mãe teve um colapso. Eu podia ouvi-lo fumar seu cigarro.

— Quê? — perguntei.

— Você ficou com sua tia Ophelia por mais de um verão. Você ficou lá nove meses.

— Não consigo... Como... minha mãe? Minha mãe teve mesmo um... — tive vontade de pedir um cigarro ao meu pai.

— Sua mãe. Tão forte. Mas, sei lá, a vida não é lógica, Ari. Foi como se seu irmão tivesse morrido. E sua mãe virou outra pessoa. Mal a reconhecia. Quando o juiz proferiu a sentença, ela desabou. Estava inconsolável. Você não faz ideia do quanto sua mãe amava seu irmão. E eu não sabia o que fazer. E às vezes, até hoje, olho para ela e sinto vontade de perguntar: "Já passou?". Quando ela voltou para mim, Ari, parecia tão frágil. E conforme as semanas e os meses avançavam, ela ia voltando a ser o que era. Forte e...

Escutei o choro de meu pai. Parei no acostamento.

— Sinto muito, pai — balbuciei. — Eu não sabia. Não sabia, pai.

Ele fez que sim com a cabeça e saiu do carro. Ficou no calor. Eu sabia que ele tentava se recompor. Como um quarto que precisava ser arrumado. Deixei-o sozinho por uns instantes. Logo decidi, porém, que queria ficar a seu lado. Talvez nós tivéssemos ficado sozinhos tempo demais. E ficar sozinho era o que nos matava.

— Pai, às vezes eu odiava você e a mamãe por fingirem que ele está morto.

— Eu sei. Sinto muito, Ari. Muito, muito, muito mesmo.

Treze

QUANDO CHEGAMOS A TUCSON, MINHA TIA OPHELIA já tinha falecido.

Na missa, só havia espaço para ficar de pé. Era óbvio que ela tinha sido amada profundamente por todos. Todos exceto sua família. Éramos os únicos lá: minha mãe, minhas irmãs, eu e meu pai. Pessoas que eu não conhecia chegavam para mim e perguntavam:

— Ari?

— Sim, sou eu.

— Sua tia adorava você.

Fiquei com tanta vergonha. Por tê-la deixado às margens da minha memória. Tanta vergonha.

Catorze

MINHAS IRMÃS FORAM EMBORA DEPOIS DO FUNERAL. Minha mãe e meu pai ficaram mais um pouco para fechar a casa da minha tia. Minha mãe sabia exatamente o que fazer, e para mim era quase impossível imaginá-la no limite da sanidade mental.

— Você tem me observado o tempo todo — ela comentou certa noite em que assistíamos a uma tempestade se formar.

— Tenho?

— E tem estado calado.

— Ficar calado é meu normal. Por que não veio ninguém? — perguntei. — Meus tios e minhas tias? Por que não vieram?

— Eles não aprovavam o modo de vida da sua tia.

— Por que não?

— Ela viveu com outra mulher. Por vários anos.

— Franny — eu disse. — Ela vivia com Franny.

— Você lembra?

— Lembro. Um pouco. Não muito. Ela era simpática. Tinha olhos verdes. Gostava de cantar.

— Elas eram namoradas, Ari.

— Certo — eu disse, confirmando com a cabeça.

— Isso incomoda você?

— Não.

Continuei a brincar com a comida no prato. Olhei para o meu pai. Ele não me esperou perguntar.

— Eu adorava Ophelia — ele disse. — Era uma mulher generosa e decente.

— Você não se sentia incomodado por ela viver com Franny?

— Isso incomodava algumas pessoas — ele disse. — Seus tios e tias, Ari, eles não suportavam.

— Mas e você? Ficava incomodado?

O rosto do meu pai assumiu uma expressão estranha, como se quisesse conter a raiva. Acho que a raiva se dirigia à família da minha mãe. Também acho que ele sabia que aquele sentimento era inútil.

— Se a gente ficasse incomodado, acha que deixaríamos você ficar aqui com ela? — ele falou, para depois dirigir o olhar para minha mãe.

Minha mãe acenou com a cabeça e tomou a palavra:

— Quando voltarmos para casa, queria lhe mostrar umas fotos do seu irmão. Você quer?

Ela estendeu a mão e secou as lágrimas do meu rosto. Eu não conseguia falar.

— Nem sempre tomamos as decisões corretas, Ari. Mas fazemos nosso melhor.

Fiz que sim com a cabeça, mas as palavras não vinham. As lágrimas silenciosas continuaram a rolar pelo meu rosto como se houvesse um rio dentro de mim.

— Acho que magoamos você.
Fechei os olhos e fiz as lágrimas pararem. E então disse:
— Acho que estou chorando de felicidade.

Quinze

TELEFONEI PARA DANTE E AVISEI QUE VOLTARÍAMOS dentro de alguns dias. Não contei sobre minha tia. Só que ela tinha me deixado a casa dela.

— Quê?
— Sim.
— Uau.
— Uau mesmo.
— A casa é grande?
— É, bem grande.
— O que você vai fazer com a casa?
— Bom, aparentemente um amigo dela quer comprar.
— E o que você vai fazer com todo esse dinheiro?
— Não sei, não pensei sobre isso.
— Por que você acha que ela deixou a casa pra você?
— Não faço ideia.
— Bom, pode pedir demissão do Charcoaler.

Dante, sempre capaz de me fazer rir.

— Mas e você? O que tem feito?
— Estou trabalhando na drogaria. E meio que ficando com um cara — ele disse.

— É?
— É.
Queria perguntar o nome, mas não perguntei.
Ele mudou de assunto. Eu sabia quando Dante mudava de assunto.
— Meu pai e minha mãe estão apaixonados por Perninha.

Dezesseis

AINDA ESTÁVAMOS EM TUCSON NO QUATRO DE JULHO.

Fomos ver os fogos de artifício.

Meu pai me deixou beber uma cerveja com ele. Minha mãe tentou fingir que não concordava, mas, se fosse verdade, ela não teria deixado.

— Não é sua primeira cerveja da vida, né, Ari?

Não ia mentir para ela.

— Mãe, eu avisei que quando quebrasse as regras, faria escondido.

— Verdade — ela concordou. — Você avisou.

— Você não dirigiu depois, dirigiu?

— Não.

— Jura?

— Juro.

Bebi a cerveja lentamente enquanto assistia aos fogos de artifício. Me senti uma criança. Adorava fogos de artifício, as explosões no céu, os "ahhh", "ohhh", "uhhh" da multidão.

— Ophelia sempre dizia que Franny era o Quatro de Julho.

— Palavras muito bonitas — comentei. — E o que aconteceu com ela?

— Morreu de câncer.

— Quando?
— Uns seis anos atrás, acho.
— Você veio para o funeral?
— Sim.
— Você me trouxe?
— Não.
— Ela sempre me dava presente no Natal.
— Devíamos ter contado a você.

Dezessete

MEUS PAIS DECIDIRAM QUE HAVIA SEGREDOS DEMAIS no mundo. Antes de deixarmos a casa de minha tia, minha mãe pôs duas caixas no porta-malas do carro.

— O que é isso? — perguntei.

— As cartas que escrevi a ela.

— O que você vai fazer com isso?

— Dar a você.

— Mesmo?

Imaginei se meu sorriso era tão grande quanto o dela. Talvez do mesmo tamanho. Mas não tinha a mesma beleza.

Dezoito

FIQUEI NO BANCO DE TRÁS NA VIAGEM DE VOLTA para El Paso. Podia ver meus pais de mãos dadas. Às vezes, trocavam olhares. Olhei para o deserto. Pensei na noite em que Dante e eu tínhamos fumado maconha e corrido pelados na chuva.

— O que você vai fazer no resto do verão?

— Não sei. Trabalhar no Charcoaler. Sair com Dante. Malhar. Ler. Coisas assim.

— Você não precisa trabalhar — meu pai disse. — Tem o resto da vida para fazer isso.

— Não me importo de trabalhar. Aliás, o que faria? Não gosto de ver TV. Estou isolado da minha própria geração. E só posso culpar você e minha mãe por isso.

— Bom, daqui pra frente você pode assistir TV sempre que quiser.

— Tarde demais.

Os dois riram.

— Não é engraçado. Sou o cara mais quadrado com quase dezessete anos. E é tudo culpa de vocês.

— É tudo nossa culpa.

— Isso, é tudo culpa de vocês.

Minha mãe virou a cabeça para trás apenas para conferir se eu estava sorrindo.

— Talvez você e Dante pudessem viajar juntos. Quem sabe acampar ou algo assim...

— Melhor não.

— Você devia pensar nisso — minha mãe disse. — É verão.

É verão, pensei. Eu não parava de pensar no que a sra. Quintana tinha dito. *Não se esqueça da chuva.*

— Tempestade à frente — anunciou meu pai. — E estamos prestes a entrar nela.

Olhei para fora, para as nuvens negras à frente. Abri a janela e senti o cheiro de chuva. Era capaz de sentir o cheiro da chuva no deserto antes mesmo de começar. Fechei os olhos. Pus a mão para fora e senti a primeira gota. Era como um beijo. Um beijo do céu. Uma ideia reconfortante. Algo que Dante pensaria. Senti outra gota e mais outra. Um beijo. Um beijo. Outro beijo. Pensei nos sonhos que vinha tendo, todos sobre beijo. Mas nunca sabia quem eu beijava. Não conseguia ver. E então, de repente, estávamos bem no meio de um temporal. Subi o vidro e senti um frio súbito. Meu braço estava molhado, e a manga da camiseta, encharcada.

Meu pai encostou o carro.

— Não dá pra dirigir assim — explicou.

Não havia nada além da escuridão, das cortinas de chuva, de nossa admiração silenciosa.

Minha mãe segurou a mão de meu pai.

Tempestades sempre me faziam sentir tão pequeno.

Embora os verões fossem quase totalmente feitos de sol e calor, para mim os verões eram as tempestades que iam e vinham. E ficava o sentimento de solidão.

Será que todos os garotos se sentiam sozinhos?

O verão não era feito para garotos como eu. Garotos como eu pertenciam à chuva.

Todos os segredos do Universo

Por toda minha juventude te busquei,
sem saber o que buscava.

W. S. Merwin

Um

CHOVEU E PAROU DURANTE TODA A VIAGEM DE VOLTA para El Paso. Só consegui dar umas cochiladas esparsas. Acordava toda vez que entrávamos numa tempestade.

Mas houve algo de muito sereno no caminho de volta para casa. Fora do carro, uma tempestade horrível. Dentro do carro, uma temperatura cálida. Não me senti ameaçado pelo clima raivoso e imprevisível. Por algum motivo, me senti seguro e protegido.

Em um dos cochilos, cheguei a sonhar. Eu parecia capaz de escolher os sonhos. Sonhei que meu pai, meu irmão e eu estávamos fumando juntos no quintal dos fundos. Minha mãe e Dante estavam à soleira da porta. Observando.

Não consegui decidir se o sonho tinha sido bom ou mau. Talvez bom, porque não acordei triste. Talvez seja essa a forma de classificar um sonho como bom ou mau — como ele nos faz sentir.

Ouvi a voz suave da minha mãe:

— Está pensando no acidente?

— Por quê?

— A chuva faz você se lembrar do acidente?

— Às vezes.

— Você e Dante conversam sobre?

— Não.

— Por quê?

— Porque não.

— Ah — ela disse —, pensei que vocês conversassem sobre tudo.

— Não — repliquei. — Somos iguais a todo mundo.

Eu sabia que não era verdade. Não éramos iguais a todo mundo. Chegamos em casa sob o temporal. Trovões, relâmpagos e ventania, a pior tempestade daquele verão. Meu pai e eu ficamos ensopados levando as malas para dentro de casa. Minha mãe acendeu as luzes e preparou um chá enquanto meu pai e eu trocávamos de roupa.

— Perninha odeia trovões — comentei. — O barulho a incomoda.

— Com certeza ela dorme ao lado de Dante.

— É, acho que sim — falei.

— Está com saudades dela?

— Sim.

Imaginei Perninha aos pés de Dante, estremecendo a cada trovão. Imaginei Dante a beijando, dizendo que estava tudo bem. Dante, que adorava beijar cães, que adorava beijar seus pais, que adorava beijar rapazes, que adorava até beijar garotas. Talvez beijar fizesse parte da condição humana. Talvez eu não fosse humano. Talvez não fizesse parte da ordem natural das coisas. Mas Dante gostava de beijar. E de se masturbar também, eu suspeitava. Eu achava masturbação meio vergonhosa. Nem sei por quê. Simplesmente achava. Era como fazer sexo consigo mesmo. Era muito estranho. Autoerotismo. Tinha visto a palavra em um livro na biblioteca. Meu

Deus, me sentia idiota por pensar essas coisas. Alguns caras falavam de sexo o tempo inteiro. Eu ouvia na escola. Por que ficavam tão contentes quando falavam de sexo? Aquilo fazia eu me sentir infeliz. Inadequado. De novo essa palavra. E por que pensar nessas coisas em meio a uma tempestade, sentado à mesa da cozinha com minha mãe e meu pai? Tentei trazer meus pensamentos de volta à cozinha. Onde eu estava. Onde eu morava. Odiava essa história de morar na minha cabeça.

Minha mãe e meu pai conversavam, e eu simplesmente estava lá, tentando prestar atenção, mas na verdade não escutando nada, só pensando nas coisas. Minha mente dava voltas a esmo. E então meus pensamentos recaíram sobre meu irmão. Sempre recaíam sobre ele. Era como meu lugar favorito para estacionar no deserto. Eu simplesmente acabava sempre lá. Como seriam as coisas com meu irmão por perto? Talvez ele teria me ensinado a ser homem e o que sentir, fazer e como me comportar. Talvez eu fosse feliz. Ou talvez minha vida fosse a mesma. Talvez fosse até pior. Não que eu tivesse uma vida ruim. Eu sabia disso. Tinha um pai e uma mãe que me amavam e tinha uma cachorra e um melhor amigo chamado Dante. Mas havia alguma coisa flutuando dentro de mim, que me deixava mal.

Será que todos os garotos tinham trevas dentro de si? Sim. Talvez até Dante.

Senti o olhar da minha mãe sobre mim. Eles me analisavam. De novo.

Abri um sorriso para ela.

— Eu ia perguntar o que você está pensando, mas acho que você não contaria.

Dei de ombros.

— Sou parecido demais com ele — falei, apontando para o meu pai.

Meu pai achou graça nas palavras. Ele parecia cansado, mas naquele momento, sentados à mesa da cozinha, havia um quê de juventude nele. E pensei que talvez ele estivesse se transformando em outra pessoa.

Todos estavam se transformando em outra pessoa.

De vez em quando, quando somos mais velhos, parecemos alguém mais jovem. Já eu, me sentia idoso. Como um cara prestes a completar dezessete anos podia se sentir idoso?

Ainda chovia quando fui dormir. O trovão estava longe, e o estrondo suave pareceu mais um sussurro distante.

Dormi. Sonhei. O mesmo sonho, o sonho de que eu beijava alguém.

Ao acordar, tive vontade de me masturbar. "Dar a mão para o melhor amigo" era o eufemismo de Dante. Ele sempre sorria quando usava essa expressão.

Em vez disso, tomei um banho frio.

Dois

POR ALGUM MOTIVO, SENTI UM FRIO NA BARRIGA. Não por causa do sonho, do beijo, do corpo ou do banho frio. Não foi só isso. Algo mais não parecia bem.

Caminhei até a casa de Dante para buscar Perninha. Estava vestido para correr na manhã fresca. Adorava a umidade do deserto depois da chuva.

Bati na porta.

Era cedo, mas não tão cedo. Sabia que Dante provavelmente estaria dormindo, mas seus pais já estariam de pé. E queria Perninha de volta.

O sr. Quintana abriu a porta. Perninha correu e pulou em cima de mim. Deixei-a lamber meu rosto, coisa que não permitia com muita frequência.

— Perninha, Perninha, Perninha! Que saudades.

Não parava de a acariciar, mas, quando levantei os olhos, percebi que o sr. Quintana parecia... parecia, sei lá... Seu rosto dizia algo. Eu sabia que algo estava errado. Olhei para ele. Nem precisei perguntar.

— Dante — ele disse.

— O quê?

— Está no hospital.

— Como? O que aconteceu? Ele está bem?

— Está bem acabado. A mãe passou a noite com ele.

— O que aconteceu?

— Quer um café, Ari?

Perninha e eu o acompanhamos até a cozinha. Esperei calado o sr. Quintana me servir café. Ele me deu a xícara e sentamos um de frente para o outro. Perninha apoiou a cabeça no colo do sr. Quintana. Ele não parava de passar a mão no cabelo. Ficamos calados, e eu só o observava. Esperei que ele falasse. E, finalmente, disse:

— Qual é a sua intimidade com Dante?

— Não entendi — eu disse.

Ele mordeu os lábios. E reformulou a pergunta:

— Até que ponto você conhece meu filho?

— Ele é meu melhor amigo.

— Sei disso, Ari. Mas até que ponto você o conhece?

Ele soava impaciente. Eu estava bancando o tonto. Sabia exatamente o que ele queria dizer. Senti meu coração bater forte.

— Ele contou para o senhor?

O sr. Quintana negou com a cabeça.

— Então você sabe — deduzi.

Ele permaneceu calado.

Eu sabia que precisava dizer alguma coisa. Ele parecia perdido, triste, cansado, com medo, e eu odiava aquilo. Um homem tão bom e generoso. Eu sabia que precisava dizer algo, mas não sabia o quê.

— Certo — falei.

— Certo? O quê, Ari?

— Quando vocês partiram para Chicago, Dante contou que um dia queria se casar com um menino. — Fiz uma pausa, olhei ao redor e continuei: — Bom, na verdade, acho que ele disse isso numa carta. Ou talvez tenha comentado quando vocês voltaram.

Ele fez que sim com a cabeça e pousou o olhar sobre a xícara de café.

— Acho que eu sabia — ele disse.

— Como?

— O jeito como ele olha para você às vezes.

— Ah.

Baixei a cabeça.

— Mas por que ele não me contou, Ari?

— Ele não queria desapontar o senhor. Ele disse...

Fiz outra pausa e desviei o olhar para longe do pai de Dante. Mas então me forcei a olhar bem no fundo de seus olhos negros e esperançosos. Apesar da sensação de trair Dante, eu sabia que precisava conversar com o pai dele.

— Sr. Quintana...

— Pode me chamar de Sam.

Olhei para ele.

— Sam — falei.

Ele fez que sim com a cabeça.

— Dante gosta muito de você. Acho que você sabe disso.

— Se ele gosta tanto, por que não me contou?

— Não é fácil falar com o pai. Mesmo que o pai seja você, Sam.

Ele tomou o café, nervoso.

— Ele estava tão feliz que vocês iam ter outro filho. E não só porque seria o irmão mais velho. Ele disse: "Tem que ser menino e gostar de meninas". Foi o que disse. Para que vocês tivessem netos. E fossem felizes.

— Não me importo com netos. Me importo com Dante. Odiei ver as lágrimas rolarem pelo rosto de Sam.

— Amo Dante — ele balbuciou. — Amo aquele garoto.

— Ele tem sorte — comentei.

Ele sorriu para mim.

— Espancaram... — ele sussurrou. — Espancaram meu Dante até não poder mais. Quebraram costelas, socaram seu rosto. Ele está cheio de hematomas. Fizeram isso com meu filho.

Era estranho querer abraçar um adulto. Mas minha vontade era exatamente essa.

Terminamos o café.

Não fiz mais perguntas.

NÃO SABIA O QUE DIZER AOS MEUS PAIS. NÃO QUE EU soubesse tudo o que tinha acontecido. Sabia que alguém — talvez vários alguéns — tinha dado uma surra tão feia em Dante que ele tinha ido parar no hospital. Eu sabia que tinha a ver com outro garoto. Sabia que Dante estava no Hospital Providence Memorial. E isso era tudo o que sabia.

Voltei com Perninha, que pirou quando entrou em casa. Os cachorros não se censuram. Talvez os animais fossem mais espertos que as pessoas. A cachorra estava muito feliz. Minha mãe e meu pai também. Era bom saber que eles amavam a cachorra, que se permitiam tal amor. E, de certa forma, parecia que a cachorra nos ajudava a ser uma família melhor.

Talvez os cães fossem um dos segredos do Universo.

— Dante está internado — anunciei.

Minha mãe começou a me analisar. Meu pai também. Ambos faziam cara de interrogação.

— Alguém espancou ele. Ele está machucado. Internado.

— Não — ela disse. — Nosso Dante?

Cismei com o fato de ela ter dito "nosso Dante".

— Foi coisa de gangue? — perguntou meu pai, em voz baixa.

— Não. Foi em algum beco — respondi.

— Aqui do bairro?

— É, acho que sim.

Os dois esperavam que eu contasse mais. Mas não consegui.

— Acho que vou sair — disse.

Não me lembro de sair de casa.

Não me lembro de dirigir até o hospital.

Quando dei por mim, estava diante de Dante, vendo seu rosto inchado e machucado. Ele estava irreconhecível. Não dava sequer para ver a cor de seus olhos. Lembro de pegar sua mão e sussurrar seu nome. Ele mal podia falar; mal podia ver, com os olhos praticamente fechados de tão inchados.

— Dante.

— Ari?

— Estou aqui — falei.

— Ari? — ele suspirou.

— Eu é que deveria estar aqui — disse. — Odeio esses caras. Odeio.

Eu os odiava *de verdade*. Odiava pelo que tinham feito com o rosto de Dante, pelo que tinham feito com seus pais. *Eu é que deveria estar aqui. Eu é que deveria estar aqui.*

Senti a mão da mãe de Dante em meu ombro.

Sentei com os pais dele. Apenas sentei.

— Ele vai ficar bem, não vai?

A sra. Quintana fez que sim com a cabeça.

— Vai, mas... — nesse momento, ela me encarou — você será sempre amigo dele?

— Sempre.

— Haja o que houver?

— Haja o que houver.

— Ele precisa de um amigo. Todos precisam de amigos.

— Eu também preciso — falei. Nunca tinha dito isso antes.

Não havia o que fazer no hospital. Ficamos lá, olhando um para o outro. Nenhum de nós parecia a fim de conversa.

Levantei para sair, e os pais de Dante me acompanharam. Paramos em frente ao hospital. A sra. Quintana virou para mim e disse:

— Você precisa saber o que aconteceu.

— A senhora não precisa contar.

— Acho que preciso — ela replicou. — Uma senhora viu o que aconteceu. Ela avisou a polícia.

Eu sabia que a sra. Quintana não ia chorar. Ela prosseguiu.

— Dante e um rapaz estavam se beijando em um beco. Uns caras passaram por ali e viram os dois. E... — ela fez uma pausa e tentou sorrir. — Bom, você viu o que fizeram com ele.

— Odeio esses caras — falei.

— Sam contou que você sabe sobre Dante.

— Há coisas piores no mundo do que um rapaz que gosta de beijar outros rapazes.

— Sim, há — ela disse. — Muito piores. Posso dizer uma coisa?

Abri um sorriso e dei de ombros.

— Acho que Dante é apaixonado por você.

Dante estava certo sobre a mãe: ela sabia *mesmo* de tudo.

— Sim — falei. — Bom, talvez não. Acho que ele gosta desse outro cara.

Sam me olhou bem nos olhos e disse:

— Talvez o outro cara seja só um substituto.

— Para mim?

Ele sorriu constrangido.

— Desculpe, não devia ter dito isso.

— Tudo bem — comentei.

— É difícil — ele disse. — Eu... Droga, estou um pouco perdido no momento.

— Sabe qual é a pior coisa nos adultos? — eu disse, abrindo um sorriso.

— Não.

— Eles não são sempre adultos. E eu gosto disso neles.

Ele me puxou para perto e me abraçou forte, sob o olhar da esposa.

— Você sabe quem é? — ela perguntou.

— Quem?

— O outro garoto?

— Faço ideia.

— E não se preocupa?

— O que eu posso fazer?

Notei minha voz estremecer, mas me recusei a chorar. Por que choraria por isso?

— Não sei o que fazer. — Olhei para a sra. Quintana. Olhei para Sam. — Dante é meu amigo.

Senti vontade de dizer que nunca tivera um amigo, nenhum, nenhum de verdade. Até Dante. Senti vontade de dizer que não sabia que existia gente como Dante no mundo, gente que observava estrelas, que conhecia os mistérios da água, que sabia o suficiente para entender que os pássaros pertenciam ao céu e não deveriam ser derrubados de seu voo gracioso por tiros de moleques idiotas e cruéis. Senti vontade de dizer que Dante transformara minha vida e que eu jamais seria o mesmo, jamais. E que, na verdade, minha sensação era de que Dante tinha salvado a minha vida, não o contrário. Senti vontade de dizer que ele tinha sido o primeiro ser humano além da minha mãe com quem pude falar de coisas que me assustavam. Senti vontade de dizer tantas coisas e, contudo, não tinha as palavras. Então, apenas repeti, como um idiota:

— Dante é meu amigo.

A sra. Quintana olhou para mim, quase sorrindo. Mas ela estava triste demais para sorrir.

— Sam e eu tínhamos razão sobre você. Você é o garoto mais doce do mundo.

— Depois do Dante — repliquei.

— Depois do Dante — ela repetiu.

Eles me acompanharam até a caminhonete. E então um pensamento me veio à cabeça.

— O que aconteceu com o outro rapaz?

— Ele fugiu — Sam respondeu.

— E Dante não?

— Não.

Foi aí que a sra. Quintana desabou em lágrimas.

— Por que ele não correu, Ari? Por que ele não fugiu?

— Porque ele é o Dante — respondi.

Quatro

NÃO IMAGINAVA QUE FARIA O QUE FIZ. NÃO TINHA planejado. Na verdade, não tinha sequer pensado. Às vezes, você faz coisas não porque pensou naquilo, mas porque sentiu. Sentiu demais. E nem sempre você pode se controlar quando sente demais.

Talvez a diferença entre ser menino e ser adulto fosse que meninos não são capazes de controlar as coisas horríveis que sentem. E os homens são. Naquela tarde, fui menino. Nada adulto.

    Um menino. Um menino enlouquecido. Louco, louco.

    Peguei o carro e fui direto até a drogaria onde Dante trabalhava. Repassei na cabeça nossa conversa no deserto. Lembrei o nome do cara. Daniel. Entrei na drogaria e lá estava ele. Daniel. Vi o crachá. DANIEL G. O cara que Dante comentou que queria beijar. Ele estava no balcão.

    — Sou Ari — disse.

    Ele olhou para mim cheio de pânico.

    — Sou amigo de Dante — continuei.

    — Eu sei — ele disse.

    — Acho melhor você fazer uma pausa.

    — Não posso...

Não quis ouvir desculpas esfarrapadas.

— Vou lá fora esperar você. Vou esperar exatamente cinco minutos. Se você não aparecer, volto aqui e quebro a porra da sua cara na frente de todo mundo. E se você acha que eu não faria isso, olhe bem nos meus olhos.

Saí e esperei. Antes dos cinco minutos ele apareceu.

— Vamos andar um pouco — falei.

— Não posso ficar muito tempo fora — ele disse.

Daniel me seguiu.

Caminhamos.

— Dante está no hospital.

— Ah.

— Ah? Você não foi visitar.

Ele permaneceu calado. Senti vontade de lhe dar uma surra bem ali, naquele momento.

— Não vai dizer nada, babaca?

— O que você quer que eu diga?

— Seu desgraçado. Você não sente nada?

Reparei que ele estava tremendo. Não que eu ligasse.

— Quem foi?

— Do que você está falando?

— Não brinca comigo, seu merda.

— Você não vai contar pra ninguém?

Agarrei-o pelo colarinho e depois soltei.

— Dante está numa cama de hospital e a única coisa com que você se preocupa é para quem vou contar. Para quem vou contar, seu merda? Só diga quem foi.

— Não sei.

— Besteira. *Conte agora* ou vou chutar você até o polo Sul.

— Não conheço todos.

— Quantos?

— Quatro caras.

— Só preciso de um nome. *Só um.*

— Julian. Era um deles.

— Julian Enriquez?

— Isso.

— Quem mais?

— Joe Moncada.

— Quem mais?

— Não conheço os outros dois.

— E você simplesmente deixou Dante lá?

— Ele não quis correr.

— E você não ficou com ele?

— Não. De que ia adiantar?

— Então você nem ligou?

— Eu ligo.

— Mas não voltou lá, voltou? Não voltou para ver se estava tudo bem, né?

— Não.

Ele parecia assustado.

Empurrei-o contra a parede de um prédio. E fui embora.

Cinco

EU SABIA ONDE JULIAN ENRIQUEZ MORAVA. TINHA jogado beisebol com ele e os irmãos no primário. Nunca fomos amigos. Não que fôssemos inimigos ou coisa assim. Dei umas voltas no quarteirão com a picape e, quando percebi, já estava estacionado em frente à casa dele. Caminhei até a porta da frente e bati. A irmã mais nova abriu.

— Oi, Ari — ela disse.

Abri um sorriso. Ela era bonita.

— Oi, Lulu — minha voz saiu calma, quase amigável. — O Julian tá aí?

— Tá no trabalho.

— Onde ele trabalha?

— No Benny's Body Shop.

— A que horas ele sai? — perguntei.

— Geralmente ele chega em casa um pouco depois das cinco.

— Obrigado.

— Aviso que você passou aqui? — ela perguntou, sorrindo.

— Por favor.

Benny's Body Shop. O sr. Rodriguez, amigo do meu pai, era o

dono dessa funilaria. Eles tinham estudado juntos. Sabia exatamente onde era. Fiquei rodando a tarde inteira à espera das cinco horas para aparecer lá. Quando faltavam alguns minutos, estacionei do outro lado da esquina da oficina. Não queria que o sr. Rodriguez me visse. Ele faria perguntas. Contaria ao meu pai. Não queria perguntas. Desci da picape. Queria ver Julian sair da garagem. Quando ele surgiu, chamei com um gesto.

Ele atravessou a rua.

— E aí, Ari?

— Sem novidades — eu disse, para depois apontar para o carro.

— Só dirigindo por aí.

— Essa picape é sua?

— É.

— Belas rodas, *vato*.

— Quer dar uma olhada?

Ele chegou mais perto e correu a mão pelas grades cromadas. Em seguida, ajoelhou para ver as calotas. Imaginei-o chutando Dante caído no chão. Me imaginei quebrando a cara dele bem ali naquele momento.

— Quer dar uma volta?

— Eu tenho umas coisas pra fazer. Se der, aparece mais tarde e a gente dá uma voltinha.

Agarrei-o pelo pescoço e o botei de pé.

— Entra — ordenei.

— Mas que porra é essa, Ari?

— Entra — repeti. E o joguei contra a picape.

— *Chingao, ese*. Qual é o seu problema?

Ele tentou me dar um soco. Foi o suficiente. Simplesmente parti para cima. O nariz dele começou a sangrar. Isso não me deteve. Logo ele estava no chão. Eu dizia palavrões, xingava. Minha vista estava embaçada e continuei a bater.

Então ouvi uma voz e um par de braços me puxou para trás. A voz gritava comigo, os braços eram fortes, e eu não conseguia mais bater.

Parei de tentar.

E tudo parou. Tudo se aquietou.

O sr. Rodriguez estava diante de mim, me encarando.

— Qual é o problema, Ari? *Que te pasa?*

Não tinha nada a dizer. Olhei para o chão.

— O que está acontecendo, Ari? *A ver. Di me.*

Não consegui falar.

Apenas olhei o sr. Rodriguez se ajoelhar e ajudar Julian a levantar. O nariz dele ainda sangrava.

— Vou matar você, Ari — ele murmurou.

— Você e que exército?

O sr. Rodriguez me olhou feio. Em seguida, olhou para Julian.

— Você está bem?

Julian fez que sim com a cabeça.

— Vamos arrumar umas roupas limpas pra você.

O sr. Rodriguez me encarou de novo e ameaçou:

— Você tem sorte por eu não chamar a polícia.

— Pode chamar. Não dou a mínima. Mas, antes de chamar, pergunte para Julian o que ele anda fazendo.

Entrei no carro e fui embora.

Seis

SÓ NOTEI O SANGUE NAS MINHAS MÃOS E MINHA camiseta quando cheguei em casa.
 Cheguei e sentei.
 Eu não sabia o que fazer. Então só fiquei lá, sentado. Podia ficar ali para sempre — esse era o meu plano.
 Não sei quanto tempo fiquei lá. Comecei a tremer. Sabia que tinha enlouquecido, mas era incapaz de explicar até para mim mesmo. Talvez seja isso o que acontece quando você enlouquece. Não dá para explicar. Nem para si mesmo. Nem para ninguém. E a pior parte de enlouquecer é que, depois que a loucura passa, você não sabe o que pensar de si mesmo.
 Meu pai apareceu e ficou de pé, na varanda, me observando. Não gostei da expressão dele.
 — Preciso falar com você — ele disse.
 Meu pai jamais dissera isso. Jamais. Não assim. Sua voz me assustava.
 Ele sentou ao meu lado.
 — Acabei de falar com o sr. Rodriguez ao telefone.
 Permaneci calado.

— O que aconteceu, Ari?
— Não sei — respondi. — Nada.
— Nada?
Pude sentir a raiva na voz de meu pai.
Olhei minha camiseta ensanguentada.
— Vou tomar banho — falei.
Meu pai me seguiu para dentro de casa.
— Ari!
Minha mãe estava no corredor. Não suportei o modo como me olhava. Parei e baixei os olhos. Não conseguia parar de tremer. Meu corpo inteiro tremia.
Vi minhas mãos. Os tremores não paravam de jeito nenhum.
Meu pai me pegou pelo braço. Sem força nem maldade, mas também sem suavidade. Meu pai era forte. Ele me levou até a sala de estar e me fez sentar no sofá. Minha mãe sentou ao meu lado. Ele, na poltrona. Eu estava anestesiado e sem palavras.
— Fale — meu pai disse.
— Precisava machucá-lo.
— Ari? — minha mãe apenas me olhou. Odiei seu olhar de descrença. Por que ela não conseguia crer que eu precisava machucar alguém?
Devolvi o olhar e disse a ela:
— *Precisava* machucá-lo.
— Seu irmão machucou alguém uma vez — ela balbuciou. E então começou a soluçar.
Não aguentei. Odiei a mim mesmo mais do que nunca. Apenas a via chorar e, por fim, pedi:

— Não chore, mãe. Por favor, não chore.

— Por que, Ari? Por quê? Você quebrou o nariz do rapaz, Ari. E o único motivo para não estar delegacia é que Elfigo Rodriguez é amigo de infância do seu pai. Vamos ter que pagar a conta do hospital, Ari. *Você* vai ter que pagar.

Fiquei calado. Sabia o que estavam pensando. *Primeiro seu irmão, agora você.*

— Sinto muito — minha voz soou vacilante, mesmo para mim. Só que parte de mim não sentia muito. Parte de mim estava contente por ter quebrado o nariz de Julian. Só fiquei mal por ter magoado minha mãe.

— "Sinto muito", Ari? — perguntou meu pai; seu rosto parecia de aço.

Eu também podia ser de aço.

— Não sou meu irmão — falei. — Odeio quando vocês pensam isso. Odeio viver na p... — me segurei para não usar a palavra na frente de minha mãe. — Odeio viver à sombra dele. Odeio. Odeio ter que ser o bom menino só para agradar vocês.

Nenhum dos dois disse qualquer palavra.

— Não sei se sinto muito — finalizei.

— Vou vender sua caminhonete — meu pai ameaçou, me encarando.

— Ótimo. Pode vender.

Minha mãe tinha parado de chorar. Seu rosto carregava uma expressão estranha. Não era suave nem tensa. Apenas estranha.

— Você precisa me dizer por quê, Ari — suplicou.

Respirei fundo e concordei.

— Tudo bem, mas vocês vão escutar?

— Por que não escutaríamos? — meu pai disse, com a voz firme.

Olhei para ele.

Depois, para minha mãe.

Depois, para o chão.

— Eles machucaram Dante — falei, baixinho. — Vocês não imaginam como ele está. Deviam ver a cara dele. Quebraram as costelas. Deixaram Dante caído em um beco. Como se não fosse nada. Como se fosse um saco de lixo. Como se fosse merda. Como se não fosse nada. Se ele tivesse morrido, não dariam a mínima.

Comecei a chorar.

— Vocês querem que eu fale? Vou falar. Vocês querem que eu conte? Vou contar. Dante estava beijando um garoto.

Não sei por quê, mas não conseguia parar de chorar. E quando parei, senti muita raiva. Mais raiva que nunca.

— Eram quatro. O outro garoto fugiu. Mas Dante não. Porque Dante é assim, não foge.

Olhei para o meu pai.

Ele não falou nada.

Minha mãe chegou mais perto de mim. Ela não parava de passar a mão na minha cabeça.

— Estou com tanta vergonha — balbuciei. — Queria machucá-los também.

— Ari? — a voz de meu pai saiu mansa. — Ari, Ari, Ari. Você está lutando essa guerra da pior maneira possível.

— Não sei lutar essa guerra, pai.

— Você devia ter pedido ajuda — ele disse.

— Também não sei fazer isso.

Sete

QUANDO SAÍ DO BANHO, MEU PAI NÃO ESTAVA MAIS. Minha mãe estava na cozinha. O envelope pardo com o nome de meu irmão estava sobre a mesa. Minha mãe tomava uma taça de vinho.

Sentei de frente para ela.

— Eu bebo cerveja de vez em quando — falei.

Ela fez que sim com a cabeça.

— Não sou um anjo, mãe. Não sou santo. Sou só o Ari. O torto do Ari.

— Nunca diga isso.

— É verdade.

— Não, não é — sua voz soou forte e segura. — Você não é torto de jeito nenhum. Você é doce, bom, honesto — ela concluiu, para depois tomar um gole de vinho.

— Eu machuquei Julian — disse.

— Não foi muito esperto.

— Nem legal.

— Não, nem um pouco legal — ela disse, quase rindo, enquanto passava as mãos sobre o envelope.

Depois de uma pausa, ela abriu o envelope e tirou uma foto.

— Sinto muito... Este é você. Você e Bernardo.

Ela me entregou a foto. Eu era criancinha, e meu irmão me carregava no colo. Sorrindo. Ele estava bonito e sorridente, e eu, rindo.

— Você o amava tanto — minha mãe disse. — E peço desculpas. É como eu disse, Ari, nem sempre acertamos, sabe? Nem sempre dizemos as coisas certas. Às vezes, é como se você ficasse machucado apenas ao olhar alguma coisa. Então você não olha. Mas a coisa não vai embora, Ari.

Ela me entregou o envelope.

— Está tudo aí — continuou, sem chorar. — Ele matou uma pessoa, Ari. Matou uma pessoa com as próprias mãos. — Minha mãe quase sorriu, mas seria o sorriso mais triste que já vira na vida.

— Nunca tinha dito isso antes — concluiu, em voz baixa.

— Ainda dói muito?

— Muito, Ari. Mesmo depois de tantos anos.

— Sempre vai doer?

— Sempre.

— Como você aguenta?

— Não sei. Cada um tem seu fardo. Todos têm. Seu pai tem que aguentar a guerra e o que o Vietnã fez com ele. Você tem que aguentar as dores de se tornar homem. E como deve doer, não é, Ari?

— É — respondi.

— E eu tenho que carregar o fardo do seu irmão, do que ele fez, a vergonha, a ausência.

— Não é culpa sua, mãe.

— Não sei. Acho que as mães sempre se culpam. Os pais também.

— Mãe?

Tive vontade de estender a mão e fazer um carinho, mas permaneci imóvel. Apenas olhava e tentava sorrir.

— Eu não sabia que podia amar tanto você — falei.

E então seu sorriso não era mais triste.

— *Hijo de mi corazón*, vou contar um segredo. É você que me ajuda a aguentar. Você me ajuda a aguentar todas as perdas. Você, Ari.

— Não diga isso, mãe. Só vou decepcionar você.

— Não, *amor*. Nunca.

— O que eu fiz hoje. Magoei vocês.

— Não — ela disse. — Até entendo.

A forma como ela falou. Era como se tivesse me vendo de uma forma diferente. Sempre tive a sensação de que cada olhar seu era uma tentativa de me decifrar, de descobrir quem eu era. E, naquele momento, ela pareceu me ver, me conhecer. E isso me deixou confuso.

— Entende o quê, mãe?

Ela empurrou o envelope para mim.

— Não vai olhar?

Fiz que sim com a cabeça e respondi:

— Vou. Mas não agora.

— Está com medo?

— Não. Sim. Não sei.

Contornei o nome de meu irmão com o dedo. Minha mãe e eu permanecemos ali, quietos, pelo que me pareceu um longo tempo.

Ela continuou a beber o vinho, enquanto eu olhava as fotos do meu irmão.

Meu irmão quando bebê, meu irmão no colo do meu pai, meu irmão com minhas irmãs.

Meu irmão sentado nos degraus da varanda.

Meu irmão, criança, saudando meu pai de uniforme.

Meu irmão, meu irmão.

Minha mãe apenas olhava. Era verdade. *Nunca a amara tanto.*

Oito

— AONDE MEU PAI FOI?

— Foi ver Sam.

— Por quê?

— Para conversar um pouco com ele.

— Sobre o quê?

— Sobre o que aconteceu. Eles são amigos, sabia? Seu pai e Sam.

— Interessante — comentei. — Meu pai é mais velho.

Minha mãe sorriu.

— E daí?

— É. E daí?

Nove

— POSSO EMOLDURAR ESTA E PENDURAR NO QUARTO?
Era uma foto do meu irmão e meu pai.
— Sim — ela disse. — Adoro essa.
— Ele chorou? Quando o papai foi para o Vietnã?
— Por dias. Ficou inconsolável.
— Você tinha medo de que meu pai não voltasse?
— Nunca pensei isso. Fiz força para não pensar — ela disse, rindo. — Sou boa nisso.
— Eu também — falei. — E todo esse tempo eu achando que tinha puxado isso do meu pai.
Ambos rimos.
— Podemos pôr essa na sala. Você se incomoda, Ari?
Aquele foi o dia em que meu irmão entrou em casa novamente. De maneira estranha e inexplicável, ele estava de volta.
Não era minha mãe que respondia minhas perguntas famintas. Era meu pai. Minha mãe às vezes ficava escutando meu pai falar de Bernardo. Mas nunca abria a boca.
Eu a amava por seu silêncio.
Ou talvez apenas o entendesse.

E amava meu pai também, pelo jeito cuidadoso de falar. Compreendi que meu pai era um homem cuidadoso. Ser cuidadoso com as pessoas e as palavras era algo belo e raro.

Dez

VISITEI DANTE TODOS OS DIAS. ELE PASSOU UNS quatro dias no hospital. Os médicos precisaram se certificar de que tudo estava bem, pois Dante sofrera uma concussão.

Suas costelas doíam.

O médico disse que as costelas trincadas demorariam para sarar. Mas não estavam quebradas, o que teria sido pior. Os hematomas melhorariam sozinhos. Os externos, ao menos.

Nada de piscina. Na verdade, Dante não poderia fazer muita coisa. Precisava ficar em repouso. Mas Dante gostava de ficar de repouso. Essa era a parte boa. Ele estava diferente. Mais triste.

No dia em que voltou para casa, Dante chorou. Eu o abracei. Pensei que ele nunca mais fosse parar de chorar.

Eu sabia que parte dele nunca mais se recuperaria.

Trincaram mais que suas costelas.

Onze

— TUDO BEM COM VOCÊ, ARI?

A sra. Quintana me analisava tanto quanto minha mãe. Eu estava sentado de frente para os pais de Dante na mesa da cozinha de sua casa. Dante dormia. Às vezes, quando as costelas doíam, ele tomava uns remédios que o deixavam sonolento.

— Sim, tudo bem.

— Tem certeza?

— A senhora acha que preciso de terapia?

— Não tem nada de errado em fazer terapia, Ari.

— Falou a psicóloga.

A sra. Quintana balançou a cabeça.

— Você só começou a bancar o sabichão depois de conhecer meu filho.

— Eu estou bem — disse, rindo. — Por que não estaria?

Os Quintana se entreolharam.

— É coisa de pais?

— O quê?

— Esses olhares que os pais trocam.

— É, acho que sim — Sam disse, rindo.

Eu sabia que meu pai e ele tinham conversado. Sabia que ele sabia o que eu tinha feito. Sabia que ambos sabiam.

— Você sabe quem são os garotos, não sabe, Ari? — perguntou a sra. Quintana, de volta à seriedade habitual. Não que isso me incomodasse.

— Conheço dois.

— E os outros dois?

Pensei em responder com uma brincadeira.

— Aposto que consigo descobrir.

A sra. Quintana riu. Isso me surpreendeu.

— Ari — ela disse —, você é louco.

— É, acho que sou.

— Era uma questão de lealdade.

— É, acho que sim.

— Mas, Ari, você podia ter se dado mal.

— Foi errado. Sei que foi errado. Mas fiz. Não consigo explicar. A polícia não vai fazer nada contra aqueles caras, vai?

— Talvez não.

— É, como se os policiais estivessem trabalhando no caso.

— Não são esses caras que me preocupam, Ari — Sam interveio, olhando no fundo dos meus olhos. — É Dante. E você.

— Eu estou bem — repeti.

— Certeza?

— Certeza.

— E não vai atrás dos outros caras?

— A ideia me passou pela cabeça.

Dessa vez, a mãe de Dante não riu.

— Prometo que não vou — corrigi.

— Você é melhor que isso — ela disse.

Queria tanto acreditar nela.

— Mas não vou pagar o nariz quebrado de Julian.

— Você disse isso a seu pai?

— Ainda não. Mas vou dizer que se aqueles cuz... — interrompi. Não terminei a palavra que tinha começado. Havia outras palavras possíveis. — Se aqueles *caras* não precisam pagar pela internação de Dante, então não preciso pagar pela visita de Julian ao pronto--socorro. Se meu pai quiser tirar minha picape, por mim tudo bem.

A sra. Quintana abriu um sorrisinho malicioso. Ela não costumava fazer isso.

— Depois me conta o que seu pai decidiu.

— E outra coisa. Julian pode chamar a polícia, se quiser — acrescentei, abrindo um sorriso malicioso. — Acham que isso vai acontecer?

— Você é bem ligeiro com essas coisas, hein, Ari?

Gostei da expressão no rosto de Sam.

— Sei me virar.

Doze

MEU PAI NÃO DISCUTIU QUANDO EU DISSE QUE NÃO pagaria pelas despesas médicas de Julian. Apenas me olhou e comentou:

— Acho que você acabou de optar por um acordo extrajudicial.

E então inclinou a cabeça, pensativo.

— Sam conversou com a senhora que testemunhou a cena. Ela jamais seria capaz de reconhecer os rapazes. Nem em um milhão de anos.

O pai de Julian foi até minha casa conversar com meu pai. Não parecia muito feliz ao sair.

Meu pai não tomou minha caminhonete.

Treze

APARENTEMENTE, DANTE E EU NÃO TÍNHAMOS MUITO o que conversar. Peguei emprestados uns livros de poesia com seu pai e li para ele. Às vezes, Dante dizia: "Leia esse de novo". E eu obedecia. Não sei o que havia de errado entre nós naqueles últimos dias de verão. Por um lado, me sentia mais próximo dele do que nunca. Por outro, nunca estivera tão afastado.

Nenhum de nós voltou ao trabalho. Não sei. Acho que, depois do que aconteceu, parecia sem sentido.

Um dia, fiz uma piada de mau gosto:

— Por que o verão sempre acaba com um de nós todo quebrado?

Não rimos.

Não levei Perninha para vê-lo porque ela gostava de pular e podia machucar. Dante sentia falta, mas sabia que eu tinha razão em não levar.

Certa manhã, fui à casa dele e mostrei todas as fotografias do meu irmão. Contei a história tal como entendi, a partir dos recortes de jornal, das perguntas respondidas por meu pai.

— E então? Quer ouvir a história inteira?

— Conta — ele respondeu.
Ambos estávamos cansados de poesia, cansados de não conversar.
— Pois bem. Meu irmão tinha quinze anos. E raiva. Pelo que entendi, ele sempre tinha raiva. Fiquei sabendo disso mais pelas minhas irmãs. Acho que ele era cruel ou talvez, sei lá, apenas tinha nascido com raiva. Aí, certa noite, ele caminhava pelas ruas do centro, caçando confusão. Foi isso que meu pai disse: "Bernardo sempre procurava confusão". Meu irmão pegou uma prostituta.
— Onde ele arrumou dinheiro?
— Não sei. Que tipo de pergunta é essa?
— Aos quinze anos, você tinha dinheiro para uma prostituta?
— Aos quinze anos? Do jeito que você fala, até parece que faz muito tempo. Mas, caramba, não tinha dinheiro nem pra comprar uma bala.
— Viu só?
Encarei Dante.
— Posso continuar?
— Desculpa.
— A prostituta na verdade era homem.
— Quê?
— Era um travesti.
— Nossa.
— Pois é. Meu irmão explodiu.
— Explodiu como?
— Socou o cara até a morte.
Dante não sabia o que dizer.

— Meu Deus — falou, afinal.

— Sim. Meu Deus.

Demorou bastante tempo para que um de nós dissesse outra coisa.

Por fim, olhei para Dante.

— Você sabia o que é um travesti?

— Claro.

— Claro.

— Você não sabia o que é um travesti?

— Como saberia?

— Você é tão inocente, Ari...

— Não tão inocente — eu disse. — Mas a história fica mais triste ainda — prossegui.

— Como pode ficar mais triste?

— Ele matou outra pessoa.

Dante permaneceu calado, me deixou terminar.

— Ele estava em um centro de detenção para jovens. Acho que certo dia ele socou mais alguém. Minha mãe está certa. As coisas não mudam só porque queremos.

— Sinto muito, Ari.

— É, paciência, não há o que fazer, né? Mas é bom, Dante. Quer dizer, não é bom para o meu irmão. Não sei se algum dia alguma coisa será boa para ele. Mas é bom que tudo esteja às claras, sabe? Como um livro aberto.

Depois de uma pausa, olhei para Dante e concluí:

— Talvez um dia eu o conheça. Talvez um dia.

Dante olhou para mim.

— Você parece prestes a chorar.

— Não vou chorar. Só é triste demais, Dante. E sabe? Sou como ele, eu acho.

— Por quê? Porque quebrou o nariz de Julian Enriquez?

— Você ficou sabendo?

— Sim.

— Por que não me contou que sabia?

— Por que *você* não me contou, Ari?

— Não sinto orgulho disso, Dante.

— Por que fez, então?

— Não sei. Ele machucou você. Quis machucá-lo. Foi uma conta besta que fiz na cabeça — falei, levantando o olhar para ele. — O roxo dos olhos já está quase bom.

— Quase — ele disse.

— E as costelas?

— Melhoraram. De vez em quando é difícil dormir à noite. Então tomo analgésico. Odeio.

— Você seria um péssimo drogado.

— Talvez não. Gostei muito daquela maconha. Muito mesmo.

— Talvez sua mãe devesse entrevistar você para o livro dela.

— Ah, ela já me infernizou demais.

— Como ela descobriu?

— Eu falei. Ela é como Deus. Sabe de tudo.

Tentei não rir, mas não consegui evitar. Dante também riu. Só que para ele rir doía. Por causa das costelas.

— Não — ele disse. — Você não é nem um pouco parecido com seu irmão.

— Não sei, Dante. Às vezes acho que nunca vou compreender a mim mesmo. Não sou como você. Você sabe exatamente quem é.

— Nem sempre — ele disse. — Posso fazer uma pergunta?

— Claro.

— Você se incomoda de eu ter beijado Daniel?

— Acho Daniel um merda.

— Ele não é. É legal. Bonito.

— Bonito? Quanta superficialidade. Ele é um merda, Dante. Abandonou você lá.

— Você parece mais preocupado com isso do que eu.

— Mas você devia ficar preocupado.

— Você não teria feito o mesmo, teria?

— Não.

— Gostei de você ter quebrado o nariz dele.

Ambos rimos.

— Daniel não liga para você.

— Estava com medo.

— E daí? Todo mundo tem medo.

— Você não, Ari. Você não tem medo de nada.

— Isso não é verdade. Mas não deixaria aqueles caras fazerem o que fizeram com você.

— Talvez você só goste de brigar.

— Talvez.

Dante olhou para mim. Não parava de olhar para mim.

— Por que você está me encarando? — perguntei.

— Posso contar um segredo, Ari?

— Adianta eu dizer que não?

— Você não gosta de conhecer meus segredos.
— De vez em quando seus segredos me assustam.
Dante riu.
— Eu não estava beijando Daniel de verdade. Na minha cabeça, estava beijando você.
Dei de ombros.
— Melhor você arrumar uma cabeça nova, Dante.
Ele ficou triste.
— É. Acho que sim.

Catorze

ACORDEI CEDO. O SOL NÃO TINHA NASCIDO AINDA. Segunda semana de agosto. O verão estava acabando. Pelo menos a parte sem aulas.

Último ano. E, depois, a vida. Talvez fosse assim que as coisas funcionavam. O colegial era apenas um prólogo para o verdadeiro romance. Todos tiveram chance de escrever sua vida — mas, depois da formatura, você tem a chance de escrevê-la com as próprias mãos. Na formatura, você consegue juntar a caneta dos professores e a dos pais, além de ganhar sua própria caneta. E pode escrever tudo sozinho. Sim. Não seria demais?

Sentei na cama e passei o dedo nas cicatrizes da minha perna. Cicatrizes. Sinal de que você se machucou. Sinal de que você sarou.

Eu tinha me machucado?

Eu tinha sarado?

Talvez vivêssemos entre a dor e a cura. Como meu pai. Penso que ele vivia ali. Nesse entremeio. Nesse ecótono. Talvez minha mãe também. Ela trancafiara meu irmão em algum lugar bem dentro de si. E agora tentava libertá-lo.

Continuei a passar o dedo nas cicatrizes.

Perninha estava ao lado. Observando. O *que você vê, Perninha?* O *que vê? Onde você vivia antes de me encontrar? Alguém também tinha ferido você?* Outro verão chegava ao fim.

O que aconteceria comigo depois da formatura? Faculdade? Mais aprendizado. Talvez me mudaria para outra cidade, outro lugar. Talvez os verões fossem diferentes em outro lugar.

— O QUE VOCÊ AMA, ARI? O QUE VOCÊ AMA DE VERDADE?
— Amo o deserto.
— É tão solitário.
— É?
Dante não me entendia. Eu *era* incognoscível.

Dezesseis

RESOLVI NADAR. CHEGUEI LÁ LOGO QUE A PISCINA abriu, para dar umas voltas completas na piscina antes de lotar. Os salva-vidas estavam lá, falando sobre garotas. Eu os ignorei. Eles me ignoraram.

Nadei e nadei até minhas pernas doerem. Então fiz uma pausa. E depois nadei e nadei mais um pouco. Senti a água na pele. Lembrei do dia em que conheci Dante: "Posso ensinar você a nadar, se quiser". Pensei em sua voz esganiçada, em como ele havia superado as alergias, em como sua voz mudara, ficara mais grave. A minha também. Lembrei do que minha mãe dissera: "Você fala como um homem". Era mais fácil falar como homem do que agir como um.

Quando saí da piscina, notei que uma garota me olhava. Ela sorriu.

Retribuí o sorriso.

— Oi — cumprimentei, acenando.

— Oi — ela também acenou. — Vai para Austin?

— Sim.

Acho que ela queria continuar a conversa, mas eu não sabia bem o que dizer.

— Que ano?

— Último.

— Eu estou no primeiro.

— Parece mais velha — eu disse.

— Sou madura — ela falou, com um sorriso amplo.

— Eu não. — Ela riu com a minha resposta. — Tchau — me despedi.

— Tchau.

Maduro. Homem. O que essas palavras significavam exatamente? Caminhei até a casa de Dante e bati na porta. Sam atendeu.

— Oi — cumprimentei.

Sam parecia relaxado e feliz.

— Oi, Ari. Cadê a Perninha?

— Em casa.

Mostrei a toalha molhada e a botei sobre os ombros.

— Fui nadar.

— Dante vai ficar com inveja.

— Como ele está?

— Bem. Melhorando. Faz tempo que você não aparece. Sentimos saudade. Dante está no quarto — ele avisou, me acompanhando para dentro da casa. Depois, hesitou um instante e acrescentou: — Ele tem companhia.

— Ah. Posso voltar depois.

— Não se preocupe. Pode subir.

— Não quero atrapalhar.

— Não diga besteira.

— Volto depois. Sem problema. Eu estava voltando da piscina...

— É só o Daniel — ele disse.
— Daniel?
Acho que ele notou a cara que fiz.
— Você não gosta muito dele, né?
— Ele meio que deixou Dante na mão.
— Não seja tão duro com os outros, Ari. Aquilo me irritou demais.
— Avise Dante que eu passei aqui.

Dezessete

— MEU PAI FALOU QUE VOCÊ FICOU IRRITADO.
— Não fiquei irritado.
— A porta da frente estava aberta e Perninha começou a latir para um cachorro que passava na rua.
— Um minuto — pedi. — Perninha! Quieta!
Levei o telefone para a cozinha e sentei à mesa.
— Pronto — retomei. — Então, não fiquei irritado.
— Acho que meu pai perceberia se fosse outra coisa.
— Tudo bem. E que merda de diferença isso faz?
— Viu? Você *está* irritado.
— Só não estava a fim de ver seu amigo Daniel.
— E o que ele fez pra você?
— Nada. Só não vou com a cara dele.
— Por que não podemos ser todos amigos?
— Aquele desgraçado deixou você lá para morrer, Dante.
— A gente conversou sobre isso. Está tudo bem.
— Legal, ótimo.
— Você está agindo feito um louco.
— Dante, às vezes você vem com umas merdas, sabia?

— Escuta. Hoje vamos a uma festa. Queria que você fosse.

— Eu aviso — falei e desliguei o telefone.

Desci até o porão e levantei peso por umas horas. Levantei e levantei, até sentir dor pelo corpo inteiro.

A dor não era tão ruim.

Tomei banho. Deitei na cama e fiquei. Devo ter pegado no sono. Quando acordei, a cabeça de Perninha estava apoiada na minha barriga. Fiz carinho nela. A voz de minha mãe soou no quarto:

— Está com fome?

— Não... Nem um pouco.

— Certeza?

— Sim. Que horas são?

— Seis e meia.

— Puxa, acho que estava cansado.

Minha mãe sorriu.

— Talvez por causa de todo aquele exercício.

— Acho que sim.

— Algum problema?

— Não.

— Certeza?

— Só cansaço.

— Você tem levantado peso demais, não acha?

— Não.

— Quando você está irritado, levanta peso.

— Outra de suas teorias, mãe?

— É mais que teoria, Ari.

Dezoito

— DANTE LIGOU.

Não respondi.

— Você vai ligar de volta?

— Claro.

— Reparou que você passou os últimos quatro ou cinco dias vegetando em casa? Vegetando e levantado peso?

Vegetar. Pensei no que Gina sempre dizia de mim: "garoto melancolia".

— Não fiquei vegetando. E não fiquei só levantando peso. Li. Pensei em Bernardo.

— Mesmo?

— É.

— Pensou em quê?

— Pensei em escrever uma carta para ele.

— Ele mandou todas as minhas cartas de volta.

— Sério? Talvez não responda às minhas.

— Talvez não — ela disse. — Mas não custa tentar.

— Você parou de escrever?

— Parei, Ari. Doía demais.

— Faz sentido.

— Só não se decepcione, tá? Não espere muito. Seu pai foi visitá-lo uma vez.

— O que aconteceu?

— Seu irmão não quis recebê-lo.

— Ele odeia vocês dois?

— Não. Acho que não. Acho que ele tem raiva de si próprio. E acho que tem vergonha.

— Ele devia superar isso.

Não sei por quê, mas esmurrei a parede ao falar isso. Minha mãe arregalou os olhos.

— Desculpe — eu disse. — Não sei por que fiz isso.

— Ari?

— O quê?

Havia algo em sua expressão. Um olhar sério, preocupado. Ela não estava com raiva nem fazia a expressão séria das vezes em que bancava a mãe.

— Que foi, Ari?

— Você fala como se tivesse outra teoria sobre mim.

— Pode apostar que sim — ela disse, com a voz agradável, gentil e amigável.

Minha mãe levantou da mesa da cozinha e serviu uma taça de vinho pra ela. Pegou duas cervejas e colocou uma na minha frente. A outra, no meio da mesa.

— Seu pai está lendo. Vou chamá-lo.

— O que houve, mãe?

— Reunião de família.

— Reunião de família? Pra que isso?

— Novidade — ela disse. — E daqui pra frente, vamos ter várias.

— Assim você me assusta, mãe.

— Ótimo.

Ela saiu da cozinha. Cravei os olhos na cerveja diante de mim. Toquei o vidro frio. Não sabia se devia beber ou só olhar. Talvez tudo não passasse de um truque. Minha mãe e meu pai entraram na cozinha. Os dois sentaram de frente para mim. Meu pai abriu sua cerveja. Em seguida, abriu a minha. E deu um gole.

— Vocês estão se juntando contra mim?

— Relaxa — meu pai disse, e tomou outro gole de cerveja. Minha mãe bebericava o vinho. — Você não quer tomar uma cerveja com seus pais?

— Acho que não — respondi. — É contra as regras.

— Novas regras — minha mãe disse.

— Uma cerveja com seu velho não vai fazer mal. Nada que você não tenha feito antes. Qual é o problema?

— Está tudo bem estranho — eu disse, e logo dei um gole.

— Felizes?

O rosto do meu pai ficou muito sério.

— Já contei do meu tempo no Vietnã?

— Ah, sim — respondi. — Estava até pensando em todas as histórias de guerra que você me conta.

Meu pai estendeu o braço e segurou minha mão.

— Mereci ouvir isso.

Ele apertou minha mão por um bom tempo antes de soltar.

— Estávamos no norte. Norte de Da Nang.

— Era lá que você ficava? Da Nang?

— Aquela era minha casa longe de casa — ele falou, com um sorriso torto. — Estávamos em missão de reconhecimento. As coisas ficaram bem quietas por uns dias. Era o tempo das monções. Meu Deus, como odiava aquelas chuvas sem fim. Estávamos um pouco à frente de um comboio. A área já havia sido neutralizada. Estávamos lá para garantir que o litoral fosse neutralizado. Então as portas do inferno se abriram. Balas por todo lado. Granadas estouravam. Tínhamos caído numa armadilha. Não era a primeira vez. Mas dessa vez foi diferente. Disparos para todos os lados. A melhor coisa a fazer era recuar. Beckett pediu para um helicóptero nos tirar de lá. Tinha um cara. Um cara muito bom. Meu Deus, como era jovem. Dezenove anos. Nossa, um menino.

Meu pai balançou a cabeça.

— Seu nome era Louie. Um cajun de Lafayette — meu pai retomou, com lágrimas nos olhos. Bebeu um pouco mais de cerveja. — Não podíamos deixar um homem caído. Era a regra. Não se abandona um homem caído. Não se deixa um homem para morrer sozinho.

Percebi no rosto da minha mãe uma recusa absoluta a chorar.

— Lembro de correr na direção do helicóptero; Louie vinha logo atrás. As balas voavam por toda parte. Pensei que ia morrer. E então Louie caiu. Ele gritou meu nome. Quis voltar. Não me recordo direito. A última coisa de que me recordo é Beckett me empurrando para dentro do helicóptero. Eu nem sabia que tinha sido baleado. Nós o deixamos lá. Louie. Abandonamos Louie.

Meu pai enterrou a cabeça entre os braços e começou a soluçar. Havia uma semelhança entre o som emitido por um homem que sofre e os gemidos de um animal ferido. Aquilo partia meu coração. Passei tanto tempo desejando que meu pai contasse alguma coisa da guerra, mas não suportei ver a crueza de sua dor, a maneira como tinha passado tantos anos, como aquela dor ainda estava viva e intensa logo abaixo da superfície.

— Não sei se acreditava na guerra ou não, Ari. Acho que não. Penso muito nisso. Mas me alistei. E não sei quais eram meus sentimentos nacionalistas. O que sabia mesmo era que meu país eram os homens que lutavam a meu lado. Eles eram meu país, Ari. Eles. Louie, Beckett, Garcia e Gio, eles eram meu país. Não sinto orgulho por tudo que fiz na guerra. Nem sempre fui um soldado bom. Nem sempre fui um homem bom. A guerra mexeu com a gente. Comigo. Com todos nós. Mas os homens que abandonamos, esses são os que aparecem nos meus sonhos.

Bebi minha cerveja. Meu pai bebeu a dele. Minha mãe bebeu o vinho. Fizemos silêncio pelo que me pareceu um bom tempo.

— Às vezes, eu ouço — meu pai disse. — Louie. Ouço Louie chamar meu nome. Eu não voltei.

— Você morreria também — falei, em voz baixa.

— Talvez. Mas não cumpri minha tarefa.

— Pai, por favor, não...

Senti as mãos da minha mãe começarem a correr pelo meu cabelo e a secar minhas lágrimas.

— Você não precisa falar disso, pai. Não precisa.

— Talvez precise. Talvez seja hora de acabar com os sonhos... — Ele se encostou em minha mãe antes de perguntar: — Não acha, Lilly?

Minha mãe não abriu a boca.

Meu pai sorriu para mim.

— Uns minutos atrás, sua mãe entrou na sala e tirou o livro das minhas mãos. E disse: "Fale com ele. Fale com ele, Jaime". Ela usou aquela voz de fascista dela.

Minha mãe riu graciosamente.

— Ari, é hora de você parar de fugir.

Olhei para meu pai.

— Do quê?

— Você não sabe?

— O quê?

— Se continuar a fugir, isso vai acabar com você.

— O quê, pai?

— Você e Dante.

— Eu e Dante?

Olhei para minha mãe. Depois para meu pai.

— Dante é apaixonado por você — ele disse. — Isso é bem óbvio. Ele não esconde isso de si próprio.

— Não posso controlar o que ele sente, pai.

— Não. Não pode.

— E além disso, pai, acho que ele já superou. Ele gosta daquele Daniel.

Meu pai concordou com a cabeça.

— Ari, o problema não é só Dante estar apaixonado por você. O problema real, para você, pelo menos, é que você está apaixonado por ele.

Fiquei calado. Apenas olhei o rosto de minha mãe. E, depois, o de meu pai.

Eu não sabia o que dizer.

— Não sei. Quer dizer, isso não é verdade. Sei lá, acho que não. Quer dizer...

— Ari, eu sei o que vejo. Você salvou a vida dele. Por que acha que fez isso? Por que imagina que, do nada, sem pensar, você se joga para tirar Dante da frente de um carro em movimento? Você acha que isso simplesmente aconteceu? Pois eu acho que você não suportava a ideia de perdê-lo. Simplesmente não podia. Por que você arriscaria a própria vida para salvar a de Dante, se não o amasse?

— Por que ele é meu amigo.

— E por que você arrebenta a cara de um sujeito que bateu nele? Por que faria isso? Tudo isso, Ari, tudo quer dizer algo. Você ama esse rapaz.

Continuei com os olhos na mesa.

— Acho que você o ama mais do que pode suportar.

— Pai? Pai, não. Não. Eu não posso. Não posso. Por que você diz essas coisas?

— Por que eu não aguento mais ver a solidão que mora dentro de você. Por que eu amo você, Ari.

Minha mãe e meu pai ficaram me assistindo chorar. Pensei que fosse chorar para sempre. Mas não. Quando parei, tomei um gole generoso de cerveja.

— Pai, acho que gostava mais quando você não falava.

Minha mãe riu. Eu adorava seu riso. E então meu pai riu. E, por fim, eu ri.

— O que vou fazer? Estou muito envergonhado.

— Vergonha de quê? — minha mãe falou. — De amar Dante?

— Eu sou um cara. Ele é um cara. Não é para as coisas serem assim. Mãe...

— Eu sei — ela disse. — Ophelia me ensinou algumas coisas, sabe? Todas aquelas cartas. Aprendi um pouco. E seu pai tem razão. Você não pode fugir. Não de Dante.

— Eu me odeio.

— Não se odeie, *amor*. *Te adoro*. Já perdi um filho. Não vou perder outro. Você não está só, Ari. Sei que você pode ter essa sensação. Mas não é verdade.

— Como você pode me amar tanto?

— Como poderia não amar? Você é o rapaz mais bonito do mundo.

— Não sou.

— Você é. *Você é*.

— O que eu faço agora?

— Dante não fugiu — meu pai disse com a voz suave. — Sempre o imagino apanhando daquele jeito. Mas ele não fugiu.

— Certo — eu disse. Pela primeira vez na vida, entendi meu pai perfeitamente.

E ele me entendeu.

Dezenove

— DANTE?
— Faz cinco dias que eu estou tentando falar com você por telefone.
— Estou gripado.
— Ha, ha. Vai se ferrar, Ari.
— Por que você está bravo?
— Por que *você* está bravo?
— Não estou mais.
— Então talvez seja minha vez de ficar bravo.
— Tudo bem. Justo. Como está Daniel?
— Você é um merda, Ari.
— Não. Daniel é um merda.
— Ele não gosta de você.
— Nem eu dele. Então, ele é seu novo melhor amigo?
— Não chega nem perto.
— Vocês têm se beijado?
— E o que você tem a ver com isso?
— Só curiosidade.
— Não quero beijá-lo. Ele não significa nada pra mim.

— O que aconteceu, então?
— Ele é egoísta, orgulhoso, um merda. Não é sequer inteligente. E minha mãe não gosta dele.
— E o que Sam acha dele?
— Meu pai não conta. Ele gosta de todo mundo. Achei muita graça naquilo.
— Não ria. Por que você estava bravo?
— Podemos conversar sobre isso? — sugeri.
— Claro, você é tão bom de papo.
— Dá um tempo, Dante.
— O.k.
— O.k. O que você vai fazer hoje à noite?
— Nossos pais vão jogar boliche.
— Vão?
— Eles conversam bastante.
— Conversam?
— Você não sabe de nada mesmo, né?
— Acho que fico boiando às vezes.
— Às vezes?
— Estou me esforçando, Dante.
— Peça desculpas. Não gosto de gente que não sabe pedir desculpas.
— Tudo bem. Desculpa.
— Ótimo — ele disse, e eu sabia que tinha um sorriso no rosto.
— Eles querem que a gente vá junto.
— Jogar boliche?

Vinte

DANTE ESTAVA SENTADO NA VARANDA, ESPERANDO. Ele saltou os degraus e pulou na caminhonete.

— Boliche é muito chato — comentou.

— Já jogou?

— Claro que já. Não sou bom.

— Você precisa ser bom em tudo?

— Sim.

— Para com isso. Talvez a gente se divirta.

— Desde quando você quer sair com seus pais?

— Eles são o.k. — respondi. — Legais. Você mesmo disse.

— O quê?

— Disse que nunca fugiria de casa porque é doido por seus pais. Eu achei aquilo muito estranho. Quer dizer, anormal. Eu pensava que os pais fossem alienígenas.

— Não são. São só pessoas.

— É. Sabe, acho que mudei de ideia com relação a meus pais.

— Quer dizer que agora você é doido por eles?

— É, acho que sim. — Dei partida no carro. — Eu sou péssimo no boliche também. Só para você saber — alertei.

— Aposto que somos melhores que nossas mães.
— Tomara.
Nós rimos. E rimos. E rimos.

Quando chegamos à pista de boliche, Dante olhou para mim e disse:

— Disse aos meus pais que não quero nunca, jamais beijar outro cara de novo.
— Você disse isso?
— Sim.
— E qual foi a reação deles?
— Meu pai fez cara de tédio.
— E a sua mãe, o que disse?
— Não muita coisa. Disse que conhecia um bom psicólogo. "Ele vai ajudar você a se aceitar", disse. E depois emendou: "A não ser que você queira falar comigo".

Dante olhou para mim. E caímos na gargalhada.

— Sua mãe — falei. — Gosto dela.
— Ela é durona pra caramba — ele disse. — Mas bastante sensível também.
— É. Já notei.
— Nossos pais são muito estranhos.
— Porque amam a gente? Isso não é tão estranho.
— É o modo como amam que é estranho.
— É bonito — eu disse.

Dante me encarou.

— Você está diferente.
— Como?

— Não sei. Está agindo de um jeito diferente.

— Estranho?

— Sim, estranho. Mas bom.

— Bom — eu disse. — Sempre quis ser estranho no bom sentido.

Acho que nossos pais ficaram realmente surpresos quando aparecemos. Eles bebiam cerveja. Nossas mães, 7UP. A pontuação de todos era vergonhosa. Sam sorriu.

— Não pensei que vocês dois fossem vir.

— Estávamos entediados — expliquei.

— Gostava mais de você quando você não bancava o sabichão.

— Sinto muito — falei.

Foi divertido. Nos divertimos. No fim das contas, fui eu quem jogou melhor. Fiz mais de cento e vinte pontos. E na terceira partida, marquei cento e trinta e cinco. Terrível, se você pensar. Mas o resto dos competidores era mesmo um lixo. Especialmente minha mãe e a sra. Quintana. As duas conversavam muito. E riam muito. Dante e eu continuamos a olhar um para a cara do outro e dar risada.

Vinte e um

QUANDO DANTE E EU SAÍMOS DO BOLICHE, DIRIGI rumo ao deserto.
— Aonde vamos?
— Para o meu lugar favorito.
Dante estava quieto.
— Está tarde.
— Você está cansado?
— Mais ou menos.
— São só dez horas. Vai acordar cedo amanhã?
— Engraçadinho.
— A não ser que você queira simplesmente voltar para casa.
— Não.
— O.k.
Dante não botou música. Ele repassou a caixa de fitas cassete, mas não se decidiu. O silêncio não me incomodava. Apenas avançávamos pelo deserto. Eu e Dante. Calados.
Estacionei no lugar de sempre.
— Adoro aqui — comentei.
Pude sentir as batidas do meu coração.

Dante não disse nada.

Toquei o par de tênis que ele tinha me dado para pendurar no retrovisor.

— Adoro esses tênis — disse.

— Você adora muitas coisas, não?

— Você parece bravo. Pensei que não estivesse mais bravo.

— Acho que *estou* bravo.

— Desculpe. Eu já pedi desculpas.

— Não aguento, Ari — ele admitiu.

— Não aguenta o quê?

— Essa história de amizade. Não aguento.

— Por que não?

— Será que preciso explicar?

Não respondi nada.

Ele desceu da caminhonete e bateu a porta. Fui atrás dele.

— Ei — chamei, tocando seu ombro.

Dante me empurrou.

— Não gosto quando você me toca.

Permanecemos lá por um bom tempo. Nenhum de nós falava nada. Eu me sentia pequeno, insignificante e inadequado. Ia parar de me sentir assim. *Ia parar.*

— Dante?

— O quê? — sua voz saiu cheia de raiva.

— Não fique bravo.

— Não sei o que fazer, Ari.

— Você se lembra de quando me beijou?

— Sim.

— Você lembra que falei que não tinha funcionado para mim?
— Por que você está falando disso? Lembro. Lembro. Mas que inferno, Ari, você acha que eu esqueceria?
— Nunca vi você tão bravo.
— Não quero falar disso, Ari. Só me faz mal.
— O que eu disse quando você me beijou?
— Disse que não tinha funcionado para você.
— Eu menti.

Ele olhou para mim.

— Não brinque comigo, Ari.
— Não é brincadeira.

Peguei-o pelos ombros. Encarei-o. E ele me encarou.

— Você disse que eu não tinha medo de nada. Isso não é verdade. *Você*. É esse meu medo. Tenho medo de você, Dante.

Respirei fundo.

— Vamos tentar de novo — pedi. — Me dê um beijo.
— Não — ele disse.
— Me beija.
— Não — Dante respondeu, para depois completar com um sorriso. — *Você* vai me beijar.

Pus a mão em sua nuca e o puxei para mim. E o beijei. E beijei. E beijei. E beijei. E beijei. Ele também me beijou.

Rimos, conversamos e observamos as estrelas.

— Queria que estivesse chovendo — ele disse.
— Não preciso da chuva — falei. — Preciso de você.

Ele escreveu seu nome com o dedo nas minhas costas. E eu fiz o mesmo nas costas dele.

Todo esse tempo.

Este era o problema. Passara todo aquele tempo tentando descobrir os segredos do Universo, os segredos do corpo, do coração.

Todas essas respostas estavam tão próximas e, contudo, sempre as combati sem saber. Me apaixonei por Dante desde o minuto em que o conheci. Apenas não me permiti saber, pensar, sentir. Meu pai estava certo. E era verdade o que minha mãe dizia. Todos travávamos nossas guerras particulares.

Dante e eu estávamos deitados na caçamba da caminhonete, virados para cima, observando as estrelas do verão. Eu estava livre. Imaginem. Aristóteles Mendoza, um homem livre. Não tinha mais medo. Pensei no rosto da minha mãe quando lhe dissera que sentia vergonha. Pensei naquele olhar de amor e compaixão que ela me dirigiu. "Vergonha? De amar Dante?"

Peguei a mão de Dante e a segurei.

Como pude um dia sentir vergonha de amar Dante Quintana?

1ª EDIÇÃO [2014] 19 reimpressões

ESTA OBRA FOI COMPOSTA PELA VERBA EDITORIAL EM BERLING
E IMPRESSA PELA GRÁFICA BARTIRA EM OFSETE SOBRE PAPEL PÓLEN SOFT
DA SUZANO S.A. PARA A EDITORA SCHWARCZ EM OUTUBRO DE 2021

A marca FSC® é a garantia de que a madeira utilizada na fabricação do papel deste livro provém de florestas que foram gerenciadas de maneira ambientalmente correta, socialmente justa e economicamente viável, além de outras fontes de origem controlada.